이상한 집

아르센 뤼팽 걸작선 9
이상한 집

지은이 모리스 르블랑
옮긴이 붉은 여우
펴낸이 안용백
펴낸곳 (주)넥서스

초판 1쇄 발행 2012년 6월 15일
초판 2쇄 발행 2012년 6월 20일

출판신고 1992년 4월 3일 제311-2002-2호
121-840 서울시 마포구 서교동 394-2
Tel (02)330-5500 Fax (02)330-5555

ISBN 978-89-5994-420-0 14860

www.nexusbook.com
지식의숲은 (주)넥서스의 인문교양 브랜드입니다.

아르센 뤼팽 걸작선
9

ARSÈNE LUPIN

이상한 집

모리스 르블랑 지음 | 붉은 여우 옮김

지식의숲

아르센 뤼팽 & 모리스 르블랑

추리소설이 영국과 미국에서 크게 발전한 것은 단편의 창시자 에드거 앨런 포, 장편을 발전시킨 윌키 콜린스와 찰스 디킨스, 그리고 이 장르의 완성자 아서 코난 도일, 계승자 G. K. 체스터턴, 에드먼드 벤틀리 등의 위대한 작가들이 있었기 때문이다.

장편 추리소설을 최초로 썼다는 영예를 걸머진 프랑스의 에밀 가보리오는 명탐정 르콕을 만들어내긴 했으나 그의 소설은 '선정소설' 굴레에서 벗어나지 못하고 말았다.

그는 당시 프랑스의 대중 통속작가였으므로 신문에 연재하는 가정소설 속에 탐정 장면을 부분적으로 삽입한 격이 되었지만 그의 소설은 결국은 선정적인 통속소설에 불과했다.

그래서 프랑스의 추리소설은 에밀 가보리오의 전통을 지키느라 영미의 추리소설에 비하면 무척 격이 떨어졌다.

시대적으로나 기술적으로 가보리오에 가까운 작가는 포르튀네 뒤 보아고베(Fortune du Boisgobey, 1821~1891)였다.

뒤 보아고베는 가보리오의 충실한 제자였으며 그의 대표작

《르콕의 만년》(La Vieillesse de M. Lecoq, 1876)을 써서 스승이 창조한 르콕 탐정을 재등장시키고 있으나 그에게는 분석 능력과 수사의 흥미가 결여되어 있어서 그도 한낱 선정적 미스터리 작가가 되고 말했다.

프랑스가 세계적으로 이름을 떨치게 되는 미스터리 작가를 낳기 위해서는 20세기에 들어설 때까지 기다려야 했다. 그동안 영국의 추리소설 특히 코난 도일의 셜록 홈즈 모험담이 프랑스 작가들을 자극했을 것이다. 가장 두드러진 두 작가는 모리스 르블랑과 가스통 르루이다.

보알로 나르스자크의 《추리소설》(Roman Policier, 1964)을 보면 "가보리오는 코난 도일에게 영감을 주었다. 그리고 코난 도일은 모리스 르블랑에게 특수한 의미에서 그러했다. 아르센 뤼팽을 창조함에 있어서 모리스 르블랑은 결국 셜록 홈즈와는 모든 점에서 대조적인 주인공을 내세웠다."는 부분이 있다.

모리스 르블랑(Maurice Leblanc, 1864-1941)이 대중잡지 〈Je Sais Tout〉에 괴도신사 아르센 뤼팽을 주인공으로 범죄 모험소설을 쓰기 시작한 것은 1906년이다.

첫 단편 〈체포된 뤼팽〉(L'arrestation d'Arsène Lupin)가 독자의 호평을 받자 이어서 〈감옥의 아르센 뤼팽〉 등 여덟 편을 추가해 《괴도신사 뤼팽》(Arsène Lupin, Gentleman-Cambrioleur)이라는 제목으로 1907년에 출판되었다.

르블랑은 코난 도일에게 대항하여 셜록 홈즈와 맞서는 아르센 뤼팽을 내세웠을 텐데 이러한 대항의식은 마지막 단편 〈한 발 늦은 셜록 홈즈〉(Sherlock Holmes arrive trop tard)에 노골적으로 나타나 있다. 장 폴 사르트르는 《말》(Mots, 1986)에서 "나는 아르센 뤼팽을 숭배한다. 헤라클레스와 같은 완력, 교활한 용기, 프랑스적 지성이……" 하고 말하는 것을 보면 오늘날 셜록 홈즈가 영미의 아니 전 세계 독자들에게 주는 이미지와 같은 이미지를 뤼팽은 당시의 프랑스 독자에게 그리고 전 세계 독자에게 주었을 것이다.

셜록 홈즈가 추리의 천재, 진실의 사도, 정의의 화신이라고 한다면 뤼팽은 강도이며, 멋쟁이 신사이며, 협객이며, 경찰관이며, 탐정이기도 하다. 홈즈가 이상적 영국인이라면 뤼팽은 전형적인 프랑스인이다.

《괴도신사 뤼팽》의 마지막 단편 〈한 발 늦은 셜록 홈즈〉에서 뤼팽은 홈즈의 시계를 훔쳤다가 돌려준다. 뤼팽은 소매치기의 명수이기도 하지만 신사강도로서는 좀 장난꾸러기 같은 인물이다. 그리고 드반이 폭소를 터뜨리는 것도 일부러 초대한 명탐정에 대한 에티켓으로는 조금 야비(?)하다.

코난 도일이 그가 창조한 명탐정이 아르센 뤼팽과 같은 신사강도에게 조롱당하는 것을 참지 못하여 모리스 르블랑에게 항의를 했다고 한다.

르블랑은 셜록 홈즈를 헐록 솜즈(Herlock Sholmes)로, 왓슨(Watson)을 윌슨(Wilson)으로 바꾸고 있을 뿐이다. 그래서 두 번째 단편집도 《아르센 뤼팽 대 셜록 홈즈》(Arsène Lupin contre Herlock Sholmes, 1908)로 되어 있고 〈한 발 늦은 셜록 홈즈〉도 그렇게 고치고 있다. 그러나 여기서는 셜록 홈즈로 부르기로 한다.

뤼팽은 장편 《수정마개》(Le Bouchon de Cristal,1910), 《기암성》(L'aiquille-creuse, 1912), 《813의 수수께끼》(813, 1923), 단편집 《시계 종이 여덟 번 울릴 때》(Les huits coups de l'horloge, 1913), 《뤼팽의 고백》(Les Confidences d'Arsène Lupin, 1913), 《바네트 탐정사》(L'Aqence Barnett, 1927) 등 20여 권에서 활약한다.

아르센 뤼팽은 완력이나 배짱이나 두뇌가 슈퍼맨에 속한다. 그는 만능선수이다. 그에게는 왓슨 역이 없다. 부하는 있으나 도구에 불과하다. 다만 도덕성과 정의감이 부족한 것이 흠이랄까. 그러나 강도라도 '신사'가 붙어 있으며 때로는 경찰부장을 지내며 자신의 체포 명령을 내리기도 한다. 추리력도 대단하다. 종횡무진이며 신출귀몰한다. 그도 홈즈처럼 신화적 존재가 되었다. 그는 셜록 홈즈와 더불어 우리들의 청소년기뿐만 아니라 평생의 영웅이 된 것이다.

차
례

여배우, 레진느

　　그 기발한 아이디어는 오락과 선행을 즐겨 결부시키는 파리 상류층 사람들 사이에서 열렬한 환영을 받았다. 그것은 오페라 극장 무대에서 두 발레극 사이의 막간을 이용해 예술계나 사교계의 미녀 20명에게 유명 디자이너들의 옷을 입혀 자선을 겸한 패션쇼를 열자는 아이디어였다. 관객들이 투표로 가장 아름다운 드레스 세 벌을 뽑게 될 것이고, 그날 저녁 극장 수입은 뽑힌 옷을 만든 아틀리에 세 곳에 분배될 예정이었다. 그 상금은 아틀리에에서 일하는 직공들 몇 명을 2주일간 리비에라 해변으로 여행을 보내주는 데에 쓰일 것이었다.

　　일이 일사천리로 추진되었고, 48시간 만에 좌석이 모두 매진

되었다. 그리고 공연이 있는 날 밤, 우아하게 차려입은 군중들이 호기심에 이끌려 극장으로 몰려들었다.

사실, 이러한 호기심은 오직 한 가지 사실에만 집중되어 있었고, 또한 지난 며칠 동안 끊임없이 사람들의 입에 회자되었던 군중들의 화제도 바로 그것이었다. 사람들은 자그마한 극장에서 일하는 하찮은 여배우지만 뛰어난 미모를 가진 '눈부신 레진느 오브리'가 디자이너 발므네의 드레스를 입고, 그 위에 번쩍이는 다이아몬드들로 장식된 멋진 튜닉을 걸친 채 무대에 오를 것이라는 사실을 알고 있었다.

사람들의 관심은 아주 흥미진진한 문제로 인해 더욱 증폭되었다. 몇 달 전부터 백만장자 보석상, 반 후벤의 구애를 받아왔던 레진느 오브리가 과연 다이아몬드의 제왕이라 불리는 그의 열정에 꺾이고 말 것인가? 모든 정황을 고려해 볼 때 그것은 이미 기정사실이나 다름없었다. 전날 밤, 한 인터뷰에서 레진느 오브리는 이렇게 말했다.

"내일 전 다이아몬드로 만든 옷을 입게 될 거예요. 반 후벤이 고른 네 명의 일꾼들이 지금 제 방에서 코르슬렛(corselet, 허리 부분이 꽉 조이고 가슴 부분이 끈으로 묶어지는 웃옷)과 은 튜닉에 다이아몬드를 달고 있어요. 발므네가 작업을 지휘하고 있죠."

레진느는 이제 무대에 오를 차례를 기다리며 마치 여왕처럼 발코니 박스 좌석에 앉아 있었고, 관중들은 그 앞을 지나치며 마치 우상을 바라보듯 그녀를 바라보았다. 레진느는 과연 사람들이 그녀 이름 앞에 '눈부신'이란 수식어를 붙일 만한 여자였다. 독특하게도 그녀의 얼굴은 고상하고 순결한 고전미와 우아하고 매력적인 동시에 생기발랄한 현대미를 겸비하고 있었다. 그 유명한 그녀의 어깨를 감싸고 있는 흰 담비 망토가 기적처럼 아름다운 튜닉을 가리고 있었다. 그녀는 행복에 겨운 얼굴로 다정한 미소를 짓고 있었다. 관중들은 영국 경찰들처럼 근엄하고 체격 좋은 탐정 셋이 통로의 문들을 지키고 있다는 사실을 알고 있었다.

박스 좌석 안에는 두 명의 신사가 서 있었다. 한 명은 그녀의 환심을 사고 싶어 안달이 난 뚱보 보석상 반 후벤으로 이상한 헤어스타일과 부자연스러울 만치 붉게 상기된 광대뼈 때문에 정체를 알 수 없는 야수처럼 보였다. 그가 어떻게 그 많은 재산을 모았는지 정확하게 아는 사람은 드물었다. 한때 모조 진주 상인이었던 그는 긴 여행 끝에 다이아몬드의 강력한 군주가 되어 돌아왔다. 하지만 어떻게 그러한 변모가 이루어졌는지는 아무도 알지 못했다.

레진느를 지키는 또 한 명의 신사는 어슴푸레한 어둠 속에 묻혀 있어 젊다는 것과 섬세하면서도 힘찬 실루엣을 가졌다는 것을 짐작할 수 있을 뿐이었다. 그는 3개월 전 보트를 타고 세계일주를 하고 돌아온 그 유명한 장 당느리였다. 우연히 알게 된 그를 지난주에 레진느에게 소개한 사람은 바로 반 후벤이었다.

첫 번째 발레극은 관객들 대부분의 무관심 속에서 진행되었다. 발레극이 끝나자, 레진느는 당장이라도 무대에 오를 채비를 한 채 박스 좌석 구석에서 잡담을 나누고 있었다. 그녀가 반 후벤을 대하는 태도는 신랄하고 공격적이었던 반면, 당느리를 대하는 태도는 마치 마음에 드는 남자를 앞에 둔 여자처럼 상냥하기 그지없었다.

"이것 봐요, 레진느!"

그녀의 말투가 신경에 거슬린 듯 반 후벤이 그녀에게 말했다.

"당신 때문에 저 뱃사람 머리가 돌고 말겠소. 일 년 동안 바다에서만 지낸 남자는 쉽게 불붙는다는 점을 염두에 두구려."

반 후벤은 천박한 농담을 던지고는 큰 소리로 웃어댔다.

"만약 당신이 먼저 웃지 않았더라면, 전 당신이 말재주를 부렸다는 사실을 절대 알아차리지 못했을 거예요."

레진느가 쏘아붙였다.

반 후벤이 한숨을 내쉬고는 짐짓 침통한 표정을 지으며 말했다.

"당느리, 내 충고 한마디하겠소. 이 여자한테 정신을 잃진 마시오. 난 잃고 말았으니까. 게다가 난 지금 너무나 불행하오, 마치 한 무더기 돌처럼… 그러니까 보석처럼 말이오…."

그가 얼버무리듯 덧붙였다.

무대 위에서는 드레스를 선보이는 패션쇼가 시작되고 있었다. 각 참가자들은 약 2분간 무대 위에서 걷기도 하고 앉기도 하며 오트 쿠튀르 살롱의 모델들처럼 오락가락했다.

차례가 다가오자 레진느가 자리에서 일어났다.

"좀 떨리네요. 만약 제가 대상을 받지 못하면 자살해버릴 거예요. 당느리 씨, 누구한테 표를 던지실 거죠?"

"가장 아름다운 여인에게."

그가 고개를 숙이며 대답했다.

"전 드레스 얘길 하는 거예요…."

"전 드레스엔 관심 없습니다. 제게 중요한 건 아름다운 얼굴과 매력적인 몸매죠."

"그렇다면 지금 사람들의 박수를 받고 있는 저 젊은 아가씨는 어때요? 쉐르니츠 아틀리에의 모델로 신문지상에도 오르내렸는데, 자신의 옷을 직접 디자인해 동료들에게 제작을 맡겼다고 하더군요. 정말 매력적인 아가씨예요."

사실, 날씬하고 유연하며 몸짓과 태도에 조화로움이 배어 있는 그 아가씨는 우아함 그 자체라는 인상을 주었고, 볼륨 있는 몸매를 드러내는 단순하지만 선이 더없이 순수한 그녀의 드레스는 완벽한 심미안과 독창적인 상상력을 드러내고 있었다.

"아를레트 마졸르, 맞죠?"

장 당느리가 프로그램을 들여다보며 말했다.

"네, 맞아요."

레진느가 대답했다.

그러고는 전혀 독기나 시샘이 어리지 않은 말투로 덧붙였다.

"만약 제가 심사위원이라면 주저치 않고 아를레트 마졸르를 1등으로 뽑겠어요."

그러자 반 후벤이 벌컥 화를 냈다.

"그렇다면 당신 튜닉은, 레진느? 이 멋진 튜닉에 비하면 저

아가씨의 괴상망측한 의상은 싸구려나 마찬가지요."

"가격은 아무 상관이 없어요."

"무엇보다 중요한 건 가격이오, 레진느. 그러니 제발 조심하시오."

"뭘요?"

"소매치기들. 당신 튜닉은 복숭아씨로 만들어진 게 아니라는 걸 명심하시오."

그가 이렇게 말하며 웃음을 터뜨렸다. 하지만 장 당느리 역시 그의 말에 동감을 표시했다.

"반 후벤 말이 옳습니다. 저희가 동행하는 게 좋겠어요."

"그건 절대 안 돼요."

레진느가 반대했다.

"저는 두 분이 여기서 제 모습을 보고 어떤 인상을 받았는지, 오페라 무대 위에서 제가 너무 서툴러 보이지는 않았는지 말씀해 주셨으면 해요."

"게다가 베슈 반장이 모든 걸 책임지고 있으니까."

반 후벤이 말했다.

"베슈를 아십니까?"

당느리가 흥미롭다는 표정을 지으며 말했다.

"베슈라면, 짐 바르네 상사의 수수께끼 같은 인물 짐 바르네와의 협력으로 유명해진 그 형사 아닙니까…?"

"아, 그 친구한테 그 저주스러운 바르네 애긴 절대 하지 마세요. 아주 기분 나빠하니까. 아마 바르네한테 쓴맛 단맛을 다 본 모양이에요!"

"네, 저도 들은 적이 있습니다… 황금 이빨을 가진 사내 이야기? 그리고 베슈와 12명의 아프리카 여인들(모리스 르블랑의 바르네 상사 ; L'Agence Barnett et Cie) 이야기죠? 당신 다이아몬드에 대한 보호책을 준비한 사람이 바로 베슈입니까?"

"그래요. 그런데 그 사람은 열흘 일정으로 출장을 떠났어요. 대신 날 위해 금값에 전직 경찰 셋을 고용해줬죠. 문을 지키고 있는 저 건장한 청년들 말이오."

"한 연대 병력을 몽땅 고용해 놓고도 잘 짜인 계략 하나를 무산시키지 못하는 경우도 있어요…."

당느리가 지적했다.

그때 레진느가 자리를 떴다. 그녀는 경호원들의 호위를 받으며 홀에서 나가 무대 뒤로 올라갔다. 그녀 차례는 열한 번째였는데, 열 번째 참가자를 끝으로 잠시 휴식 시간이 있었기 때문에 그녀가 등장하기 전의 객석에는 엄숙함에 가까운 긴장감이 흘렀다. 움직이는 관객이 거의 없었기 때문에 무거운 정적이 감돌았다. 이어 갑자기 우레 같은 박수소리가 울려 퍼졌다. 레진느가 앞으로 걸어나오고 있었다.

그 완벽한 아름다움과 극에 달한 우아함의 결합을 눈앞에 둔 관객들은 연신 탄성을 발했다. 눈부신 레진느 오브리와 의상의 세련된 사치스러움 사이에는 왜 그런지 그 원인을 따져보기도 전에 느낌부터 받게 되는 그런 균형이 존재했다. 하지만 특히 사람들의 시선을 사로잡은 것은 다이아몬드의 찬란한 광채였다. 보석 벨트로 허리를 조여 맨, 은실로 짠 튜닉이 다이아몬드로만 만들어진 것처럼 보이는 코르슬렛 밖으로 드러나는 가슴을 감싸고 있었다. 다이아몬드들은 눈이 부셨다. 그것들의 광채는 서로 교차되면서 상반신 주위에 가늘게 떨리는 여러 가지 색상의 눈부신 불꽃 하나를 형성하고 있었다.

"맙소사!"

반 후벤이 소리쳤다.

"아, 내 다이아몬드들, 저렇게 아름다울 수가! 생각했던 것 이상이야! 레진느하고 정말 잘 어울려! 저 여자 귀족 출신인가? 마치 황후 같아!"

그가 약간의 빈정거림이 섞인 어투로 말했다.

"당느리, 내 당신한테 비밀 하나 털어놓겠소. 내가 왜 레진느를 저 보석들로 치장시켰는지 아시오? 우선은 그녀가 내 구혼을 받아들이는 날 선물로 주기 위해서이고… 물론, 내연 관계겠지만(그가 웃음을 터뜨렸다)… 그 다음으로는 보석의 안전을 빌미 삼아 그녀의 행실을 내게 보고해 줄 친위대를 그녀 곁에 붙여놓을 수 있기 때문이오. 그녀를 탐하는 자들이 두려운 건 아니지만… 매사에 조심해서 나쁠 게 뭐 있겠소."

그가 마치 '이봐, 자네도 조심해'라고 말하는 것 같은 표정을 지으며 당느리의 어깨를 툭툭 쳤다. 그러자 당느리가 그를 안심시켰다.

"반 후벤, 나에 대해서는 아무 걱정 마시오. 난 내 친구의 여자한테는 절대 수작을 걸지 않으니까."

반 후벤이 얼굴을 찡그렸다. 장 당느리의 어투에 경우에 따라 서는 아주 모욕적으로 느껴질 수도 있는 약간의 빈정거림이 녹아 있었기 때문이었다. 반 후벤은 그 문제를 확실히 못박아두기로 마음먹고 당느리 쪽으로 몸을 기울였다.

“물론 당신이 날 친구로 생각한다면….”

그때 당느리가 그의 팔을 잡으며 말했다.

“조용히 해봐요….”

“뭐라고? 이런 무례가….”

“입 다물어요.”

“무슨 일이오?”

“뭔가 이상해요.”

“어디가?”

“무대 뒤요.”

“뭐가 말이오?”

“당신 다이아몬드.”

그 말에 반 후벤이 펄쩍 뛰었다.

“도대체 뭐요?”

“들어봐요.”

반 후벤은 귀를 기울였다.

“아무 소리도 안 들리는데…?”

“아마 내가 잘못 들은 것 같소. 하지만 아까는….”

그가 미처 말을 끝내기도 전에 오케스트라 앞줄과 무대 쪽 박스 좌석 앞줄이 술렁이기 시작했고, 사람들이 마치 무슨 일이 벌어지고 있기라도 하듯 무대 안쪽을 바라보고 있었다. 바로 그 무슨 일이 당느리의 주의를 끈 것이었다. 겁에 질려 자리에서 벌떡 일어나는 사람들도 있었다. 정장 차림의 남자 두 명이 무대를 가로질러 뛰어갔다. 그리고는 갑자기 사람들이 웅성대기 시작했다. 무대 장치 담당자가 경황이 없는 모습으로 뛰어나와 소리쳤다.

"불이야! 불이야!"

오른쪽에서 섬광이 번뜩였다. 연기가 소용돌이치며 솟아올랐다. 무대 한쪽에서 다른 쪽으로, 발레 무용수들과 무대 장치 담당자들이 모두 같은 방향으로 부리나케 달아나고 있었다. 다른 사람들과 마찬가지로 무대 오른쪽에서 뛰어나온 한 남자가 쭉 뻗은 팔로 그의 얼굴을 가리고 있는 모피 망토를 흔들어대며 무대 장치 담당자들과 마찬가지로 고래고래 소리를 질러댔다.

"불이야! 불이야!"

레진느는 즉시 밖으로 탈출하려고 했다. 하지만 몸이 말을 듣지 않았다. 그녀는 실신하듯 그 자리에서 쓰러지고 말았다. 얼굴을 가린 남자가 망토로 그녀를 감싸 어깨에 둘러메고는 달아나는 군중 속으로 섞여 들어갔다.

그 남자가 행동에 나서기도 전에, 어쩌면 그가 나타나기도 전에, 장 당느리는 박스 좌석 난간에 서서 공포에 사로잡혀 우왕좌왕하는 일층 관객들을 내려다보며 외치고 있었다.

"움직이지 말고 그대로 있어요! 이건 조작이오!"

그리고 레진느를 납치해 가는 남자를 가리키며 외쳤다.

“저자를 잡아라! 저자를 잡아라!”

하지만 레진느를 둘러멘 사내는 이미 사라지고 없었다. 당느리를 제외하고 납치를 눈치챈 사람은 아무도 없었다. 객석은 서서히 안정을 되찾아가고 있었지만 무대 위는 탈출하려는 사람들로 여전히 소란스러웠기 때문에 아무리 소리를 질러도 소용이 없었다. 당느리는 난간에서 뛰어내려 홀과 오케스트라 좌석을 건너뛴 다음, 힘들이지 않고 무대 위로 올라갔다. 그는 겁에 질려 허둥대는 사람들을 쫓아 오스만 가로 나 있는 배우들 전용 출구에 도착했다. 하지만 어디서 찾을 것인가? 누구에게 물어야 레진느 오브리를 되찾을 수 있을까?

그는 닥치는 대로 물어보았다. 무엇 하나 눈여겨본 사람은 아무도 없었다. 커다란 혼란 속에서 다들 자기 자신만을 생각하는 사이, 납치범은 전혀 눈에 띄지 않은 채 레진느 오브리를 메고 복도와 계단을 달려 유유히 밖으로 빠져나갔을 것이다.

뚱보, 반 후벤이 숨을 헐떡이며 달려왔다. 광대뼈에 바른 붉은색 화장품이 땀으로 범벅이 되어 뺨 위로 흘러내리고 있었다. 당느리가 말했다.

“사라졌소! 당신의 그 잘난 다이아몬드 때문에… 아마 범인은 이미 대기하고 있던 자동차에 그녀를 던져 넣었을 거요.”

반 후벤이 주머니에서 권총을 꺼내들었다. 당느리가 그의 손목을 잡아 비틀었다.

“설마 자살하려는 건 아니겠죠?”

“천만에! 그자를 죽일 거요, 그자를.”

"그자라니, 누구?"

"도둑놈 말이요. 그자를 찾아내겠소! 찾아내야만 해요. 하늘과 땅을 다 뒤져서라도!"

그는 넋이 나간 표정으로 웃음을 터뜨리는 사람들 틈 속에서 팽이처럼 빙글빙글 맴돌고만 있었다.

"내 다이아몬드! 가만 있지 않을 거야! 어떻게 이런 일이! … 국가가 책임을 져야 해….'

당느리의 생각은 틀리지 않았다. 납치범은 실신한 레진느를 모피 망토로 덮어 어깨에 둘러멘 채 오스만 가를 가로질러 모가도르 가 쪽으로 달려갔다. 그곳에 자동차 한 대가 서 있었다. 그가 다가가자, 차문이 열리며 두꺼운 레이스로 얼굴을 가린 여자 하나가 팔을 내밀었다. 납치범이 레진느를 넘겨주며 말했다.

"성공했어요… 정말 기적 같은 일이에요!"

이어 그는 차문을 닫고 앞좌석에 올라 차 시동을 걸었다.

극심한 공포감으로 인해 여배우가 빠져들었던 마비 상태는 오래 지속되지 않았다. 그녀는 화재로부터, 또는 그녀가 화재라고 생각했던 것으로부터 멀어진 것 같은 느낌이 들자마자 무기력상태에서 벗어났다. 그녀의 머릿속에 제일 먼저 떠오른 것은 자신을 구해준 사람, 또는 사람들에게 고맙다는 말을 해야겠다는 것이었다. 하지만 곧 그녀는 자신의 머리를 감싸고 있는 무엇인가로 인해 숨이 막힐 것 같았다. 그것 때문에 그녀는 마음대로 숨을 쉴 수도, 앞을 볼 수도 없었다.

"무슨 일이죠?"

그녀가 중얼거렸다.

여자 목소리로 보이는 아주 낮은 목소리가 그녀의 귀에 들려왔다.

"가만히 있어. 그리고 도와달라고 소리라도 치는 날엔 낭패를 보게 될 거야."

레진느는 어깨에 느껴지는 날카로운 통증 때문에 비명을 질렀다.

"이건 아무것도 아냐."

여자가 말했다.

"칼인데… 어디 한번 지그시 눌러볼까?"

레진느는 더 이상 꼼짝도 하지 않았다. 그 사이, 생각이 조금씩 정리되어갔고, 자신이 처한 상황이 이해되기 시작했다. 언뜻 본 불꽃과 연기를 떠올리며 그녀는 생각했다.

'난 납치된 거야… 관객들이 공포에 사로잡혀 소란을 피우는 틈을 타 어떤 남자가 날 납치한 거야… 그리고 공모자와 함께 날 어디론가 데려가고 있어.'

그녀는 손으로 천천히 자신의 몸을 더듬어보았다. 다이아몬드 코르슬렛이 손대지 않은 상태로 거기에 있었다.

차는 빠른 속도로 달렸다. 어둠 속에 갇혀 있는 레진느로서는 차가 어떤 도로를 따라 달리는지 짐작조차 할 수 없었다. 갑자기 커브를 돌며 자주 방향을 바꾸는 것 같았는데, 혹시라도 있을지 모르는 추격을 따돌리고 그녀가 길을 기억할 수 없도록 하기 위한 것이 분명했다.

어쨌든 차는 단 한 번도 톨게이트 앞에 정차한 적이 없었다. 그것은 차가 파리를 벗어나지는 않았다는 것을 뜻했다. 게다가 가로등 불빛이 잦은 간격으로 이어지며 차 안을 그녀가 느낄 수 있을 정도로 환하게 밝혀주었다.

그녀를 누르고 있던 여자의 손길이 조금 느슨해졌고 망토 자락이 약간 벌어졌기 때문에 차 안이 밝아질 때마다 모피를 움켜쥐고 있는 여자의 손가락 두 개가 보였는데, 그중 검지손가락에 조그만 고급 진주 세 개가 삼각형 모양으로 박혀 있는 반지가 끼워져 있었다.

질주는 거의 20분 동안 계속되었다. 마침내 차의 속도가 줄어들더니 멈추어 섰다. 남자가 차에서 내렸다. 대문 두 짝이 하나씩 무겁게 열렸고, 그들은 안마당으로 보이는 곳으로 들어갔다.

레진느가 보지 못하도록 망토의 틈을 철저히 가린 여자는 공모자와 함께 그녀가 차에서 내리는 걸 도와주었다.

그들은 여섯 개의 돌계단으로 이루어진 현관 층계를 올라갔다. 이어 타일이 깔린 현관을 가로질렀고, 스물다섯 개의 계단으로 이루어진 층계를 따라 올라갔다. 양탄자가 깔려 있고 낡은 난간이 붙어 있는 그 층계는 그들을 2층의 한 방으로 이끌었다.

이번엔 남자가 여자처럼 아주 낮은 목소리로 그녀의 귀에 대고 말했다.

"이제 다 왔소. 난 거친 행동을 좋아하지 않으니 다이아몬드 튜닉만 순순히 내놓는다면 절대 해를 끼치지 않겠소. 동의하시오?"

"아뇨!"

레진느가 완강하게 거부했다.

"우리가 당신한테서 그걸 빼앗는 건 아주 쉬운 일이오. 이미 차 안에서 빼앗을 수도 있었소."

"안 돼요, 안 돼."

극도로 흥분한 그녀가 신경질적으로 소리쳤다.

"이 튜닉은 안 돼요… 안 돼…."

그러자 남자가 말했다.

"난 그걸 얻기 위해 모든 위험을 감수했고, 이제 그걸 손에 넣었소. 반항하지 마시오."

여배우는 옷을 벗기지 못하게 몸에 힘을 주었다. 그러자 남자가 바싹 다가와 속삭였다.

"내가 직접 벗겨야겠소?"

레진느는 자신의 코르슬렛을 움켜쥐는, 그녀의 어깨 살을 스치는 거친 손길을 느꼈다. 그녀가 질겁해 소리쳤다.

"나한테 손대지 말아요! …알았어요… 원하는 걸 드리겠어요… 동의해요… 하지만 절대 나한테 손대지 말아요!"

남자는 약간 물러섰지만 여전히 그녀 뒤에 서 있었다. 모피 망토가 그녀 몸을 따라 흘러내렸을 때, 그녀는 그것이 자기 옷이라는 사실을 깨달았다. 맥이 빠진 그녀는 그 자리에 털썩 주저앉고 말았다. 그녀는 이제 자신이 와 있는 방과 그녀에게 다가와 은 튜닉과 다이아몬드 코르슬렛의 단추를 풀고 있는 베일

쓴 여자를 볼 수 있었다. 여자는 검은 벨벳 띠가 둘러진 짙은 자주색 옷을 입고 있었다.

전기등으로 환하게 밝혀진 그 방은 넓은 살롱으로 푸른색 비단이 덧씌워진 소파와 의자, 고급 장식 융단, 루이 16세 스타일의 세공품과 콘솔들로 장식되어 있었다. 도금한 청동 잔 두 개와 작은 녹색 대리석 기둥들이 달린 괘종시계 하나가 놓여 있는 넓은 벽난로 위에 거울 하나가 걸려 있었다. 벽에는 장식등이 네 개, 천장에는 깎아 다듬은 수많은 크리스털로 이루어진 상들리에 두 개가 달려 있었다.

레진느가 무의식적으로 그 모든 디테일들을 머릿속에 새기고 있는 동안, 여자는 팔과 어깨가 드러나는 단순한 시드 드레스만 그녀에게 남겨둔 채 튜닉과 코르슬렛을 벗겨갔다. 레진느는 또한 마루가 서로 교차시킨 여러 종류의 얇은 나무판으로 이루어져 있다는 점에 유의했고, 마호가니로 된 다리가 달린 등받이 없는 걸상 하나를 유심히 살폈다.

그걸로 끝이었다. 갑자기 불이 꺼진 것이었다. 어둠 속에서 목소리가 들려왔다.

"이제 다 됐소. 순순히 협조해줘서 고맙소. 우리가 당신을 다시 데려다주겠소. 자, 당신 모피 망토도 가져가시오."

그들은 여자가 하고 있던 것과 비슷한 베일로 그녀의 머리를 둘렀다. 이어 그녀는 차에 태워졌고, 여러 차례 갑자기 커브를 도는 숨가쁜 여행이 다시 시작되었다.

"자, 다 왔소."

남자가 속삭이며 차문을 열고 그녀를 내리게 했다.

"보시다시피 그리 심각한 일은 아니었소. 당신은 긁힌 상처 하나 없이 돌아왔어요. 하지만 내가 당신을 위해 조언을 하나 하겠는데, 당신이 봤거나 짐작할 수 있었던 것들을 절대 입 밖에 내지 마시오. 당신 다이아몬드를 도둑맞은 것, 그것뿐이오. 나머지는 잊어버리도록 하시오. 그럼 안녕히."

자동차는 급히 달아났다. 베일을 벗은 레진느는 자신이 트로카데로 광장에 와 있다는 것을 알았다. 자신의 아파트와 아주 가까운 곳이었지만(그녀는 앙리-마르텡 가 입구에 살고 있었다) 그곳까지 가기 위해서는 엄청난 노력이 필요했다. 무릎이 자꾸 꺾어졌고, 심장이 아플 정도로 세차게 뛰었다. 너무나 어지러워 그녀는 금방이라도 쓰러질 것만 같았다. 기력이 다해 쓰러지려는 순간, 누군가가 달려오는 것이 보였다. 그녀가 쓰러진 곳은 장 당느리의 품안이었다. 그는 텅 빈 거리의 한 벤치에 그녀를 앉혔다.

"당신을 기다리고 있었소."

그가 아주 부드럽게 말했다.

"난 그들이 다이아몬드를 빼앗고 나서 당신을 집 가까운 곳에 도로 데려다줄 거라고 확신했어요. 그들이 무엇 때문에 당신을 계속 데리고 있겠습니까? 그런 위험을 자초할 리가 없죠. 잠시 숨 좀 돌리세요… 그리고 눈물을 거둬요."

잘 알지도 못하는 그 남자에 대한 신뢰감 때문에 갑자기 긴장이 풀린 그녀가 울음을 터뜨렸다.

"너무나 무서웠어요… 아직도 무서워요… 그리고 그 다이아
몬드들은….”

잠시 후, 그가 그녀를 아파트로 들어가게 했고, 승강기에 태
워 그녀 집까지 데려다주었다.

질겁한 채 오페라 극장에서 돌아와 있던 하녀와 다른 하인들
이 그들을 맞이했다. 이어 반 후벤이 거의 정신이 나간 모습으
로 불쑥 나타났다.

"내 다이아몬드! 빼앗기지 않았죠, 레진느? …죽기를 각오하
고 그것들을 지켰죠…?”

귀중한 코르슬렛과 튜닉을 강탈당했다는 것을 확인한 그가
헛소리를 늘어놓았다. 장 당느리가 그에게 명령하듯 말했다.

"좀 조용히 하시오… 보시다시피 이 아가씨한텐 휴식이 필요
해요….”

"내 다이아몬드! 내 다이아몬드들을 잃어버렸어… 아! 베슈
만 있었어도! 내 다이아몬드!”

"내가 찾아드리리다. 우릴 조용히 좀 놔두시오!”

소파에 누운 레진느는 신음과 함께 경련을 일으키고 있었다.
당느리가 그녀의 이마와 머리에 대고 가볍게 입을 맞추기 시작
했다.

"세상에!”

반 후벤이 흥분해 소리쳤다.

"당신 지금 도대체 뭐 하는 거요?”

"놔둬요.”

장 당느리가 대답했다.

"기운을 회복시켜주는 데에는 이 마사지가 최고니까. 신경 체계에 균형이 잡히고, 혈액 순환이 좋아지고, 따뜻한 열기가 혈관에 퍼지게 되죠. 최면술에서 사용하는 손놀림과 비슷한 겁니다."

반 후벤이 노기등등한 시선으로 바라보고 있는 가운데 그는 그 기분 좋은 작업을 계속했다. 그리고 레진느는 마치 정신을 차렸지만 일부러 기운이 없는 척하며 그 독창적인 치료에 몸을 내맡기고 있는 것처럼 보였다.

모델, 아를레트

그로부터 일주일 후 오후 늦은 시각이었다. 디자이너 쉐르니츠의 고객들은 하나둘씩 몽-타보르 가의 넓은 살롱을 떠나기 시작했다. 손님이 뜸해지는 이 시각이면 아를레트 마쥴르와 그녀의 동료들은 카드 점을 본다든지, 블롯 게임을 한다든지, 초콜릿을 먹는다든지, 그들이 즐기는 일을 하며 한가로운 시간을 보낼 수 있었다.

"아를레트! 네 카드에서는 늘 모험, 행복, 횡재의 점괘만 나와."

동료들 중 하나가 외쳤다.

"그 점괘는 틀리지 않아."

다른 동료가 말했다.

"아를레트의 운은 이미 지난번 오페라 극장에서 시작됐어. 대상을 탔잖아!"

아를레트가 말했다.

"난 대상을 탈 자격이 없었어. 레진느 오브리가 나보다 나았으니까."

"말도 안 돼! 사람들은 너한테 몰표를 던졌어."

"사람들은 다들 정신이 없었어. 자기가 뭘 하고 있는지도 모를 정도로. 화재가 시작되자마자 객석의 1/4이 비어버렸어. 따라서 투표 결과는 무효야."

"물론 그렇겠지. 너야 항상 앞자리를 양보하고 뒤로 물러설 준비가 되어 있잖아, 아를레트. 그래도 레진느 오브리는 화가 단단히 났을걸!"

"아냐, 전혀 안 그래. 그녀가 날 만나러 왔었어. 그리고 진심으로 날 축하해줬어. 정말이야."

"마지못해 그랬겠지."

"그녀가 무엇 때문에 샘을 내겠어? 그렇게 예쁜데!"

그때 한 견습 재봉공이 석간 신문을 가져다주었다. 신문을 펼쳐 들여다보던 아를레트가 말했다.

"아, 이것 봐! '다이아몬드 강탈 사건' 수사 속보야…."

"읽어봐, 아를레트."

"그래."

오페라 극장에서 발생한 이상한 사건에 대한 수사는 아직 초기 단계를 벗어나지 못하고 있다. 검찰청과 경찰국에서 가장 광범위하게 받아들여지고 있는 가설은 이번 사건이 레진느 오브리의 다이아몬드를 강탈하기 위해 사전에 계획된 범죄라는 것이다. 여배우를 납치했던 범인의 인상착의는 얼굴을 가리고 있었기 때문에 대략적으로조차도 확인이 되지 않고 있다. 검찰에서는 범인이 꽃다발 배달부로 가장해 오페라 극장에 잠입한 것으로 추정하고 있다. 어렴풋하게나마 범인을 본 것으로 기억하고 있는 청소부는 범인이 발목까지 올라오는 밝은 색의 신발을 신고 있었다고 주장하고 있다. 범인이 들고 들어온 꽃다발들은 조화로, 쉽게 불이 붙도록 특수 가연성 물질이 칠해져 있었던 것으로 밝혀졌다. 범인의 예상대로 불이 나자 관객들이 놀라 우왕좌왕했고, 그 틈을 이용해 레진느 오브리의 하녀가 들고 있던 모피 망토를 빼앗은 범인은 자신의 계획을 하나하나 실행해나갔다. 벌써 여러 차례 조사를 받은 레진느 오브리가 몇몇 부차적인 디테일들을 제외하고는 코르슬렛을 빼앗겼던 개인 저택을 묘사할 수도, 범인과 그 공모자에게서 받았던 인상을 서술할 수도, 자동차의 행로를 정확히 지적할 수도 없는 상태에 있기 때문에 본지로서도 더 이상의 내용을 독자들에게 전할 수가 없음을 안타깝게 여기고 있다.

"내가 혼자 그 남자, 그 여자와 함께 그 집에 있었다면 무서워서 벌벌 떨었을 거야. 넌 어땠을 것 같아, 아를레트?"
동료 모델이 물었다.
"나도 그랬을 거야. 하지만 난 격렬하게 반항했을 거야… 무슨 일이 생기면 나도 당장 그 순간만은 용감해. 얼마 안 가 졸도를 해서 탈이긴 하지만.”

“그런데 너, 오페라 극장에서 범인이 지나가는 걸 봤니?”

“난 아무것도 못 봤어! …그림자 하나가 다른 그림자 하나를 둘러메고 있는 건 봤지. 하지만 그걸 궁금해할 여유가 없었어. 거기서 빠져나오느라 정신이 없었으니까. 생각들 해봐! 불이 났는데!”

“그럼 넌 아무것도 못 봤니?”

“나도 본 거 있어. 반 후벤의 얼굴. 무대 뒤쪽에서.”

“너 그 사람 얼굴 알고 있었니?”

“아니. 하지만 그 사람이 울부짖고 있었어. ‘내 다이아몬드! 천만 프랑어치 내 다이아몬드! 이런 끔찍한 일이! 이런 변이!’ 그리곤 마치 바닥이 뜨겁다는 듯 이리저리 뛰어다녔지. 모두들 배꼽이 빠져라 웃어댔어.”

아를레트가 일어나 반 후벤의 흉내를 내며 껑충껑충 뛰었다. 그녀는 아주 단순한 드레스 – 허리를 살짝 졸라맨 검정색 서지 드레스 – 차림이었는데, 화려하게 치장하고 오페라 무대에 섰을 때 못지않게 볼륨 있고 우아해 보였다. 키가 크고 날씬한데다 균형이 잘 잡힌 그녀의 몸매는 세상 어디에 내놓아도 손색이 없을 정도로 완벽했다. 얼굴의 선은 가늘고도 섬세했고, 피부는 더없이 맑았으며, 웨이브 진 머리카락은 눈부신 금발이었다.

“춤춰 봐, 아를레트. 기왕 일어섰으니 춤이나 한번 춰 봐!”

그녀는 춤을 출 줄 몰랐다. 대신 그녀는 포즈를 취하며 우아하게 걷기 시작했다. 옷을 입고 고객들 앞에서 선보일 때보다 더 독창적인 패션쇼 같았다. 동료 모델들에게는 전혀 지겹지가 않은 재미있고 우아한 스펙터클이었다. 그들 모두는 그녀를 좋아했다. 그들에게 있어서 아를레트는 호사와 축제의 운명을 타고난 특별한 존재였다.

"브라보, 아를레트. 넌 정말 사랑스러워."

동료들이 외쳤다.

"그리고 넌 우리들 중 최고야. 네 덕분에 우리들 중 셋이 리비에라 해안으로 여행을 떠나게 될 테니까."

아를레트는 동료들 맞은편에 앉았다. 그녀는 붉게 상기된 뺨 위의 두 눈을 반짝이며 비밀스런 어조로 동료들에게 속내를 털어놓았다. 그 말투에는 흥분과 아이러니, 그리고 약간의 슬픔이 배어 있었다.

"난 너희들보다 낫지 않아. 너, 이렌느보다는 재간이 없고, 샤를로트보다는 덜 진지하고, 쥘리보다는 덜 정직하지. 너희들처럼 나한테도 따라다니는 남자들이 있기는 해⋯ 그들은 내가 그들에게 주고자 하는 것보다 훨씬 더 많은 것을 요구하지⋯ 결국 난 주려고 했던 것보다 훨씬 더 많은 것을 주게 돼. 그러다 보면 얼마 안 가 좋지 않게 끝날 것이라는 걸 나도 알아. 어쩌겠어? 우리하고 결혼하길 원하는 사람은 드물어. 남자들은 우릴 아름다운 드레스처럼 여겨. 난 그게 두려워."

"네가 두려울 게 뭐 있니?"

동료 하나가 말했다.

"네 카드 점에 횡재를 할 거라고 나와 있잖아."

"어떻게? 돈 많은 노인? 절대 그렇게는 안 할 거야. 하지만 이루고는 싶어."

"뭘?"

"나도 모르겠어… 모든 것이 머릿속에서 맴돌기만 해. 난 사랑을 원해. 그리고 난 돈을 원해."

"둘 다 동시에? 굉장하군! 그런데 뭐 하려고?"

"사랑은 행복을 위해서."

"돈은?"

"확실히는 모르겠어. 나한텐 꿈과 야망이 있어. 너희들한테도 그 얘기 자주 했잖아. 난 부자가 되고 싶어… 날 위해서가 아니라… 다른 사람들을 위해서… 너희들을 위해서 말이야… 내가 원하는 건…."

"계속해 봐, 아를레트."

그녀가 미소를 지으며 좀더 나지막하게 말했다.

"이건 터무니없는… 어린애 같은 생각인데, 내 것은 아니지만 내가 마음대로 사용할 수 있는 큰돈이 있었으면 좋겠어. 예를 들어, 큰돈을 출자받아 고급 의상실의 여사장이 되는 거야. 그리고 직공들의 복지를 증진시킬 수 있는 제도를 마련하는 거지… 말하자면 결혼을 앞둔 여직공들을 위한 지참금 기금 같은 것… 그래, 너희들이 각자 좋아하는 사람과 결혼할 수 있도록 말이야."

그녀가 쑥스러운 듯 가볍게 웃었다. 하지만 동료들은 진지했다. 눈물을 훔치는 동료도 있었다.

아를레트가 말을 이었다.

"그래, 지참금, 현금으로 이루어진 진짜 지참금… 난 공부를 못했어… 기본 교육조차 제대로 못 받았지… 하지만 내 아이디어에 따라 나름대로 계산을 해봤어. 스무 살에 지참금을 갖게 될 거고… 첫 아기가 태어나면 옷가지 등 필요한 것들이 있으니 약간 보태고… 그 다음엔…."

"아를레트, 전화!"

아틀리에를 감독하는 여자가 문을 열고 그녀를 불렀다.

아를레트가 갑자기 창백해진 얼굴로 일어섰다.

"엄마가 어디 아프신가봐."

그녀가 속삭였다.

쉐르니츠 의상실에서는 가족이 사망하거나 중병에 걸리는 심각한 일이 있을 경우에만 종업원들에게 전화 통화를 허락한다는 사실을 다들 알고 있었다. 그들은 또한 아를레트가 어머니를 몹시 사랑한다는 것, 그녀가 아버지가 없는 사생아라는 것, 그리고 모델 생활을 하던 두 언니가 남자를 따라 외국으로 달아나 버렸다는 것도 알고 있었다.

정적이 감도는 가운데, 아를레트는 감히 걸음을 떼지 못하고 있었다.

"서둘러."

감독관이 재촉했다.

전화기는 바로 옆방에 있었다. 젊은 아가씨들은 반쯤 열린 문에 기댄 채, 그녀가 기어들어가는 목소리로 더듬거리며 말하는 것을 들었다.

"엄마가 병에 걸리신 거죠, 그렇죠? 심장 때문인가요? 그런데 누구시죠? …아, 루뱅 부인이세요? …목소리를 못 알아들었어요. …의사 선생님이요? 어떤 의사 선생님이요? 몽-타보르 가 3-2번지 브리쿠 박사님이요? …그분한텐 연락하셨나요? 제가 모시고 가야 한다고요? 알았어요, 곧 갈게요."

아를레트는 말 한마디 없이 온몸을 떨며 벽장에서 모자를 꺼내들고는 밖으로 나갔다. 동료들은 창가로 달려가 그녀가 가로등 불빛 아래에서 번지 수를 들여다보며 뛰어다니는 것을 보았다. 길 끝 왼쪽, 3-2번지가 분명한 건물 앞에서 그녀가 멈추어 섰다. 자동차 한 대가 대기하고 있었고 인도에 신사가 한 명 서 있었는데, 검은 실루엣과 발목까지 올라오는 밝은 색 신발만 또렷하게 보였다. 그가 모자를 벗더니 아를레트에게 말을 걸었다. 그녀가 차에 올라탔다. 이어 신사도 차에 올랐다. 자동차가 미끄러지더니 길 반대편으로 사라졌다.

"이상하네."

한 모델이 말했다.

"매일 저 앞을 지나다니는데 병원 간판이 붙은 집은 한 번도 본 적이 없어. 3-2번지의 브리쿠 박사라, 넌 들어본 적이 있니?"

"아니. 간판이 대문 아래 붙어 있을지도 모르지."

"어쨌든 전화번호부를 뒤져보면 나오겠지… 뚜-파리(파리의 인사들에 대한 정보를 모아 정기적으로 발간하는 책자)도…."

감독관이 제안했다.

옆방으로 서둘러 달려간 그들은 열에 들뜬 손으로 선반 위에서 책 두 권을 꺼내 급히 넘겨보았다.

"3-2번지에 브리쿠 박사인지 누가 있는지는 몰라도, 그 사람 집 전화번호는 없어."

한 아가씨가 말했다.

그러자 다른 아가씨가 대꾸하듯 말했다.

"뚜-파리에도 브리쿠 박사는 없어. 몽-타보르 가에도 다른 곳에도 없기는 마찬가지야."

동요와 불안이 감돌았다. 그들은 각자 의견을 내놓았다. 아무래도 불안스러운 상황이었다. 감독관이 쉐르니츠에게 급히 알렸고, 연락을 받은 쉐르니츠가 곧바로 달려왔다. 그는 짐꾼처럼 차려입은 볼품없고 창백한 청년으로 늘 상황에 의연하게 대처해야 한다고, 돌발 상황에 대응하기 위해서는 당장 적절한 대처 방안을 찾아 즉각 행동에 옮겨야 한다고 주장했다.

"이것저것 생각할 필요 없어."

그는 항상 이렇게 말하곤 했다.

"목표를 향해 곧바로 달려가야 해. 말 따윈 하나마나야."

그는 냉정한 모습으로 수화기를 들고는 전화번호를 댔다. 전화가 연결되자 그가 말했다.

"여보세요… 레진느 오브리 댁입니까? …레진느 오브리에게 쉐르니츠가, 디자이너 쉐르니츠가 통화 좀 하고 싶어한다고 전해 주시겠습니까?"

그가 잠시 기다렸다 말을 이었다.

"예, 부인, 쉐르니츠입니다, 디자이너죠. 당신을 제 고객으로

두는 영광을 누리지는 못했지만 상황이 상황이니 만큼 직접 통화를 해야겠다는 생각이 들었습니다. 제가 모델로 고용하고 있는 아가씨들 중 하나가… 여보세요? 예, 바로 아를레트 마졸르에 관한… 예, 정말 친절하시군요. 하지만 전 당신에게 표를 던졌다는 말씀을 드리고 싶군요… 그날 밤, 당신의 드레스는 정말이지…. 실례가 안 된다면 용건을 단도직입적으로 말씀드려도 되겠습니까? 아무래도 조금 전에 아를레트 마졸르가 부인을 납치했던 범인에게 납치된 것 같습니다. 그래서 전 부인께서, 부인과 부인께 조언을 하시는 신사분들이 이 일에 관심이 있을 거라는 생각이 들어… 여보세요… 베슈 반장을 기다리고 계신다고요? 잘됐군요… 혹시 단서가 될지도 모르니 저도 곧장 달려가 정황을 자세히 설명해 드리겠습니다.”

디자이너 쉐르니츠는 수화기를 내려놓고 방을 나서며 결론지었다.

“할 수 있는 건 이것밖에 없었어. 다른 방법은 없었어.”

아를레트 마졸르의 경우에도 납치는 레진느 오브리의 경우와 거의 똑같은 방식으로 진행되었다. 차 안쪽에 여자가 한 명 앉아 있었는데, 의사를 사칭한 남자가 그녀를 소개했다.

“브리쿠 부인입니다.”

그녀는 짙은 베일로 얼굴을 가리고 있었다. 밤이라 어두웠고 아를레트는 엄마의 병세에만 온통 정신이 팔려 있었다. 그녀는 의사를 자세히 쳐다보지도 않은 채 즉시 그에게 질문을 퍼부었다. 그는 쉰 듯한 목소리로 자신의 고객들 중 하나인 루뱅 부인이 전화를 걸어 이웃에 사는 부인이 위독하니 급히 와 달라고, 그리고 오는 길에 그 부인의 딸을 좀 데려와 달라고 부탁했다고, 그 이상은 자신도 잘 모른다고 대답했다.

자동차는 리볼리 가를 따라 콩코드 광장을 향해 달렸다. 광장을 지나치자 여인은 아를레트의 머리에 덮개를 씌우고 목 주위를 조인 다음 단도로 그녀의 어깨를 위협했다.

아를레트는 몸부림을 쳤다. 하지만 엄마의 병이 그녀를 끌어들이기 위한 핑계에 불과하고, 그녀의 납치에 다른 의도가 있는 것이 틀림없다는 생각이 들자 그녀는 두려움에 떨면서도 안도의 한숨을 내쉬었다. 그래서 그녀는 반항을 멈추고 주변에서 들려오는 소리에 귀를 기울였다.

그녀는 레진느가 확인했던 사실들을 똑같이 확인했다. 파리 변두리를 빠른 속도로 달린 것이나 여러 차례 급커브를 한 것도 똑같았다. 아를레트는 여자의 손은 전혀 보지 못했지만 끝이 아주 뾰족한 그녀의 신발 한 짝만은 또렷이 보았다.

또한 그녀는 그 두 공모자가 아주 낮은 목소리로, 물론 그녀에게는 들리지 않을 거라는 확신을 가지고 주고받았던 대화 중 몇 마디를 알아들을 수 있었다. 그중 한 문장은 완전하게 들려왔다.

"네가 잘못 생각한 거야."

여자가 말했다.

"네 실수야… 정 그럴 생각이었다면 몇 주 정도는 기다렸어야 했어… 오페라 사건이 엊그제인데 너무 일렀어."

아를레트에게는 모든 것을 분명하게 말해주는 문장이었다. 레진느 오브리가 경찰에 고발한 바로 그 커플이 그녀를 납치하고 있는 중이었다. 가짜 의사 브리쿠는 오페라의 방화범이었다. 그런데 아무것도 가진 것이 없는, 다이아몬드로 뒤덮인 코르슬렛도 어떠한 종류의 보석도, 값나가는 것이라곤 아무것도 지니지 않은 그녀를 무엇 때문에 납치하는 것일까? 생각이 거기까지 미치자 그녀는 한결 마음이 놓였다. 그녀는 크게 두려워할 것이 없었다. 실수가 확인되는 즉시 그녀는 풀려날 것이 분명했다.

육중한 문이 미끄러지는 소리가 들려왔다. 레진느 사건에 대한 기억을 더듬던 아를레트는 자신이 지금 포석이 깔린 마당으로 들어서고 있다는 것을 알아차렸다. 그들은 현관 층계 앞에서 그녀를 내리게 했다. 여섯 계단, 그녀는 수를 셌다. 이어 발 아래 현관의 타일이 느껴졌다.

이 순간, 냉정함과 기운을 되찾은 그녀는 본능적인 충동에 저항하지 못하고 자신이 생각해도 너무나 경솔한 행동을 하고 말았다. 사내가 현관문을 미는 사이, 여자가 문 안으로 들어서느라 잠시 그녀의 어깨를 놓는 사이, 아를레트는 자신의 머리에 씌워져 있던 천을 홱 벗어던지고 앞을 향해 무조건 달렸다. 그녀는 층계를 쏜살같이 뛰어올라 대기실을 가로질러 살롱으로 뛰어든 다음 조심스레 문을 잠갔다.

두꺼운 갓이 씌워진 전등 하나가 바닥에 빛의 원을 펼치며 방의 나머지 부분에도 약간의 빛을 전해주고 있었다. 어떻게 하지? 어디로 달아나지? 그녀는 문 맞은편에 있는 창문 둘 중 하나를 열어보려고 했다. 하지만 열리지 않았다. 이제, 그녀를 뒤쫓던 커플이 살롱부터 뒤지기로 마음을 먹었다면 이미 문 앞에 와 있을 테고, 곧 문이 열리고 그들이 그녀를 덮칠 것이라는 생각이 들자 그녀는 와락 겁이 났다.

실제로 문들을 여닫는 소리가 들려왔다. 어떻게든 숨어야만 했다. 그녀는 벽에 기대어 있는 의자의 등받이를 딛고 어렵지 않게 넓은 벽난로 대리석 위로 올라가 거울을 따라 반대편 쪽 끝까지 건너갔다. 그곳에는 높다란 서가(書架)가 서 있었다. 그녀는 대담하게도 청동 항아리에 발을 디디고 그 서가의 돌출부를 잡아 도무지 어떻게 했는지는 설명할 수 없지만 그 위로 올라가는 데 성공했다. 두 공모자가 살롱 안으로 들이닥쳤을 때, 아를레트는 서가 돌출부 뒤에 몸을 반쯤 숨긴 채 그 위에 엎드려 있었다.

그들은 눈만 들어도 그녀의 실루엣을 볼 수 있었을 것이다. 하지만 그들은 그렇게 하지 않았다. 그들은 살롱 아래 부분만을, 소파와 의자 아래 그리고 커튼 뒤를 뒤졌다. 아를레트는 반대편에 걸려 있는 커다란 거울을 통해 그들의 그림자를 볼 수 있었다. 하지만 그들의 얼굴은 분명히 볼 수가 없었고, 그들의 대화 또한 억양이 없고 아주 낮은 목소리로 말을 주고받았기 때문에 거의 알아들을 수가 없었다.

"여긴 없는 것 같아요."

마침내 남자가 말했다

"정원으로 뛰어내린 게 아닐까?"

여자가 의견을 제시했다.

"그건 불가능해요. 창문 두 개가 모두 닫혀 있잖아요."

"그럼 알코브(벽면을 움푹하게 만들어서 침대를 들여놓는 곳. 흔히 규방으로 번역됨)는?"

살롱 왼편, 벽난로와 한 창문 사이에 살롱과 붙어 있지만 이동 칸막이로 분리되어 있는 알코브 용도의 구석진 공간이 하나 있었다. 사내가 칸막이를 젖혔다.

"아무도 없어요."

"그럼 어떻게 된 거지?"

"저도 모르겠어요. 여하튼 큰일났군요."

"왜?"

"그녀가 달아나기라도 했다면?"

"어떻게 달아나?"

"그래요, 그럴 리가 없죠. 아! 맹랑한 것, 내 손에 잡히기만 해봐라!"

그들은 전등을 끄고 밖으로 나갔다.

벽난로 위에 놓인 추시계가 금속처럼 맑게 울리는, 옛날 식의 작고 날카로운 소리를 내며 7시를 알렸다.

아를레트는 곧 8시, 9시 그리고 10시를 알리는 종소리를 들었다. 그녀는 꼼짝도 하지 않았다. 감히 그럴 수가 없었다. 남자가 남기고 간 위협이 그녀로 하여금 온몸을 벌벌 떨며 웅크리고 있게 만들었다.

자정이 되어서야 냉정을 되찾고 움직여야 할 필요성을 느낀 그녀는 조심스레 서가에서 내려왔다. 잘못 디뎠는지 청동 항아리가 기우뚱거리더니 바닥으로 떨어지며 요란한 소리를 내는 바람에 그녀는 잠시 불안에 떨며 돌처럼 굳어 있었다. 하지만 아무도 달려오지 않았다. 그녀는 청동 항아리를 다시 제자리에 올려놓았다.

밖에서 밝은 빛이 비쳐 살롱을 밝히고 있었다. 그녀는 창문에 다가가 정원을 내려다보았다. 밝은 달 아래 잔디가 펼쳐져 있었고, 그 주위로 작은 나무들이 줄지어 서 있었다. 그녀는 이번에는 창문을 여는 데 성공했다.

허리를 숙여 아래를 내려다본 그녀는 창문 아래의 땅이 도톰하게 솟아 있어 한 층의 높이가 그리 높지 않다는 사실을 확인했다. 그녀는 조금도 망설이지 않고 발코니에서 훌쩍 뛰어내려 자갈 위로 사뿐하게 내려앉았다.

그녀는 달이 구름에 가려질 때까지 기다렸다가 재빨리 정원을 가로질러 나무 그늘에 몸을 숨겼다. 그녀는 몸을 숙인 채 나무 그늘을 따라 뛰어 마침내 너무 높아 넘을 엄두가 안 나는, 달빛에 환하게 드러난 벽 발치에 가서 멈추었다. 덧문이 모두 닫혀 있는 것으로 보아 아무도 없는 것이 분명한 별채 하나가 담에 붙어 있었다. 그녀는 조심스레 다가갔다. 별채 조금 못 미처 벽에 빗장을 걸어 잠근 문이 하나 있었고, 자물통에 커다란 열쇠가 꽂혀 있었다. 그녀는 빗장을 풀고 열쇠를 돌려 연 다음 문을 잡아당겼다.

문을 열고 거리로 뛰쳐나오는 순간, 흘낏 뒤를 돌아본 그녀는 빠른 속도로 그녀를 쫓아오는 그림자 하나를 보았다.

거리에는 아무도 없었다. 한 오십 보쯤 달린 그녀는 다시 돌아보았다. 그림자는 점점 더 빠른 속도로 다가오고 있었다. 그녀는 공포에 사로잡혔다. 숨이 목까지 차 오르고 다리에 맥이 풀렸지만 그녀는 아무도 자신을 따라잡지는 못할 거라는 느낌이 들었다.

하지만 그것은 착각이었다. 마음과는 달리 힘이 갑자기 빠지면서 무릎이 꺾이기 시작했다. 그녀는 쓰러지기 직전이었다. 바로 그 순간, 다행스럽게도 사람들이 북적대는 길이 나타났다. 택시 한 대가 다가왔다. 주소를 말하고 택시에 올라탔을 때, 그녀는 택시 뒤 창문을 통해 뒤쫓던 사람 역시 택시에 올라타는 것을 보았다.

거리들… 또 거리들… 범인이 아직도 그녀를 쫓고 있을까? 아를레트로서는 알 수 없는 일이었다. 굳이 알려고 하지도 않았다. 갑자기 펼쳐진 조그만 광장에 정차 중인 택시들이 줄지어 서 있었다. 그녀는 택시 안의 칸막이 창을 두드렸다.

"세워주세요, 운전사 아저씨. 여기 20프랑이에요. 빠른 속도로 계속 달려 절 악착같이 쫓아오는 사람을 좀 따돌려주세요."

그녀는 서 있던 택시들 중 하나에 뛰어올라 황급히 운전사에게 말했다.

"몽마르트르, 베르드렐 가 55번지로 가주세요."

그녀는 극적으로 위험에서 벗어났지만 너무나 지쳐 정신을 잃고 말았다.

그녀가 자신의 방 소파에서 정신을 차렸을 때, 안면이 없는 신사 하나가 곁에서 그녀를 들여다보고 있었다. 그녀의 엄마가 그 곁에서 근심 어린 눈길로 그녀를 쳐다보고 있었다. 아를레트는 그녀에게 웃어 보이려 애썼다. 신사가 그녀의 엄마에게 말했다.

"아직은 이것저것 캐묻지 마십시오, 부인. 아뇨, 아가씨, 말하려고 애쓰지 말아요. 우선 제 말을 들어요. 아가씨의 보스인 쉐르니츠가 레진느 오브리에게 아가씨가 그녀와 똑같은 방식으로 납치를 당했다고 알려왔습니다. 경찰에 곧 비상이 걸렸죠. 레진느 오브리는 친구나 다름없는 저에게 이번 사건을 뒤 게 전해주었고 저는 곧장 이곳으로 달려왔습니다. 아가씨 어머니와 저는 밤새 집 앞에서 당신이 나타나기만을 기다렸죠. 전 그들이 레진느 오브리처럼 당신도 곧 풀어줄 거라고 생각했으니까요. 전 당신을 태워온 운전사에게 어디서 오는 길이냐고 물어보았습니다. 빅투와르 광장에서 태웠을 뿐 그 외에는 아는 게 전혀 없다고 하더군요. 아뇨, 그냥 가만히 있어요. 오늘은 푹 쉬고 내일 모든 걸 이야기해 주세요."

아를레트는 악몽 같은 기억들이 되살아나는 듯 열에 들뜬 신음소리를 내뱉었다. 그녀가 다시 눈을 감으며 속삭이듯 말했다.

"누가 계단을 올라오고 있어요."

정말 누군가가 초인종을 눌렀다. 그녀의 어머니가 대기실로 건너갔다. 남자 두 명의 목소리가 울려 퍼졌다. 그중 하나가 이렇게 말했다.

"반 후벤입니다, 부인. 전 반 후벤, 바로 그 다이아몬드 튜닉의 반 후벤입니다. 따님께서 납치되었다는 소식을 접하자마자 여행에서 막 돌아온 베슈 반장과 함께 범인의 추적에 나섰습니다. 경찰서들을 다 돌아보고 지금 도착하는 길입니다. 관리인 말이 따님께서 무사히 돌아왔다고 하길래 물어볼 것이 있어 이렇게 올라오는 길입니다."

"하지만 선생님…."

"저에겐 아주 중요한 일입니다, 부인. 이번 사건은 제가 잃어버린 다이아몬드 사건과 깊은 관련이 있어요. 동일범이 틀림없습니다… 그래서 한시라도 빨리…."

그는 더 이상 허락을 기다리지 않고 베슈 반장과 함께 아를레트의 방으로 불쑥 들어섰다. 방 안의 광경에 그는 무척이나 놀란 듯이 보였다. 그의 친구, 장 당느리가 소파에 누워 있는 젊은 아가씨 앞에 무릎을 꿇고 앉아 심각한 표정으로 그리고 점잔을 빼며 그녀의 이마, 눈꺼풀, 뺨에 조심스럽게 키스를 퍼붓고 있었다.

반 후벤이 더듬거리며 말했다.

"당느리! …당신이… 도대체 여기서 무슨 짓을 하고 있는 거요?"

당느리는 팔을 뻗어 조용히 하라는 손짓을 했다.

"쉿! 소란 피우지 말아요… 아가씨를 진정시키고 있는 중이니까… 이보다 더 마음이 놓이게 하는 건 없어요. 긴장을 풀고 잠에 빠져드는 것 좀 봐요…."

"하지만…."

"내일… 내일… 레진느 오브리 집에서 모입시다. 그때까지 환자는 푹 쉬게 놔두고… 내일 아침에 봅시다….”

반 후벤은 넋이 나간 듯 그 자리에 서 있었다. 마즐르 부인 역시 일이 어떻게 돌아가고 있는지 전혀 이해할 수가 없었다. 하지만 그들보다 더 놀라 어찌해야 할 바를 모르는 사람은 바로 베슈 반장이었다.

창백하고 바싹 마른데다 키까지 작은, 우아하게 차려 입었지만 기형적으로 긴 두 팔 때문에 어딘지 우스꽝스러워 보이는 베슈 반장은 마치 자기 앞에 무시무시한 유령이 출현하기라도 한 듯 두 눈을 휘둥그레 뜨고 장 당느리를 뚫어져라 쳐다보았다. 그는 당느리를 알고 있는 것 같기도 하고 모르는 것 같기도 한 알쏭달쏭한 표정을 짓고 있었다. 그는 만면에 미소를 띠고 있는 그 젊은 가면 아래 베슈 그 자신에게는 악마의 얼굴 그 자체와 다름없는 다른 얼굴이 숨어 있지 않은지 유심히 살피고 있는 것 같았다.

반 후벤이 소개했다.

“이쪽은 베슈 반장… 이쪽은 장 당느리 씨… 그런데 베슈 반장, 당느리를 이미 알고 계신 듯한 표정이군요?”

베슈 반장은 뭔가 말을 하려고 했다. 그는 질문들을 쏟아놓고 싶었다. 하지만 그는 그럴 수가 없었다. 그는 눈을 동그랗게 뜬 채 이상한 치료를 계속하고 있는 수수께끼 같은 인물을 계속 노려보고만 있었다….

신사 탐정, 당느리

　　예정된 모임은 오전 10시에 레진느 오브리의 규방에서 열렸다. 반 후벤이 도착했을 때, 당느리는 자기 집처럼 편안하게 앉아 두 여자에게 농담을 하고 있었다. 셋 모두 아주 즐거워 보였다. 약간 기운이 없어 보이기는 했지만 쾌활하게 웃는 아를레트 마줄르의 표정은 그녀가 전날 밤 공포에 사로잡혀 여러 시간을 보냈다는 것이 믿어지지 않을 정도로 밝았다. 그녀는 당느리에게서 눈을 떼지 못했다. 그녀도 레진느처럼 그가 말하는 모든 것에 동의를 표했고, 그의 재치 있는 말솜씨에 웃음을 참지 못했다.

　　다이아몬드를 강탈당해 세상 살 맛이 안 날 정도로 상심해 있던 반 후벤이 화난 목소리로 외쳤다.

"제기랄! 이 상황이 당신들 셋한테는 마냥 재밌기만 한 모양이군!"

"그래요, 끔찍한 상황은 전혀 아니에요. 어떻게 보면 모든 게 잘됐어요."

당느리가 말했다.

"그렇기도 하겠군! 범인들이 당신 다이아몬드를 슬쩍한 것도 아니고, 아를레트 양의 경우에는 오늘 아침 모든 신문이 그녀의 납치 사건을 대서특필했으니 광고 한번 잘한 셈이고! 이 끔찍한 사건에서 손해를 보는 건 나밖에 없군."

"아를레트, 반 후벤의 말 때문에 기분 상해하진 말아요. 워낙 배운 게 없는 사람이라 아무 말이나 마구 해대니까."

레진느가 톡 쏘았다.

"내가 아무 말이나 아닌 것 한마디해 드릴까?"

반 후벤이 투덜거렸다.

"말해 봐요."

"좋아, 어젯밤 내가 들이닥쳤을 때 당신의 당느리께서는 아를레트 양 앞에 무릎을 꿇고 앉아 십여 일 전에 신통하게도 당신을 살려냈던 그 요상한 치료법을 그녀에게도 시험해보고 있었소."

"두 사람 다 지금 저에게 그 얘길 하고 있던 참이었어요."

"엥? 뭐라고! 그런데 당신은 질투도 안 난단 말이오?"

"질투요?"

"제기랄! 당느리가 당신에게 수작을 걸지 않았단 말이오?"

"걸었죠. 그것도 아주 멋있게."

"그럼 그건 그를 받아들인다는…?"

"당느리는 아주 탁월한 치료법을 갖고 있어요. 그걸 사용하는 것은 그의 의무예요."

"그의 즐거움이기도 하고."

"그에겐 잘된 일이죠."

반 후벤이 한탄하듯 말했다.

"아! 당느리! 정말 운이 좋기도 하군! 당신들을… 세상의 모든 여자들을 자기가 원하는 대로 다루다니!"

"모든 남자들 역시, 반 후벤. 당신이 그를 미워한다고 해도 다이아몬드를 찾으려면 그에게 희망을 걸 수밖에 없을 테니까."

"그래, 하지만 나는 그의 도움 없이 사건을 해결하기로 굳게 결심했어. 베슈 반장이 날 위해 직접 나서기로 했고…."

미처 말을 끝내기도 전에 뒤를 돌아본 반 후벤은 문턱에 서 있는 베슈 반장을 발견했다.

"언제 오셨소, 베슈 반장?"

"조금 전에 왔습니다. 문이 반쯤 열려 있더군요."

베슈가 레진느 오브리를 향해 살짝 고개를 숙이며 말했다.

"제가 한 말을 들으셨소?"

"예."

"제 결정에 대해 어떻게 생각하시오?"

잔뜩 찌푸린 표정을 짓고 있는 베슈 반장의 거동에서 뭔가 전투적인 분위기가 풍겼다. 그가 전날처럼 장 당느리를 뚫어져라 쳐다보며 또박또박 끊어 말했다.

"반 후벤 씨, 제가 잠시 자리를 비워 다이아몬드 강탈사건이 제 동료들 중 하나에게 맡겨지기는 했지만 제가 수사에 참여하게 되리라는 것은 의심할 여지가 없습니다. 전 벌써 아를레트 마졸르 양을 자택으로 찾아가 조사하라는 명령을 받았습니다. 하지만 미리 분명하게 밝혀두건대 전 어떠한 일이 있더라도, 공개적이든 비공개적이든, 당신 친구분들 중 어느 누구와도 공조하지 않을 것입니다."

"명확하군요."

장 당느리가 웃으며 말했다.

"아주 명확하죠."

당느리는 여전히 침착했지만 놀란 기색을 감추려 들지도 않았다.

"이런! 베슈 씨, 제가 썩 마음에 들지 않는 모양이군요."

"그렇소."

베슈 반장이 투박하게 대답했다. 그가 당느리에게 다가와 똑바로 쳐다보며 물었다.

"우리가 한 번도 만난 적이 없는 것이 확실합니까?"

"아뇨, 한 번 만난 적이 있죠, 23년 전에, 샹-젤리제에서. 같이 굴렁쇠를 굴리며 놀았죠, 아마? 그때 제가 딴죽을 걸어 당신을 넘어뜨렸는데, 보아하니 그 일 때문에 아직도 절 용서하지 않는 것 같군요. 친애하는 반 후벤 씨, 베슈 씨 말이 맞습니다. 우리 사이에는 공조가 전혀 불가능합니다. 그럼 일들 보실 수 있도록 놓아드리고 저도 일을 해야겠습니다. 자, 이제 볼일 보러들 가 보시죠."

"우리더러 가보라고?"

반 후벤이 말했다.

"그럼요! 여긴 레진느 오브리의 집이고, 당신들을 오라고 했던 건 바로 접니다. 서로 마음이 맞지 않으니, 안녕! 가서 볼일들 보세요."

그는 소파 위, 두 여자 사이에 털썩 주저앉아 아를레트 마졸르의 손을 잡았다.

"내 어여쁜 아를레트, 이제 마음의 평정을 되찾았으니 더 이상 시간을 낭비하지 맙시다. 이제 당신에게 일어났던 일을 자세히 설명해 주시오. 아무리 사소한 것이라도 하나도 빼지 말고."

아를레트가 잠시 망설였기 때문에 그가 덧붙였다.

"저 두 신사분은 신경 쓰지 말아요. 저 사람들은 여기 없는 거야. 이미 가버렸어. 자, 말해 봐, 내 어여쁜 아를레트. 내가 너에게 말을 놓는 건 내 입술로 벨벳보다 더 부드러운 네 뺨 위를 거닐었고, 그로 인해 연인의 권리들을 획득했기 때문이야."

아를레트는 얼굴을 붉혔다. 레진느도 웃음을 터뜨리며 그녀에게 이야기를 해보라고 재촉했다. 아를레트의 진술이 궁금했던 반 후벤과 베슈도 밀랍으로 된 눈사람처럼 꼼짝도 않고 서 있었다. 마침내 아를레트는 그녀를 포함해 어느 누구도 저항할 수 없을 것 같은 그 사내가 요구한 대로 자신이 겪은 모든 일을 자세하게 이야기했다.

그는 아무 말도 않고 듣고만 있었다. 가끔씩 레진느가 동의의 표시로 말을 거들었다.

"그래 맞아… 계단이 여섯 개인 현관 충계… 그래, 흰색과 검은색 타일이 깔린 현관… 그리고 맞은편 2층에는 각종 가구들과 푸른 비단으로 꾸며진 살롱."

아를레트가 이야기를 끝마치자, 당느리는 뒷짐을 진 채 방 안을 오락가락하다 창에 이마를 대고 한참 동안 생각에 잠겼다. 그리고 마침내 결론을 내렸다.

"어렵군… 어려워… 그렇지만 약간의 빛이… 터널의 출구를 가리켜주는 약간의 서광이 보여."

그가 다시 소파에 앉아 아가씨들에게 말했다.

"유사한 범행 방식과 같은 범인들이 – 동일범들의 소행이라는 것은 이제 의심할 여지가 없으니까 – 등장하는 두 사건이 벌어졌을 때는 무엇보다 그 두 사건을 구별되게 해주는 차이점을 찾아내야만 해요. 그리고 그것을 찾아냈을 때는 끈질기게 물고 늘어져 확신할 수 있는 모든 단서들을 뽑아내야 하죠. 그런데 이모저모를 고려해본 결과, 이번 사건의 경우 우리가 파고들 수 있는 틈은 아무래도 당신들 둘을 납치한 동기의 차이에 있는 것 같아요."

그는 잠시 말을 멈추고 큰 소리로 웃기 시작했다.

"하하하! 이거 내가 하나마나한 소리를 한 것 같군. 하지만 내가 장담하건대 이건 아주 중요한 사실이에요. 상황이 갑자기 아주 간단해졌으니까. 내 아름다운 레진느, 당신의 경우는 조금도 의심할 여지가 없어요. 당신은 그 호탕한 반 후벤으로 하여금 눈물을 펑펑 쏟게 만든 다이아몬드들 때문에 납치되었어요. 그 점에 대해선 아무도 이의를 제기할 수 없을 겁니다. 베슈 반장도 이 자리에 있었다면 내 의견에 동의했을 거라고 난 확신하오."

베슈 반장은 아무 말도 않은 채 당느리가 말을 잇기만을 기다렸다. 장 당느리가 아를레트를 향해 돌아보았다.

"그렇다면 벨벳보다 더 부드러운 뺨을 가진 나의 어여쁜 아를레트, 그들은 왜 힘들여 널 납치하는 수고를 했을까? 네 전 재산이라고 해봐야 네 손바닥 안에 다 들어갈 정도일 텐데, 안 그래?"

그가 말했듯 벨벳보다 더 부드러운 뺨을 가진 아를레트는 두 손바닥을 펴 보였다.

"텅 비었군!"

그가 소리쳤다.

"따라서 절도가 목적이었다는 가정은 제쳐두고 우리는 사랑, 복수 또는 네가 용이하게 만들 수도 있고 방해가 될 수도 있는 어떤 계획의 실행에 내재된 이유에서 범행 동기를 찾아야만 해. 아를레트, 무례한 질문이지만 부끄러워하지 말고 솔직하게 대답해 줘. 지금까지 누굴 사랑한 적 있었나?"

"아뇨."

"사랑을 받은 적은?"

"모르겠어요."

"하지만 구애를 받은 적은 있었을 것 아냐? 피에르나 필립 같은 청년한테."

그녀가 순진하게 항의했다.

"아니에요, 옥타브와 자크였어요."

"그 옥타브와 자크는 성실한 청년들이겠지?"

"네."

"따라서 이번 사건에 연루되었을 리가 만무하지?"

"그럴 리가 없어요."

"그렇다면?"

"그렇다면, 뭐요?"

그가 그녀를 향해 몸을 숙였다. 그리고 천천히 자신의 모든 영향력이 그녀에게 배어들도록 힘이 실린 목소리로 속삭였다.

"잘 찾아봐, 아를레트. 눈에 보이는 외적인 사실들, 너에게 충격을 준 것들, 네가 되새기고 싶거나 떠올리기도 싫은 그런 것들이 아니라 네 의식을 살짝 스쳐간 것들, 말하자면 네가 잊어버린 것들을 되살려보라는 거야. 약간 특별하다거나 약간 비정상적인, 뭐 그런 일들 없었어?"

그녀는 미소를 지어 보였다.

"없어요… 전혀…."

"아니, 있어. 아무 목적도 없이 널 납치했을 리가 없어. 분명히 준비 과정이 있었고, 그 와중에 어떤 조짐들이 널 스쳐지나갔을 거야, 너도 모르는 사이에… 잘 생각해 봐."

아를레트는 전력을 다해 찾아보았다. 의식의 어느 구석에 잠들어 있는, 당느리가 원하는 미세한 기억들을 깨워내려고 애썼다. 장 당느리가 보다 자세히 설명했다.

"누군가가 어둠 속에 숨어 네 주위를 맴돌고 있다는 느낌을 받은 적 없었어? 신비로운 물건을 만졌을 때처럼 갑자기 불안이 엄습해온 적은? 나는 실제적인 위험이 아니라 '이게… 무슨 일이지? …무슨 일이 일어나고 있는 거지? …무슨 일이 일어나려는 거지?'라고 중얼거리게 되는 막연한 위협들을 말하고 있는 거야."

아를레트의 표정이 가볍게 굳어졌다. 그녀의 두 눈이 한 점에 고정되는 것처럼 보였다. 장이 외쳤다.

"됐어! 찾았어. 아! 베슈와 반 후벤이 이 자리에 없어서 안됐군… 설명해 봐, 내 어여쁜 아를레트."

생각에 몰두한 채 그녀가 말했다.

"어느 날 한 신사분이…."

이 서두에 흥분한 장 당느리가 그녀를 소파에서 벌떡 일으키더니 함께 춤을 추기 시작했다.

"바로 그거야! 그리고 그건 마치 동화처럼 시작되는군! 옛날 옛적에… 맙소사! 넌 정말 매력적이야, 벨벳보다 더 부드러운 뺨을 가진 아를레트! 그래서 너의 그 신사분에게 무슨 일이 일어났지?"

그녀는 다시 소파에 앉아 느린 목소리로 말을 이었다.

"그 신사분은 한 자선사업의 일환으로 열린 패션쇼를 관람하기 위해 많은 사람들이 모였던 날 오후 자기 누이와 함께 왔어요. 아마 석 달쯤 된 것 같아요. 전 눈치를 채지 못했는데 한 동료가 이렇게 말하더군요. '아를레트, 남자 하나가 너한테 푹 빠졌어. 근사하게 차려입은 사람인데 너한테서 눈을 떼지 못하더라. 매니저 언니 말로는 자선사업을 하는 사람이래. 아를레트, 너 돈 모으겠다더니 잘됐네.'"

"돈을 모아? 네가?"

당느리가 말을 끊었다.

"제가 아틀리에 동료들을 위한 기금을 설립하고 싶다고 했더니―시집갈 때 가져가는 지참금 기금 같은 거요, 사실 꿈같은 이야기죠―동료들이 놀리느라 한 말이에요. 한 시간 후, 키가 큰 한 신사분이 출구에서 기다리다가 절 뒤쫓아 오길래 전 좋은 말로 돌려보내야겠다고 생각했어요. 그런데 지하철 역에 도착하자 그가 없어져 버렸어요. 그 다음 날에도, 또 그 다음 날에도… 똑같은 일이 며칠간 계속되었어요. 하지만 아무 일도 없었어요. 일주일쯤 지나자 그 사람이 더 이상 나타나지 않았거든요. 그리고 며칠이 지난 어느 날 저녁…."

"어느 날 저녁…?"

아를레트가 목소리를 낮췄다.

"귀가해서 저녁을 먹고 설거지와 청소를 끝내면 전 가끔 몽마르트르 언덕 꼭대기에 사는 한 친구 집에 놀러가곤 했어요. 친구 집 바로 앞에 제가 11시쯤 집으로 돌아갈 때면 늘 인적이 끊기는 어두컴컴한 골목이 하나 있어요. 바로 거기서, 마차가 드나드는 커다란 대문 구석에 숨어 있는 한 사내의 그림자를 연

속적으로 세 번이나 봤어요. 그 남자는 두 번은 꼼짝도 하지 않았지만, 세 번째에는 숨어 있던 곳에서 나와 제 앞길을 가로막으려 했어요. 전 비명을 지르면서 도망치기 시작했죠. 그 사람은 쫓아오지 않았어요. 그 후로는 그 길을 피해 다녀요. 이게 다예요."

그녀가 입을 다물었다. 베슈와 반 후벤은 그녀의 이야기에 큰 흥미를 느끼지 못하는 것 같았다. 그때 당느리가 물었다.

"왜 우리에게 그 두 이야기를 들려준 거지? 두 이야기 사이에 관계가 있다고 생각해?"

"예."

"어떤?"

"전 늘 절 염탐했던 사내가 절 쫓아왔던 그 신사분이라고 믿었어요."

"뭘 근거로 그렇게 믿었던 거지?"

"세 번째 날 밤, 경황이 없는 중에도 몽마르트르 언덕의 사내가 밝은 색의 각반이나 목이 달린 구두를 신고 있는 걸 봤어요."

"그 신사분처럼 말이지?"

장 당느리가 활기가 넘치는 목소리로 외쳤다.

"예."

아를레트가 대답했다.

반 후벤과 베슈는 얼떨떨한 표정을 짓고 있었다. 레진느가 흥분된 목소리로 물었다.

"오페라에서 날 납치했던 범인도 그런 종류의 신발을 신고 있었잖아? 기억 안 나, 아를레트?"

"맞아요… 그래요… 전 그 생각은 못했었어요."

"어제 널 납치했던 사람도, 아를레트… 가짜 의사 브리쿠 말이야…."

"그래요, 맞아요."

그녀가 했던 말을 다시 반복했다.

"하지만 전 그걸 비교해볼 생각은 못했어요… 이제 또렷하게 기억이 나요."

"아를레트, 마지막으로 한 번만 더 노력해 봐. 넌 우리에게 그 신사의 이름을 밝히지 않았어. 그 사람 알아?"

"예."

"이름이 뭐지?"

"멜라마르 백작이오."

레진느와 반 후벤은 소스라치듯 놀랐다. 장은 놀라움을 애써 감췄다. 베슈는 어깨를 으쓱했고, 반 후벤은 이렇게 외쳤다.

"말도 안 되는 소리! 아드리엥 드 멜라마르 백작… 나도 안면이 있는 사람이야! 자선단체 운영회 회의 때 가까이 앉아 지켜볼 기회가 있었지. 그는 악수를 나눴다는 사실만으로도 자랑스러울 정도의 완벽한 신사야. 멜라마르 백작이 내 다이아몬드를 강탈해?"

"전 그를 범인으로 지목한 적 없어요. 전 이름 하나를 말했을 뿐이에요."

아를레트가 어쩔 줄 몰라 하며 말했다.

“아를레트 말이 맞아요. 그녀는 우리가 물으니까 대답한 것뿐이에요. 그와 그의 누이에 대해 세간에 알려진 바에 따르면, 멜라마르 백작은 길에서 당신을 염탐한 사내일 리도 없고 우리를 납치했던 남자일 리도 없어요.”

레진느가 말했다.

“그 사람 밝은 색 목이 달린 신발을 신고 다닙니까?”

장 당느리가 물었다.

“그건 저도 잘 모르겠어요… 맞아요… 가끔씩….”

“거의 언제나.”

반 후벤이 단정적으로 말했다.

그의 단언에 침묵이 이어졌다. 곧 반 후벤이 이어 말했다.

“오해가 있는 게 분명해요. 반복해 말하지만 멜라마르 백작은 완벽한 신사입니다.”

“그럼 그를 만나러 가보도록 합시다.”

당느리가 아주 간단하다는 듯 말했다.

“반 후벤, 당신에게 베슈 씨라고 경찰에 몸담고 있는 친구가 하나 있지 않았나요? 그 사람이 우릴 그 집에 들어가게 해줄 겁니다.”

베슈가 벌컥 화를 냈다.

“그런 지위에 있는 사람 집에 사전 조사도, 증거도, 영장도 없이 무턱대고 들어가 말도 안 되는 잡담을 근거로 그들을 심문할 수 있다고 생각하시오? 그럼, 말도 안 되는 잡담이지. 30분 전부터 내가 들은 이야기는 어불성설의 극치였소.”

당느리가 나지막하게 속삭였다.

"내가 얼간이하고 굴렁쇠를 굴리며 놀았군! 정말 후회막급이야!"

그가 레진느를 향해 돌아보았다.

"친애하는 나의 레진느, 전화번호부에서 아드리엥 드 멜라마르 백작의 번호를 찾아 전화를 좀 해주시겠소? 베슈 씨는 제쳐두고 우리끼리 해결하도록 합시다."

그가 자리에서 일어났다. 잠시 후, 레진느 오브리가 수화기를 건네주자 그가 말했다.

"여보세요! 멜라마르 백작 댁입니까? 전 당느리 자작이라고 합니다… 멜라마르 백작님 본인이십니까? 귀찮게 해드려 죄송합니다만, 제가 2, 3주 전에 백작님께서 분실하신 몇몇 물건들에 대해 신문에 내신 광고를 읽었습니다. 핀셋 꼭지, 은 촛농받이 하나, 열쇠 구멍 하나 그리고 푸른 비단으로 된 초인종 리본 반쪽… 별 가치는 없지만 특별한 이유들로 해서 백작님께서 아끼시는 물건들이라고… 제 기억이 정확합니까? …그렇다면 절 댁으로 맞아주신다면 그 물건들을 되찾는 데 필요한 정보들을 드릴 수도… 오늘 오후 2시쯤?… 아주 좋습니다… 아! 한 가지 더, 이유는 나중에 설명드릴 테니 여자분 둘을 데려가도 되겠습니까? …정말 친절하시군요, 백작님. 나중에 뵙겠습니다."

당느리가 수화기를 내려놓았다.

"베슈 씨가 있었다면 누구 집이든 원하기만 하면 들어갈 수 있다는 걸 지금쯤 알았을 텐데. 레진느, 전화번호부에서 백작의 주소도 봤소?”

“위르페 가 13번지예요.”

“그럼 포부르 생-제르맹 지역이로군.”

레진느가 물었다.

“그 물건들은 어디 있어요?”

“내가 갖고 있소. 광고를 본 바로 그날 푼돈 13프랑 50을 주고 샀죠.”

“왜 그것들을 백작에게 보내지 않았어요?”

“멜라마르라는 이름을 대하자 뭔가가 희미하게 떠올랐어요. 19세기에 그런 비슷한 성을 가진 사람의 사건이 있었던 것 같았죠. 하지만 그것에 대해 조사해볼 시간은 없었어요. 그때 못한 걸 이제 해보도록 합시다. 레진느, 아를레트, 팔레-부르봉 광장으로 2시 10분 전까지 나와요. 이것으로 폐회하겠습니다.”

진정 효율적인 회의였다. 당느리에겐 장애들을 제거하고 마침내 두드릴 수 있는 문을 발견하는 데에 단 30분이면 족했다. 어둠 속에서 실루엣 하나가 드러났고, 이번 사건에서 멜라마르 백작은 어떤 역할을 했을까?라는 아주 구체적인 질문이 제기되었다.

레진느는 점심이나 같이 하자며 아를레트를 붙잡았다. 당느리는 반 후벤과 베슈보다 일이 분 늦게 자리를 떴다. 하지만 그는 3층 층계참에서 그들과 마주쳤다. 갑자기 격분한 베슈가 반 후벤의 윗도리 깃을 움켜쥔 채 소리를 지르고 있었다.

“아니, 나는 당신이 보나마나 파탄으로 이를 것이 분명한 길을 따르는 것을 더 이상 보고만 있을 수는 없소. 안 돼요! 난 당신이 한 사기꾼의 희생자가 되는 꼴을 보고 싶지 않아요. 당신 그 사람이 누군지 알고나 있는 거요?"

당느리가 앞으로 나서며 말했다.

"보아하니 내 얘길 하는 것 같은데, 베슈 반장이 알고 있는 걸 다 털어놓고 싶은 모양이로군."

그가 명함을 내밀었다.

"항해가 장 당느리 자작이오."

그가 반 후벤에게 말했다.

"허튼소리!"

베슈가 소리쳤다.

"당신은 자작도 당느리도 아냐, 항해가는 더더욱 아니고."

"베슈 씨, 당신은 정말 예의가 바르군요. 그럼 제가 누구죠?"

"당신은 짐 바르네야! 짐 바르네가 틀림없어! …아무리 변장을 해도, 가발과 그 낡은 프록코트를 벗어던져도 아무 소용없어. 사교계 인사나 스포츠맨의 가면을 쓰고 있어도 난 당신을 알아볼 수 있어. 당신은 바르네 상사의 짐 바르네, 나와 열두 번이나 손을 잡았고, 날 열두 번이나 속여 말아먹은 그 바르네야! 이젠 지긋지긋해. 사람들을 당신 같은 자로부터 보호하는 게 내 의무야. 반 후벤 씨, 이자를 믿어서는 안 됩니다!"

당황한 반 후벤은 태평스럽게 담뱃불을 붙이고 있는 장 당느리를 쳐다보았다. 그리고 물었다.

"베슈 씨 주장이 사실입니까?"

"그럴지도… 저도 모르겠군요. 당느리 자작으로서의 제 신분
증들은 아무런 문제가 없습니다. 하지만 절친한 친구였던 짐 바
르네의 이름으로 된 신분증들을 제가 안 가지고 있는지는 저도
확신할 수가 없군요."

"그럼 보트를 타고 한 세계일주, 그건 정말로 한 겁니까?"

"아마도. 제 기억 속에선 그 모든 게 다 희미하군요. 하지만
그게 당신이랑 무슨 상관입니까? 당신에게 중요한 것은 당신
다이아몬드를 되찾는 겁니다. 따라서 반장이 주장하는 바와 같
이 제가 그 놀라운 바르네라면, 당신에겐 성공의 확실한 보증수
표가 되지 않겠습니까, 친애하는 반 후벤 씨?"

"다이아몬드를 도둑맞을 거라는 보증수표예요, 반 후벤 씨."
베슈가 으르렁거렸다.

"그렇습니다, 그는 성공할 겁니다. 그래요, 그는 우리가 함께
일했던 열두 번 모두 사건을 해결해 죄인들의 덜미를 잡거나 도
난당한 물건을 되찾았어요. 하지만 그 열두 번 모두 그는 되찾
은 물건의 일부 혹은 전부를 꿀꺽 삼켜버렸습니다. 그래요, 그
는 당신의 다이아몬드를 찾아낼 겁니다. 하지만 그는 그것들을
당신 코앞에서 슬쩍해버릴 겁니다. 당신이 얼떨떨해하는 사이
에. 그는 이미 당신을 옭아맸습니다. 이제 당신은 그의 덫에서
벗어날 수가 없습니다. 그가 정말 당신을 위해 일한다고 믿으십
니까, 반 후벤 씨? 그는 자기 자신을 위해 일하고 있을 뿐이에
요! 짐 바르네든 당느리든, 신사든 탐정이든, 항해가든 강도든,
그는 자신이 노리는 것 이외에는 안중에도 없습니다. 그를 이번

수사에 참여하도록 놓아둔다면 당신 다이아몬드는 이미 없어진 것이나 진배없습니다, 반 후벤 씨."

"아! 그렇게는 안 되지!"

화가 난 반 후벤이 버럭 소리를 질렀다.

"당신 정체를 알았으니 여기서 갈라서도록 합시다. 힘들여 찾아봤자 다시 도둑맞는다고? 그럴 순 없지! 당신은 당신 일이나 잘하시오, 당느리. 내 일은 내가 알아서 할 테니까."

당느리가 껄껄대며 웃기 시작했다.

"지금으로서는 내 일보다는 당신 일이 더 흥미로운걸?"

"내가 금하건대…."

"당신이 내게 뭘 금한다는 말이오? 당신 다이아몬드에는 아무나 관심을 가질 수 있소. 없어진 물건이니까. 나에게는 다른 사람들과 마찬가지로 도난당한 다이아몬드를 찾아 나설 권리가 있단 말이오. 게다가 어떡하겠소? 이번 사건이 내 열정에 부채질을 하는데다 연루된 아가씨들이 둘 다 너무나 예쁜걸! 레진느, 아를레트! 눈에 넣어도 안 아플 미녀들… 난 당신의 다이아몬드를 찾아내기 전에는 절대 이번 사건에서 손을 떼지 않을 거요!"

"난 당신을 감옥에 처넣기 전에는 이번 사건에서 절대 손을 떼지 않을 거야, 짐 바르네."

격분한 베슈가 이빨을 갈며 말했다.

"앞으로 재미 좀 보겠구면. 그럼 안녕히, 동지들. 그리고 행운이 있기를. 누가 압니까? 조만간에 다시 만나게 될지."

당느리는 담배를 입에 물고 가벼운 발걸음으로 자리를 떴다.

당느리가 기다리고 있는 작고 한가로운 팔레-부르봉 광장에 도착해 차에서 내리는 아를레트와 레진느의 안색은 창백했다.

"말해 봐요, 당느리. 멜라마르 백작이 우리를 납치했던 범인 일지도 모른다는 생각은 안 들어요?"

레진느가 물었다.

"왜 그런 생각을 했소, 레진느?"

"저도 모르겠어요… 예감이랄까… 전 약간 겁이 나요. 아를레 트도 저와 마찬가지예요. 그렇지 않니, 아를레트?"

"예, 저도 가슴이 조마조마해요."

"그래서? 만약 그가 범인이라면 당신들을 잡아먹기라도 할 거라고 생각하오?"

장이 말했다.

로슈페르떼 저택… 우름므 저택… 박공에 역사적인 이름들이 새겨져 있는 18세기의 낡은 저택들이 양쪽으로 줄지어 늘어서 있는 위르페 가는 그리 멀지 않았다. 슬픔에 젖어 있는 듯한 건 물 전면, 아주 낮은 중이층(中二層), 마차들이 드나드는 높다란 대문, 여기저기 포장이 벗겨진 뜰 안쪽에 자리잡고 있는 안채, 저택들은 모두 거의 비슷해 보였다. 멜라마르 백작의 저택도 다 른 저택들과 크게 다르지 않았다.

당느리가 초인종을 누르려는 순간, 택시 한 대가 멈추더니 반 후벤과 베슈가 민망스러운지 당당한 표정을 지으려 애쓰며 훌 쩍 뛰어내렸다.

당느리는 화난 표정을 지으며 팔짱을 꼈다.

"저 두 사람, 정말 뻔뻔스럽기도 하군! 한 시간 전만 해도 날 못 잡아먹어 난리를 치더니 그새 내 꽁무니에 거머리처럼 착 달라붙다니!"

그는 그들에게 등을 돌리고 초인종을 눌렀다. 일 분 후, 등이 완전히 굽은, 짧은 반바지에 밤색의 긴 웃옷을 입은 노인이 대문 한쪽에 나 있는 쪽문을 열고 나왔다. 당느리가 이름을 밝히자 그가 말했다.

"주인님께서 기다리고 계십니다. 저쪽으로….."

노인은 손가락으로 뜰 건너편에 있는, 유리지붕으로 덮인 중앙 현관 계단을 가리켰다. 그때 갑자기 레진느가 휘청거리며 말했다.

"여섯 계단… 현관 층계의 단이 여섯 개야."

그러자 아를레트가 못지않게 놀란 목소리로 답하듯 속삭였다.

"맞아요, 여섯 계단… 바로 그 현관 층계예요… 그때 그 마당… 어떻게 이런 일이! …바로 여기예요! …바로 여기예요!"

형사반장, 베슈

당느리는 두 아가씨의 팔을 부축해 일으켜 세웠다.

"이것 봐요, 진정들 하세요! 손안에 들어온 기회를 이렇게 팽개치면 어떡합니까!"

늙은 집사는 조금 앞서 걷고 있었다. 베슈와 함께 허락도 받지 않고 마당으로 들어선 반 후벤이 베슈의 귀에 대고 속삭였다.

"냄새가 나더라니! 놓치지 않았으니 얼마나 다행이오! …다이아몬드를 조심해요… 당느리에게서 눈을 떼지 말아요."

그들은 울퉁불퉁하고 넓적한 포석들이 깔린 마당을 가로질렀다. 아무런 장식도 창문조차도 없는 이웃 저택들의 벽이 좌우로 마당을 에워싸고 있었다. 안쪽에 높다란 십자형 유리창으로 장식된 안채가 웅장한 위용을 뽐내며 서 있었다. 그들은 여섯 계단을 올랐다.

레진느 오브리가 더듬거리며 말했다.

"만약 현관에 흰색과 검은색의 타일이 깔려 있다면, 난 쓰러지고 말 거야."

"정신 똑바로 차려요!"

당느리가 용기를 북돋았다.

현관에는 흰색과 검은색의 타일이 깔려 있었다.

당느리가 팔을 사정없이 꼬집는 바람에 두 일행은 그나마 후들거리는 다리로 서서 버티고 있었다.

"제길, 이러다간 아무 일도 안 되겠군."

그가 웃으며 투덜거렸다.

"층계 양탄자까지 똑같아."

레진느가 속삭였다.

"같아요… 난간도 똑같아요…."

아를레트가 신음하듯 내뱉었다.

"좋아요, 그 밖엔?"

당느리가 말했다.

"살롱까지 똑같다면…?"

"중요한 건 그곳까지 가는 거요. 만약 백작이 범인이라면 우릴 그곳으로 데려가지 않으려 할 거요."

"그럼 어떻게 하죠…?"

"데려가게 만들어야지. 아를레트, 용기를 내. 무슨 일이 있더라도 잠자코 있어야 해!"

바로 그때 아드리엥 드 멜라마르 백작이 방문객들을 마중 나와 그들을 그의 작업실로 보이는, 루이 16세 시대의 마호가니 가구들로 장식된 일층의 한 방으로 데리고 갔다. 백작은 머리가 희끗희끗한 사십대 중반의 남자로 인상이 나빠 선뜻 호감이 가지 않는 인물이었다. 그의 눈길은 딴 생각을 하는지 가끔씩 흐려져 멍해 보였고, 그것이 마주 대하는 사람들을 당황케 했다.

레진느에 이어 아를레트에게 인사를 하려던 그는 잠시 움찔했다. 곧 자세를 가다듬어 인사를 했지만 그것은 신사의 몸에 배인 습관적인 몸짓일 뿐이었다. 장 당느리는 먼저 자기 소개를 하고 이어 두 일행을 소개했다. 하지만 그는 베슈나 반 후벤에 대해서는 일언반구도 하지 않았다.

반 후벤이 약간 지나칠 정도로 비굴하게 고개를 숙여 인사를 하고는 점잔을 빼며 말했다.

"보석상, 반 후벤… 오페라에서 다이아몬드를 강탈당한 바로 그 반 후벤입니다. 그리고 이쪽은 제 일을 돕고 계시는 베슈 씨."

예상치 못한 방문객의 수에 놀라기는 했지만 백작은 아무 말도 하지 않았다. 그는 인사를 하고 기다렸다.

반 후벤, 오페라에서 강탈당한 다이아몬드, 베슈, 이 모든 것이 그에게는 아무런 의미도 없는 것처럼 보였다.

그때 상황을 예의주시하고 있던 당느리가 조금도 당황하지 않고 입을 열었다.

"백작님, 우연이란 것이 참 많은 일을 하더군요. 백작님께 미미하나마 도움이 될까 해서 이곳을 찾은 오늘도 낡은 귀족 명부를 뒤적거리다가 우리가 먼 사촌뻘이라는 사실을 발견했습니다. 수르댕에서 출생하신 제 외증조모님께서 장자는 아니지만 멜라마르-생통주 집안의 자손이셨던 분과 혼인을 하셨더군요."

백작의 표정이 환하게 밝아졌다. 그는 이러한 계보 문제에 관심이 많은 듯 보였다. 그는 곧 장 당느리와 열띤 대화를 나누었고, 대화가 이어질수록 그들의 인척 관계는 더욱더 확실한 것으로 변해갔다. 그 사이 아를레트와 레진느는 조금씩 기운을 회복하고 있었다. 반 후벤이 낮은 목소리로 베슈에게 말했다.

"도대체 이게 어떻게 된 영문이오? 그가 멜라마르 백작의 인척이라니!"

"그럼 난 교황 사촌이게요."

베슈가 으르렁댔다.

"저 친구 정말 배짱 한번 두둑하군!"

"이 정돈 약과예요."

그 사이, 당느리는 점점 더 거침없이 말을 이어나갔다.

"아, 제 말이 너무 길어졌군요. 허락하신다면 제가 어떻게 우연의 덕을 봤는지 곧장 말씀드리겠습니다."

"말씀해 보시지요."

"첫 번째 우연은 어느 날 아침 제가 지하철을 타고 가다가 백작님께서 광고를 내신 신문을 들여다본 것입니다. 사실, 전 백작님께서 애써 찾으시려는 물건들이 너무나 보잘것없다는 사실에 깜짝 놀랐습니다. 푸른 리본, 열쇠 구멍, 촛농받이, 핀셋 꼭지 같은 것들은 잃어버렸다고 해서 신문에 광고를 낼 정도의 물건들은 아니니까요. 저는 곧 그 광고를 잊었습니다. 그리고 아마도 다시는 떠올리지도 않았겠지요. 만약 제가 벼룩시장에서….”

장은 흥미를 돋우기 위해 잠시 뜸을 들였다가 이어 말했다.

“백작님께서도 벼룩시장에 대해서는 알고 계시겠죠? 잡다한 물건들을 아무렇게나 잔뜩 쌓아놓고 파는 시장 말입니다. 전 가끔 거기서 아주 쓸 만한 물건들을 건지기도 한답니다. 아무튼 그 흥미로운 산책을 후회해본 적은 없었어요. 예를 들어, 그날 아침에도 깨진 걸 다시 붙였지만 스타일이 아주 멋진 자기 성수반 하나… 수프 그릇 하나… 골무 하나를 찾아냈죠. 간단히 말해 횡재를 한 겁니다. 그런데 갑자기, 보도 블록 위에 뒤죽박죽 쌓여 있는 싸구려 용기들 사이에 굴러다니는 리본 끝자락이 제 눈길을 끌지 뭡니까… 예, 그렇습니다, 백작님, 낡아 색이 바랜, 푸른 비단으로 된 초인종 리본 자락이었습니다. 그리고 그 옆에 열쇠구멍, 은 촛농받이, 핀셋 꼭지도 놓여 있었죠….”

멜라마르 백작의 안색이 갑자기 변했다. 그가 흥분을 감추지 못하며 외쳤다.

“그 물건들이! 어떻게 이런 일이! 바로 내가 잃어버린 물건들이야! 그런데 어디다 알아봐야 하죠? 어떻게 그것들을 되찾을 수 있죠?”

“저한테 말씀만 하시면 됩니다, 백작님.”

“뭐라고요! …당신이 그것들을 사셨군요! 얼마를 주셨죠? 제가 그 두 배, 아니 세 배를 보상해 드리겠습니다! 전 그 물건들에….”

당느리가 그를 진정시켰다.

“그냥 드리겠습니다. 다 합쳐 고작 13프랑 50밖에 들지 않았으니까요!”

“그것들은 지금 댁에 있습니까?”

“여기 있습니다. 제 주머니 속에. 오는 길에 집에 들러 가지고 왔죠.”

멜라마르 백작은 다짜고짜 손부터 내밀었다.

“잠깐만, 저도 보상으로 자그마한 부탁을 하나 드렸으면 하는데… 오! 정말 별것 아닙니다.”

장 당느리가 쾌활하게 말했다.

“제가 천성적으로 호기심이 많아서… 이 물건들이 놓여 있던 곳과 백작님께서 이 물건들에 그토록 집착하시는 이유를 알고 싶군요.”

백작은 잠시 망설였다. 요구가 다분히 무례하기는 했지만 그의 망설임은 극히 의미심장한 것이었다! 이윽고 그가 대답했다.

“어려울 것 없죠. 그럼 절 따라 2층에 있는 살롱으로 올라가시죠.”

두 아가씨를 흘낏 쳐다보는 당느리의 눈초리는 이렇게 말하고 있었다.

“봤지… 뜻만 있으면 어떤 일이든 해낼 수 있는 법이야.”

하지만 그는 허물어지는 그들의 표정을 보고 그들이 동요하고 있다는 것을 알아차렸다. 그들에게 있어서 살롱은 극심한 공포를 맛보았던 바로 그 장소였다. 그곳으로 돌아간다는 것은 감당해내기 힘든 무시무시한 확신을 얻게 되리라는 것을 뜻했다. 반 후벤 역시 이제 곧 진실에 한 걸음 더 다가가리라는 것을 알아차렸다. 베슈 반장 역시 흥분을 감추지 못하고 백작 뒤를 바싹 좇았다.

"제가 안내할 테니 따라들 오시죠."

백작이 말했다.

그들은 방에서 나와 타일이 깔린 현관을 가로질렀다. 메아리치는 발자국 소리가 층계 아래 공간을 가득 채웠다. 레진느는 걸어 올라가며 층계의 수를 셌다. 스물다섯이었다… 스물다섯! 층계의 수 역시 똑같았다. 그녀는 더 심한 현기증을 느끼며 비틀거렸다.

모두가 그녀 주위에 몰려들었다.

"무슨 일이오? 몸이라도 불편한가요?"

"아뇨, 아니에요, 잠시 어지러워서… 죄송해요."

레진느가 눈을 감은 채 중얼거렸다.

"어디 좀 앉아 쉬셔야겠어요."

백작이 살롱의 문을 밀며 말했다.

반 후벤과 당느리가 그녀를 부축해 소파에 앉혔다. 하지만 그때 살롱으로 들어서던 아를레트 역시 외마디 비명을 지르고는 안락의자 위에 쓰러져 기절하고 말았다.

그러자 모두들 당황하여 약간은 코믹한 소동이 벌어졌다. 다들 어찌할 바를 몰라 우왕좌왕했다.

백작이 소리쳤다.

"질베르트! …게르트뤼드… 빨리! 각성제… 에테르 갖고 와. 프랑수와, 게르트뤼드를 불러오게."

프랑수와가 제일 먼저 도착했다. 그는 저택의 집사로 아마 그 못지않게 늙고 쪼글쪼글한 그의 아내, 게르트뤼드와 함께 이 집에서 일하는 유일한 하인인 것 같았다. 게르트뤼드가 곧바로 달려왔고, 이어 백작이 질베르트라고 불렀던 사람이 들어왔다. 백작이 그녀에게 외쳤다.

"질베르트, 이 두 아가씨가 몸이 불편한 모양이야."

갈색 머리에 젊고 균형 잡힌 얼굴, 질베르트 드 멜라마르(이혼한 그녀는 다시 집안의 성을 사용했다)는 키가 크고 거만해 보였지만 차림새나 풍채에 뭔가 약간 퇴색된 느낌이 들었다. 오빠보다는 인상이 훨씬 부드러웠지만 아름다운 검은 눈 때문에 사뭇 심각해 보였다. 당느리는 그녀가 입고 있는 짙은 자주색 드레스에 검은색 벨벳 띠들이 있는 것을 눈여겨봐 두었다.

살롱에서 이해하기 힘든 광경이 펼쳐지고 있었지만 그녀는 냉철함을 잃지 않았다. 콜로뉴 수(水)로 아를레트의 이마를 닦아준 그녀는 게르트뤼드에게 아를레트를 맡기고 레진느에게 다가갔다. 장 당느리는 자신이 예상하고 있던 사태를 더 자세히 관찰하기 위해 레진느 곁에서 호들갑을 떨고 있는 반 후벤을 밀쳤다. 질베르트 드 멜라마르가 몸을 숙이며 말했다.

"이분은? 그렇게 심각한 것 같지는 않은데… 기분이 좀 어때요?”

그녀는 각성수 병을 열어 레진느의 코밑에 갖다댔다. 겨우 눈을 떠 자신을 돌보는 부인을, 검은 벨벳 띠가 둘러진 그녀의 자주색 드레스를, 그녀의 손을 본 레진느는 걷잡을 수 없는 공포에 휩싸인 채 몸을 벌떡 일으키며 소리쳤다.

“반지! 진주 세 개! 날 건드리지 말아요! 당신은 바로 그날 밤 그 여자! 맞아, 바로 당신이야… 당신 반지… 당신 손… 또렷이 기억 나… 이 살롱도… 푸른 비단으로 덧씌워진 이 가구들… 마루… 벽난로… 장식 융단… 마호가니 걸상… 아! 이것 놔요, 날 건드리지 말아요!”

그녀는 알아들을 수 없는 말 몇 마디를 더 웅얼거리고는 또다시 기절하고 말았다. 그러자 이번에는 겨우 정신을 차린 아를레트가 차 안에서 보았던 끝이 뾰족한 구두와 날카로운 괘종시계에 신음하듯 내뱉었다.

“아! 이 괘종소리, 그때랑 똑같아. 바로 저 여자야… 이런 끔찍한 일이!”

충격이 얼마나 컸던지 다들 꼼짝도 하지 못했다. 살롱 안의 광경은 아무 상관이 없는 사람이 봤다면 폭소부터 터뜨렸을 코미디의 한 장면을 닮아 있었다. 실제로 장 당느리의 가느다란 입술이 가볍게 실룩거렸다. 그는 상황을 즐기고 있었던 것이다.

반 후벤은 일이 어떻게 돌아가고 있는지 묻기라도 하듯 당느리와 베슈를 번갈아 쳐다보았다. 베슈는 영문을 몰라 당황하고 있는 남매를 유심히 살피고 있었다.

"이게 도대체 무슨 소리야? 반지가 어쨌다고? 이 아가씨가 헛소리를 하고 있는 것 같군."

백작이 중얼거렸다.

그러자 이 모든 사태들이 전혀 중요하지 않다는 듯 쾌활하게 당느리가 끼여들었다.

"친애하는 백작님, 바로 맞히셨습니다. 이 두 아가씨의 동요는 착란을 의심해보지 않을 수 없는, 그러한 종류의 아무런 근거 없는 발작과 적지 않은 관계가 있습니다. 제가 이곳으로 오면서 예고해드린 설명을 들으시면 이해가 가실 겁니다. 하지만 그 전에 이 문제는 잠시 접어두고 우선 제가 찾아드린 물건들에 대해 제가 드렸던 질문에 답변해 주시겠습니까?"

아드리엥 백작은 즉시 대답하지 않았다. 불안하고 당혹스러운 심기를 노골적으로 드러내면서 또 다시 몇 마디를 중얼거렸지만 말끝을 맺지 못했다.

"도대체 어떻게 된 영문인지 모르겠군. 어떻게 이런 일이…."

그는 누이와 멀찍이 떨어져 잠시 열띤 대화를 나누었다. 그 사이, 장이 엄지와 검지로 날개를 활짝 편 나비 두 마리가 새겨져 있는 자그마한 동판을 집은 채 그들에게로 다가갔다.

"여기 바로 그 열쇠 구멍이 있습니다, 백작님. 이 책상 서랍들 중 하나에서 빠진 것으로 생각되는데… 나머지 두 개와 똑같군요."

그는 직접 구리 조각을 원래 있던 자리에 끼워보았다. 안쪽면의 뾰족한 끝 부분들이 서랍에 나 있는 구멍들 속에 정확하게 끼워졌다. 이어 당느리는 주머니에서 역시 구리로 된 초인종 손잡이가 매달려 있는 푸른 리본을 꺼냈다. 벽난로에 똑같은 색깔의 또 하나의 리본이 아랫부분이 찢겨진 채 늘어져 있는 것이 보였기 때문에 그는 그곳으로 다가갔다. 두 끝 부분이 정확하게 일치했다.

"어김없이 들어맞는군요. 이 촛농받이는 어디다 놓을까요, 백작님?"

그가 말했다.

"이 장식 촛대예요."

아드리엥 백작이 퉁명스럽게 말했다. "촛농받이가 원래 여섯 개였는데, 보시다시피 지금은 다섯 개밖에 없어요… 이제 이 핀셋들의 꼭지만 남았군요."

"여기 있습니다."

마치 마술사처럼 사라진 물건들을 자기 주머니에서 계속 하나씩 꺼내며 장이 말했다.

"자, 이젠 백작님께서 약속을 지키실 차례죠? 이 잡동사니들이 왜 그렇게 소중한지, 왜 그것들이 본래 있던 자리에 없었는지 그 이유를 설명해 주십시오."

이 여러 가지 절차들이 백작에게 정신을 가다듬을 수 있는 여유를 주었다. 백작은 이제 레진느의 저주와 아를레트의 신음을 잊은 듯이 보였다. 그는 자신으로 하여금 시의적절치 못한 약속을 하게 만든 불청객을 떨쳐버리려는 듯 간단하게 대답했다.

"전 조상들이 물려주신 모든 것에 대해 애착을 가지고 있습니다. 말씀하셨듯이 아무리 잡동사니라 할지라도 유산으로 물려받은 것은 저희 남매에겐 희귀한 물건들만큼이나 신성한 가치를 지니고 있죠."

설명은 나름대로 그럴듯했다. 장 당느리가 다시 물었다.

"백작님께서 유산에 집착하시는 것은 아주 당연한 일입니다. 저 역시 그러니까요. 그런데 왜 그것들이 사라졌죠?"

"그건 나도 모르겠소. 어느 날 아침, 이 촛농받이가 없어졌다는 걸 알아차렸죠. 누이와 함께 살롱을 구석구석 다 검사해 봤어요. 그랬더니 이 열쇠 구멍, 이 리본 일부, 이 핀셋 꼭지도 없어졌더군요."

백작이 말했다.

"그렇다면 도난?"

"누가 몰래 들어와 한꺼번에 훔쳐간 게 틀림없어요."

"그럴 리가! 이 사탕 그릇들, 이 세공품들, 이 괘종시계, 이쪽은 식기들, 값나가는 이 모든 것들을 다 놔두고… 그 하찮것없는 것들만 골라 가져갔다고요? 왜죠?"

"그건 나도 모르겠소."

백작은 퉁명스런 어조로 이 말만 되풀이했다. 백작은 당느리가 퍼붓는 질문들이 성가신 듯 보였다. 원하는 것을 찾은 이상 그에게는 이 방문이 더 이상 의미가 없는 것처럼 보였다.

"그래도 제가 왜 이 두 아가씨를 대동하고 왔는지, 이 두 아가씨가 왜 그런 반응을 보였는지는 알고 싶으시겠지요?"

장이 물었다.

"아뇨, 나와는 상관없는 일이오."

아드리엥 백작이 단호하게 잘라 대답했다.

그는 이 만남을 서둘러 끝내고 싶어했다. 문을 향해 발걸음을 옮기려 하는 그를 베슈가 막아서며 심각한 목소리로 말했다.

"당신과 상관이 있는 일입니다, 백작님. 몇몇 의문들이 지금 당장 이 자리에서 밝혀져야만 하고, 또 그렇게 될 겁니다."

베슈의 태도는 사뭇 강압적이었다. 반장은 그 긴 팔을 벌려 문을 가로막았다.

"그런데 당신은 도대체 누구요?"

백작이 거만하게 물었다.

"치안국의 베슈 반장입니다."

멜라마르 백작은 화들짝 놀랐다.

"경찰이라고? 당신이 무슨 권리로 내 집에 들어온 거요? 내 집에 경찰이! 멜라마르 저택에!"

"도착하자마자 전 당신께 베슈라는 이름으로 저 자신을 소개했습니다, 백작님. 하지만 제가 보고 들은 것 때문에 형사반장이라는 제 직위를 밝히지 않을 수 없군요."

"당신이 보고… 들은 것?"

백작이 표정을 일그러뜨리며 더듬거렸다.

"당신에게 내 집 출입을 허락한 적이 없는데…."

"지금에 와서 그런 건 조금도 중요치 않소."

예의 따윈 안중에도 없다는 듯 베슈가 으르렁거렸다.

백작은 또 다시 누이에게로 다가가 열띤 대화를 나누었다. 질베르트 드 멜라마르 역시 당황한 기색이 역력했다. 그들은 서로를 부축하고 서서 중대한 위협을 느낀 사람들처럼 전투적인 자세를 취하고 있었다.

"저 친구 미친 듯이 날뛰는군."

반 후벤이 장에게 나지막하게 말했다.

"점점 흥분한다 싶더니… 저 친군 내가 잘 알아요. 영문도 모른 채 버티고 서 있다가 갑자기 폭발해버리지."

아를레트와 레진느 역시 일어나 장의 비호를 받으며 뒤편에 서 있었다.

베슈가 어조를 누그러뜨리며 말했다,

"그리 오래 걸리진 않을 겁니다, 백작님. 몇 가지 질문을 드릴 테니 간단명료하게 대답해 주십시오. 어제 몇 시에 외출하셨죠? 멜라마르 백작 부인께서는?"

백작은 어깨를 으쓱했을 뿐 대답하지 않았다. 보다 협조적인 그의 누이는 대답하는 편이 낫겠다고 판단했다.

"오라버니와 저는 2시에 외출했다가 차를 마시기 위해 4시 반에 귀가했어요."

"그런 다음에는?"

"그냥 집에 있었어요. 저흰 어두워지면 절대 외출하지 않는답니다."

"그건 별개의 문제지요."

베슈가 빈정거리듯 말했다.

"제가 알고 싶은 것은 어젯밤 8시에서 12시 사이에 두 분이 여기, 이 살롱에서 뭘 하셨느냐는 겁니다."

멜라마르 백작은 화가 나 발을 구르며 누이에게 더 이상 대답하지 말라고 명령했다. 베슈는 세상의 어떤 힘도 그들 입을 열게 하지는 못하리라는 것을 깨달았다. 그들이 범인이라고 확신한 베슈는 그들의 묵비권 행사에 격분한 나머지 더 이상 질문을 하지 않고 처음에는 감정을 억제한 목소리로, 이어 신랄하고 거칠고 울분에 찬 목소리로 그들의 혐의 사실들을 열거하기 시작했다.

"백작님, 당신은 어제 오후 늦게 댁에 계시지 않았습니다. 그 시각에 당신은 부인과 함께 몽-타보르 가 3-2번지 건물 앞에 있었어요. 브리쿠 박사라는 이름으로 한 젊은 아가씨를 기다리고 있었죠. 당신은 그 아가씨를 속여 차에 태웠고, 부인은 그녀의 머리에 덮개를 씌웠어요. 그러고는 이곳, 당신 저택으로 끌고 왔죠. 그런데 그 아가씨가 도망을 치고 말았어요. 곧 당신이 뒤를 쫓았지만 붙잡을 수가 없었죠. 그녀가 바로 여기 있습니다."

백작은 두 주먹을 불끈 움켜쥔 채 부르르 떨고 있었다.

"미쳤군! 당신은 완전히 미쳤어! 이 미친 사람들이 지금 내 집에서 무슨 수작을 벌이고 있는 거야?"

"난 미치지 않았소!"

점점 멜로드라마에 빠져들고 있는 베슈가 소리쳤다. 거창하고 천박한 용어들이 뒤섞인 그의 웅변조가 당느리를 실소하게 만들었다.

"나는 정확한 진실만을 말하고 있소. 증거? 증거라면 얼마든지 댈 수 있소. 당신이 디자이너 쉐르니츠의 집 앞에서 납치한 아를레트 마졸르 양이 우리의 증인이 되어줄 거요. 그녀는 당신의 벽난로 위로 올라갔고, 이 서가 위에 엎드려 있었소. 그녀는 이 도자기를 넘어뜨렸고, 저 창문을 열었고, 저 정원을 가로질렀소. 그녀는 자기 어머니의 머리에 대고 맹세할 수 있소. 아를레트 마졸르, 당신 어머니의 머리에 대고 맹세할 수 있죠, 그렇죠?"

당느리가 반 후벤의 귀에 대고 속삭였다.

"정신을 못 차리는군. 저 친구 무슨 권리로 예심판사 노릇까지 하는 거죠? 제대로 하지도 못 하면서! 자기 혼자 떠들고 있잖아요…."

실제, 베슈는 뜻밖의 상황에 넋이 빠져 있는 백작을 앞에 두고 고래고래 소리를 지르고 있었다.

"이게 다가 아니오, 백작! 이게 다가 아니란 말이오. 이건 아직 아무것도 아니오! 다른 것이 있소! 이 부인… 이 부인…(그는 레진느 오브리를 가리켰다) 당신도 이미 그녀를 알고 있죠? 그녀는 얼마 전에 오페라에서 납치를 당했었소. 누구한테? 누가 그녀를 여기, 이 살롱으로 끌고 왔죠? …여기 이 가구들을 알아보시겠죠, 부인? 이 소파들… 이 걸상… 이 마루… 누가 그녀를 여기로 데리고 왔죠? 그녀가 입고 있던 다이아몬드 코르슬렛을 누가 벗겨냈죠? 그것은 바로 멜라마르 백작과 그의 누이, 질베르트 드 멜라마르였소… 증거? 진주 세 개가 박힌 이 반지… 증거는 한두 가지가 아니오. 어쨌든 결정은 검찰에서 내릴 것이고… 제 상관들이….”

그는 말을 끝낼 수 없었다. 화를 주체할 수 없었던 백작이 그의 멱살을 잡고 욕설을 쏟아놓으며 발을 굴러댔던 것이다. 베슈는 백작의 손아귀에서 벗어나 주먹을 쥐어 보이며 그 무례한 논고를 또 다시 시작했다. 누가 봐도 명명백백한 사실들, 이번 사건에서 자신이 한 역할 그리고 특히 그 역할이 그의 상관들과 대중에게 끼칠 영향에 흥분한 나머지 그는 당느리의 말대로 정신을 못 차리고 있었다. 그 자신도 그걸 느꼈는지 베슈가 갑자기 논고를 중단하고 이마에 맺힌 땀을 닦았다. 그리고 냉정을 되찾은 듯 아주 당당하게 말했다.

“제가 경거망동을 했군요. 그건 저도 인정합니다. 이건 제 권한이 아닙니다. 경찰서로 전화를 할 테니 제가 상부의 지시를 받을 때까지 기다려 주십시오.”

백작은 털썩 주저앉아 더 이상 자신을 변호할 의사가 없는 사람처럼 두 손으로 머리를 감싸안았다. 그러자 질베르트 드 멜라마르가 반장 앞을 가로막았다. 그녀가 숨이 넘어갈 듯한 목소리로 말했다.

“경찰! 경찰이 여기로 온다고요? …이 저택에? 안 돼요… 그건 안 돼요… 그럴 수는 없어요… 당신에겐 그럴 권리가 없어요… 그건 범죄예요.”

“죄송합니다, 부인.”

자신의 명백한 승리에 갑자기 신사로 변한 베슈가 정중하게 말했다.

그러자 그녀가 반장의 팔에 매달려 애원했다.

"제발 부탁이에요, 반장님. 제 오라버니와 전 끔찍한 오해의 희생자들이에요. 제 오라버니는 나쁜 짓을 할 사람이 못 됩니다… 제발 부탁이에요…."

하지만 베슈의 태도는 완강했다. 그는 대기실에서 봐두었던 전화기를 향해 걸어갔고, 전화를 한 다음 돌아왔다.

이후 사태는 빠르게 진전되었다. 30분쯤 후, 흥분할 대로 흥분한 베슈가 당느리와 반 후벤을 앞에 두고 장광설을 늘어놓는 사이, 레진느와 아를레트가 공포와 연민이 뒤섞인 눈길로 백작 남매를 바라보고 있는 사이, 치안국장이 부하들을 이끌고 도착했고, 그 뒤를 이어 예심판사와 서기 그리고 검사가 속속들이 도착했다. 베슈의 연락이 경찰과 검찰 그리고 법원을 발칵 뒤집어놓았던 것이다.

간략한 수사가 진행되었다. 그들은 늙은 하인 부부를 심문했다. 그들은 저택 안채 옆에 붙어 있는 별채에 따로 살고 있었다. 그들은 식사 시중만 들었는데, 그 일이 끝나면 주로 정원에 붙어 있는 그들의 방이나 부엌으로 돌아와 시간을 보냈다. 그래서 그들의 증언에는 특별한 것이 없었다.

하지만 두 아가씨의 진술은 결정적이었다. 그들로서는 기억을 더듬는 것만으로도 충분했다. 특히 아를레트는 자신이 어떻게 탈출했는지 직접 보여주었고, 정원, 키 작은 관목들, 벽, 외딴 별채, 문, 사람들이 많이 다니는 길로 나 있는 한적한 길을 보지도 않고 정확하게 묘사했다. 조금도 의심할 여지가 없었다.

게다가 베슈가 결정적인 물증을 찾아냄으로써 망설임의 여지를 완전히 없애버렸다. 장정이 몹시 낡은, 수상쩍어 보이는 일련의 4절판 서적들이 서가 내부를 둘러보던 베슈의 눈에 띄었다. 그는 그것들을 하나하나 검사하기 시작했고, 결국 속을 파내 비밀 상자로 사용하게끔 되어 있는 두 권의 서적에서 은빛 튜닉과 코르슬렛을 찾아냈다.

레진느가 곧 소리쳤다.

"내 튜닉! …내 코르슬렛…!"

"그런데 내 다이아몬드들은 없어졌어!"

마치 찾았던 다이아몬드를 또 다시 도난당하기라도 한 것처럼 반 후벤이 고래고래 소리를 질러댔다.

"내 다이아몬드들은 어떻게 했소! 두고 봐! 모조리 다시 토해내야…."

멜라마르 백작은 전혀 변화가 없는 묘한 표정을 지으며 그 모든 광경을 지켜보고 있었다. 판사가 그를 향해 돌아서서 다이아몬드들이 붙어 있었던 튜닉과 코르슬렛을 보여주자 그는 설레설레 고개를 젓기만 했다. 이어 일그러진 그의 입술에 처절한 미소가 피어올랐다.

"내 누이는 어디 갔소?"

그가 주위를 둘러보며 중얼거렸다.

늙은 하녀가 대답했다.

"마님은 침실에 계시는 것 같아요."

"누이에게 대신 작별인사를 해주고 내 뒤를 따르라고 충고해 주시오."

그가 갑자기 주머니에서 권총을 꺼내 자신의 관자놀이에 갖다대고는 방아쇠를 당겼다.

그 순간, 그를 지켜보고 있던 당느리가 재빨리 팔꿈치로 그를 밀었다. 빗나간 총탄에 맞아 창유리가 박살났다. 경관들이 백작을 덮쳤고, 예심판사가 외쳤다.

"당신을 체포하겠소. 멜라마르 백작 부인도 연행하도록 해…."

하지만 질베르트 드 멜라마르는 침실에도 규방에도 없었다. 저택을 샅샅이 수색했지만 허사였다. 도대체 어디로 달아난 것일까? 공모자가 있었던 것일까?

혹시 자살이라도 할까봐 몹시 걱정이 된 당느리 역시 이곳저곳을 뒤져보았다. 하지만 그녀의 흔적은 어디에도 없었다.

"아무렴 어떻소. 이제 당신 다이아몬드는 찾은 거나 다름없어요, 반 후벤 씨. 이게 모두 내가 일을 잘한 덕분인 줄 아시오."

베슈가 속삭였다.

"장 당느리 덕도 없지 않았어요. 인정할 건 인정합시다."

반 후벤이 지적했다.

"그는 대담하지 못해서 중간에 미적거리기만 했어요. 내가 과감하게 밀어붙였기 때문에 체포할 수 있었던 거요."

베슈가 반박했다.

몇 시간 후, 반 후벤은 아우스만 가에 있는 자신의 호화 아파트로 돌아왔다. 그는 베슈 반장과 함께 레스토랑에서 저녁 식사를 하고 이번 사건에 대해 좀더 많은 얘기를 나누기 위해 함께 귀가하는 길이었다.

"어라? 아파트 안쪽에서 무슨 소리가… 하인들은 저쪽에서 자지 않는데 이상한 일이군."

베슈와 대화를 나누던 반 후벤이 말했다.

그는 베슈와 함께 긴 복도를 따라 아파트 안쪽으로 들어갔다. 그곳에는 중앙 계단으로 따로 문이 나 있는 자그마한 처소가 하나 있었다.

"완전히 격리된 방이오. 친구들이 찾아오면 가끔씩 사용하죠."

그가 말했다.

베슈가 귀를 기울였다.

"누가 있어요."

"정말 이상하군. 열쇠를 갖고 있는 사람이 없을 텐데."

그들은 권총을 들고 방 안으로 뛰어들었다. 순간, 반 후벤이 외마디 비명을 질렀다.

"아니, 어떻게…!"

베슈 역시 비명을 질러 그에 답했다.

"맙소사!"

장 당느리가 소파에 누워 있는 한 여인 앞에 무릎을 꿇고 앉아 자신의 치료법에 따라 여인의 이마와 머리카락에 가볍게 입을 맞추고 있었다.

몇 걸음 나아간 그들은 창백한 얼굴로 두 눈을 감은 채 숨을 헐떡이고 있는 질베르트 드 멜라마르를 알아보았다.

당느리가 버럭 화를 내며 그들 앞에 우뚝 섰다.

"또 당신들이군! 제기랄! 잠시도 조용히 지낼 수가 없군! 도대체 여긴 뭐 하러 왔소?"

"뭐? 여긴 뭐 하러 왔느냐고? 이것 보시오, 여긴 내 집이오!"

반 후벤이 소리쳤다.

베슈 역시 화가 나 소리를 질러댔다.

"정말 뻔뻔스럽기도 하지! 그러니까 백작 부인을 저택에서 탈출시킨 게 바로 당신이었소?"

화를 가라앉힌 당느리가 베슈를 향해 돌아섰다.

"자네한텐 아무것도 숨길 수가 없군, 베슈. 그렇네, 바로 나였네."

"어떻게 감히!"

"정원에 경관들 배치하는 걸 자네가 잊었더군. 그래서 인근 거리에서 만나자는 약속을 하고는 그곳으로 달아나게 했지. 백작이 체포되고 소란이 가라앉자 나는 그녀를 만났고, 이리로 데려와서는 이렇게 보살피고 있네."

"그런데 여긴 도대체 어떻게 들어왔소? 열쇠 없이는 불가능했을 텐데!"

반 후벤이 말했다.

"열쇠? 난 집게만 있으면 세상 어떤 문이라도 열 수 있소. 이런 식으로 당신 거처를 방문하는 게 오늘이 처음은 아니오, 친구. 난 멜라마르 백작 부인에게 이곳보다 더 나은 은신처는 없다고 생각했소. 반 후벤이 멜라마르 백작 부인을 보호하고 있으리라고 누가 상상이나 할 수 있겠소? 그런 생각은 아무도 못할 거요. 베슈조차도! 사건의 진상이 밝혀질 때까지 부인은 여기서 당신의 보호 아래 지낼 거요. 당신과 레진느 사이가 이미 끝이 났으니 그녀의 시중을 들 하녀도 그녀가 당신의 새 여자친구라고 믿을 거요."

"내가 그녀를 체포하겠어! 경찰에 알리겠어!"

베슈가 소리쳤다.

당느리가 웃음을 터뜨렸다.

"아! 정말 재미있군! 이것 보게, 자네가 그녀를 체포하지 못하리라는 건 자네도 나만큼이나 잘 알고 있잖나. 그녀는 아무도 못 건드려!"

"그건 왜 그렇지?"

"제기랄! 내가 그녀를 보호하고 있으니까."

베슈는 기가 찬다는 표정을 지었다.

"그러니까 절도범을 보호해 주겠다고?"

"절도범? 자네가 그걸 어떻게 알아?"

"뭐라고! 당신이 체포하게 한 사내의 누이인데도?"

"가증스러운 모함! 그를 체포하게 한 건 내가 아니라 바로 자네야, 베슈."

"당신이 그렇게 이끌었지. 게다가 백작이 범인이라는 건 누가 봐도 명백해."

"과연 그럴까?"

"뭐야! 이제 와서 확신을 할 수 없다는 건가?"

"내가 언제 백작이 범인이라고 말한 적 있나?"

장 당느리가 빈정거리는 어투로 말했다.

"이번 사건에는 뭔가 석연치 않은 것들이 많아. 그 고귀한 인물이 도둑이라고? 머리카락 외에는 감히 입술을 갖다댈 수 없을 정도로 품위가 넘치는 이 부인이 절도범이라고? 베슈, 자네가 경거망동을 한 게 아닌지, 자네가 섣불리 뛰어들었다가 오명을 뒤집어쓰는 게 아닌지 심히 걱정스럽군. 뒷감당을 어떻게 할 생각이지, 베슈?"

베슈의 안색이 하얗게 질리고 있었다. 불안으로 가슴을 졸이고 있던 반 후벤은 자신의 다이아몬드들이 다시 어둠 속으로 사라져 가는 것을 느꼈다.

장 당느리가 백작 부인 앞에 정중하게 무릎을 꿇고 앉아 속삭였다.

"당신은 죄가 없죠, 그렇죠? 당신 같은 부인이 도둑질을 할 리가 없어요. 당신 오빠와 당신에게 얽힌 진실을 내게 말해주겠다고 약속해 주세요…."

과연 적일까?

　　한 사건의 예심 과정을 일일이 자세히 전하는 것보
다 더 지겨운 일은 없을 것이다. 특히, 잘 알려진 사건의 경우,
세인의 입에 회자되고 각자가 보고 들은 것에 따라 이미 그런
대로 정확한 의견을 갖고 있는 그런 사건의 경우에는 더더욱
그렇다. 따라서 이 글은 대중이 모르고 있었던 것, 검찰이 끝내
밝혀내지 못한 것에 초점이 맞춰질 것이다. 이를 위해서는 장
당느리, 즉 아르센 뤼팽의 행적을 추적해볼 수밖에 없다.
　　예심 과정의 지루함은 수사에 아무런 진전이 없었다는 사실
을 상기시키는 것만으로도 충분할 것이다. 늙은 하인 부부는 그
들이 20년 동안이나 섬긴 주인들이 절도범으로 기소됐다는 사

실에 분통을 터뜨렸지만 그들의 혐의를 벗겨줄 수 있는 증언은 단 한마디도 할 수 없었다. 게르트뤼드는 아침에 장을 보러 갈 때를 제외하고는 거의 부엌을 벗어나지 않았고, 프랑수와는 누군가가 초인종을 누르면-방문객이 거의 없어 아주 드문 일이었다-옷을 주워 입고는 문을 열어주러 나갔을 뿐이었다.

세밀한 조사를 통해 저택에 비밀통로가 없다는 사실이 확인되었다. 살롱 한구석에 붙어 있는 작은 공간은 예전에 알코브였던 곳으로 지금은 잡동사니를 쌓아두는 광으로 사용되고 있었다. 수상쩍은 구석은 어디에도 없었다.

마당에는 차를 넣어둘 만한 구조물이 전혀 없었다. 백작이 운전을 할 줄 안다는 사실이 밝혀지긴 했다. 하지만 그에게 차가 있다면 도대체 어디에 두었을까? 그의 차고는 어디에 있을까? 해답이 없는 의문들만 난무했다.

다른 한편, 백작 부인은 온데간데없이 자취를 감춰버렸고, 백작은 자신에게 씌워진 혐의에 대한 해명이나 자신의 사생활에 대한 일체의 언급을 거부하며 고집스레 침묵만 지키고 있었다.

하지만 중대한 사실 한 가지가 드러났다. 이 사실은 즉각 이 사건 전체와 이 사건에 대해 검찰, 언론 그리고 대중이 품고 있던 생각에 엄청난 영향을 끼쳤다. 장 당느리가 처음부터 냄새를 맡고 파헤치려 했던 그 사실을 요약하면 다음과 같다. 1840년, 장군으로 나폴레옹을 보좌했고 이어 왕정복고 시대에는 대사로 활동했던 현 백작의 증조부, 멜라마르 집안에서 가장 유명했던 인물, 쥘르 드 멜라마르가 절도와 살인죄로 체포되었었다. 그는 감옥에서 화병으로 사망했다.

사람들은 이 문제를 집중적으로 파고들었다. 고문서들과 아련한 기억들이 파헤쳐졌다. 그 사이, 중대한 서류 한 장이 발견되었다. 1868년, 쥘르 드 멜라마르의 아들이자 아드리엥 백작의 조부로 황제 나폴레옹 3세의 전속 부관이었던 알퐁스 드 멜라마르가 절도와 살해 혐의로 피소되었었다. 그는 권총 자살을 했고, 황제는 그 사건을 덮어버렸다.

대를 이어 벌어진 이 두 스캔들은 엄청난 반향을 불러일으켰다. 즉각 현재의 드라마를 설명해주고 상황을 요약해주는 한마디 말, 유전이라는 말이 부상하기 시작했다. 멜라마르 남매는 그리 큰 재산을 갖고 있지는 못 했지만 파리에 저택을, 투렌느에 성을 가지고 있었기 때문에 적어도 자선사업이나 하면서 편안하게 생활할 수 있는 여유는 있었다. 따라서 탐욕이라는 말만으로 오페라에서 있었던 다이아몬드 강탈 사건을 설명하기에는 불충분했다. 아니, 그것은 유전이었다. 멜라마르 집안사람들은 천부적으로 절도 본능을 지니고 있었다. 남매는 그것을 그들 조상으로부터 물려받았다. 그들은 아마 분수에 넘치는 생활로 파탄에 이른 재정을 보충하기 위해, 아니면 너무나 큰 유혹에 시달리다 못해 다이아몬드를 훔쳤을지도 모른다. 하지만 무엇보다 결정적인 동기는 유전적 필연성이었을 것이다.

그리고 아드리엥 백작은 그의 조부 알퐁스 드 멜라마르처럼 궁지에 몰리자 자살을 시도했다. 그것 역시 유전이었다.

다이아몬드에 관해, 두 아가씨의 납치에 관해, 납치 사건이 있었을 당시 자신의 행적에 관해, 서가에서 발견된 옷들에 관해, 이번 사건을 수수께끼로 만드는 그 모든 것에 관해 백작은 아무것도 모른다는 주장으로 일관했다. 그것들은 그와 아무 상관이 없는 일이었다. 그에게 있어서 이번 사건은 마치 다른 혹성에서 벌어진 일인 것 같았다.

그는 아를레트 마졸르에 관한 일만은 해명하려 들었다. 그의 주장에 따르면, 그에게는 유부녀와의 관계에서 낳은 딸이 하나 있었다고 했다. 무척이나 아꼈던 그 딸이 몇 년 전에 죽는 바람에 깊이 상심했는데, 우연히 만난 아를레트가 그 딸을 무척이나 닮아 자신도 모르게 두세 번 아를레트 뒤를 밟은 적이 있었다고 했다. 하지만 자신이 인적이 드문 길에서 그녀에게 접근을 시도했다는 사실은 완강히 부인했다.

이렇게 보름이 흘러갔다. 그 사이 고집스런 베슈 반장은 가장 집요하면서도 아무 성과가 없는 활동을 펼쳤다. 그를 열렬히 성원하던 반 후벤이 슬슬 탄식을 늘어놓기 시작했다.

"틀렸어! 이제 그것들을 찾는 일은 글러버렸어."

베슈가 움켜쥔 주먹을 내보이며 말했다.

"당신 다이아몬드 말입니까? 그것들은 내 손아귀에 들어온 거나 마찬가지예요. 멜라마르 남매를 잡았듯이 당신 다이아몬드들도 반드시 찾아내고 말 겁니다."

"정말 당느리의 도움을 안 받아도 되겠소?"

"다이아몬드를 못 찾았으면 못 찾았지 그에게 도움을 청하는 일은 없을 거요!"

반 후벤이 투덜댔다.

"팔자 좋은 소리! 당신 자존심보다는 내 다이아몬드가 우선 이오."

반 후벤은 매일 만나게 되는 장 당느리를 격려하는 일도 잊지 않았다. 그가 질베르트 드 멜라마르가 숨어 지내는 은밀한 처소로 발걸음을 옮길 때마다 당느리는 늘 그녀의 발치에 앉아 있었다. 그는 그녀를 위로하고, 희망을 주고, 그녀의 오빠를 죽음과 불명예로부터 구해 주겠다고 약속했지만 그녀로부터 사건의 해결에 단서가 될 만한 정보는 전혀 얻어내지 못하고 있었다.

반 후벤이 할 수 없이 레진느 오브리에게로 방향을 돌려 함께 식사라도 할라치면 거기에도 늘 당느리가 먼저 와 선수를 치고 있었다.

"우릴 좀 가만 놔둬요, 반 후벤. 이번 사건이 있은 이후로 당신은 꼴도 보기 싫어요."

아름다운 여배우는 이렇게 쏘아붙이곤 했다.

반 후벤은 치미는 분노를 억누르고 당느리를 따로 불러 말했다.

"여보게 친구, 내 다이아몬드는?"

"머릿속에 온통 딴 생각뿐이라… 오후에는 레진느, 저녁에는 질베르트와 지내다 보니 통 시간이 없어서…."

"그럼 아침에는?"

"그야 아를레트하고 지내죠. 그 아인 정말 사랑스러워요. 섬세하고 영리한데다 어린애처럼 단순하고 성숙한 여인처럼 신비

롭지. 게다가 얼마나 착한지! 그 아일 보고 있으면 뺨에 입을 맞추고 싶어 견딜 수가 없다오. 그래, 결정했어! 반 후벤, 내가 가장 좋아하는 건 바로 아를레트요.”

당느리는 진실을 말하고 있었다. 레진느에 대한 그의 일시적인 감정은 든든한 우정으로 변해갔고, 그가 저녁마다 질베르트를 찾는 건 오로지 그녀가 숨기고 있는 비밀을 캐내겠다는 헛된 희망 때문이었다. 하지만 아를레트 곁에서 보내는 아침나절은 그에게 행복을 맛보게 해주었다. 그녀에게는 더없이 맑은 심성과 삶에 대한 깊은 애정에서 오는 독특한 매력이 있었다. 기금을 마련해 동료들을 돕겠다는 황당한 꿈이 미소 띤 그녀의 입술을 타면 마치 실현 가능한 일처럼 느껴졌다.

“아를레트, 아를레트, 너만큼 투명하고 또 너만큼 알 수 없는 사람은 처음이야.”

“알 수 없다고요, 제가요?”

“그래, 가끔은. 난 널 속속들이 알 수 있어. 내가 널 처음 만났을 때는 없었던, 나로선 도저히 꿰뚫어볼 수 없는 어떤 점을 제외한다면 말이야. 수수께끼가 나날이 커지고 있어. 감정적인 수수께끼가.”

“그럴 리가….”

그녀가 웃으며 말했다.

“맞아, 감정적인… 사랑하는 사람이 생긴 거 아냐?”

“사랑하는 사람이요? 전 세상 사람 모두를 사랑해요!”

“아니, 아니, 분명 네 삶에 새로운 무엇이 생겼어.”

"새로운 무엇이 생기다마다요! 납치, 경악할 만한 사건들, 이어지는 수사와 심문, 수많은 사람들이 보내온 편지들, 저를 둘러싸고 떠도는 숱한 소문들! 이 정도면 보잘것없는 모델 하나쯤은 정신을 못 차리게 만들 만하지요!"

그는 고개를 저으며 애정이 가득한 눈길로 그녀를 바라보았다.

그 사이, 검찰의 수사는 별 진전이 없었다. 멜라마르 백작이 체포된 지 20일이 지났는데도 검찰에서는 아무런 가치도 없는 증언 수집과 아무것도 찾아내지 못하는 가택 수색만 반복하고 있었다. 모든 단서들이 아무런 관련이 없는 것으로 드러났고, 모든 가설들이 맥없이 무너져 내렸다. 아를레트를 멜라마르 저택에서 빅투와르 광장까지 태워다준 택시기사조차 찾아내지 못하고 있었다.

반 후벤은 점점 야위어갔다. 그도 이제는 백작의 체포와 잃어버린 다이아몬드 사이에 아무런 관련이 없다고 여기고 있었다. 그는 베슈의 무능을 공공연하게 질타하기 시작했다.

어느 날 오후, 반 후벤과 베슈가 몽소 공원 근처, 당느리의 숙소 앞에 모습을 드러냈다. 초인종을 누르자 하인이 나와 그들을 안내했다.

"썩 물러들 가시오!"

그들을 보고는 당느리가 소리쳤다.

"반 후벤! 베슈! 당신들은 정말 자존심도 없는 모양이군!"

그들은 궁지에 빠진 그들의 처지를 털어놓았다.

"이렇게 꼬이는 사건은 처음이야. 난 정말 복도 지지리도 없어.”

베슈 반장이 풀 죽은 음성으로 털어놓았다.

“머릴 쓸 생각은 않고 복 타령만 하는군. 좋아, 내가 선심을 쓰지. 대신 절대 복종, 알았소? 군말 말고 내가 시키는 대로만 하는 거요.”

“좋소.”

당느리의 긍정적인 반응에 힘을 얻은 반 후벤이 힘차게 말했다.

“베슈, 자네는?”

“명령만 하시오.”

베슈가 침울한 목소리로 대답했다.

“지금까지 진행하던 수사는 모두 접고 그들이 이번 사건의 범인들이 아니라고 발표하게. 그리고 나에게 증거를 보이게.”

“무슨 증거?”

“성실히 협조하겠다는 증거. 그쪽 상황은 어디까지 진전됐나?”

“내일 백작, 레진느 오브리 그리고 아를레트를 불러 대질 심문을 할 예정이오.”

“제기랄! 서둘러야겠군. 내가 모르고 있는 게 있나?”

“한 가지.”

“말해 보게.”

“멜라마르가 감금되어 있는 감방에서 ‘모든 게 잘될 겁니다. 제가 보장하니 부디 용기를 내십시오’라고 적힌 쪽지가 발견되

었소. 조사를 해봤더니 쪽지는 백작에게 식사를 제공하는 레스
토랑의 보이가 전해준 거였고, 그 아일 추궁했더니 백작의 답변
을 쪽지를 준 사람에게 전했다고 털어놓았소."

"그 사람 인상착의는 알아두었나?"

"아주 자세하게."

"좋아! 반 후벤, 차는 가져왔소?"

"물론."

"갑시다."

"어디로?"

"알게 될 거요."

일단 차가 출발하자 당느리가 입을 열었다.

"베슈, 자네는 극히 중대한 사실 하나를 소홀히 했네. 이번 사
건이 있기 몇 주 전에 백작이 신문에 낸 광고는 도대체 뭘 뜻하
는 것이겠나? 무엇 때문에 그런 잡동사니들을 신문 광고까지
내가며 되찾으려 했겠나? 그리고 도둑은 위르페 가의 저택에
잔뜩 쌓여 있는 값나가는 물건들은 놓아두고 하필이면 왜 그런
잡동사니들만 골라 훔쳐갔겠나? 이 의문을 풀기 위해서는 푼돈
13프랑 50을 받고 그 잡동사니들을 나에게 판 벼룩시장의 행상
을 만나 직접 물어보는 수밖에 없었어."

"결과는?"

"지금까지는 부정적이었지만 잠시 후에는 아마 긍정적으로
변하게 될 거야. 내가 사건이 있었던 바로 다음 날 그 행상을 만
나봤는데, 5프랑에 그 물건들을 넘겨준 사람을 또렷하게 기억하

고 있더군. 가끔씩 비슷한 종류의 잡동사니들을 가져오는 여자 고물장수라고 했어. 그녀의 이름은? 주소는? 그 행상은 자기는 모르지만 그에게 그 고물장수를 소개시켜준 골동품상, 그라댕 씨는 분명히 알고 있을 거라고 하더군. 그래서 세느 강 좌안에 있는 그라댕 골동품 가게로 달려갔지. 아쉽게도 여행 중이었어. 그런데 오늘이 바로 그가 돌아오는 날이야."

그들은 곧 그라댕 골동품 가게에 도착했다. 그라댕은 그 고물 장수를 금방 기억해냈다.

"트리아농 어멈을 말하는 거로구먼요. 생-드니 가에 있는 그 녀 가게 이름이 '쁘띠 트리아농'이라 여기선 다들 그렇게 불러 요. 말수가 적어 도무지 속을 알 수 없는 아주 이상한 여자죠. 늘 잡동사니만 들고 오는데, 얼마 전에는 어디서 났는지는 모르지 만 아주 쓸 만한 가구들을 가져왔더군요… 그중에서도 18세기 의 위대한 가구 세공사인 샤퓌이가 만든 루이 16세 시대 정품 마호가니 가구는 정말 일품이었어요."

"그 가구는 다시 파셨나요?"

"예, 벌써 미국으로 건너갔습니다."

가게를 나서는 세 사람의 머릿속은 복잡했다. 멜라마르 백작 의 가구들 대부분이 샤퓌이가 만든 것이었기 때문이었다.

반 후벤이 두 손을 비비며 말했다.

"우연의 일치라고 보긴 미심쩍은 데가 있어. 내 다이아몬드들 이 '쁘띠 트리아농'의 한 비밀 서랍 속에 있을지도 모르는 일이 야. 만약 그렇다면, 당느리, 난 믿겠소, 당신이 그것들을…."

"그것들을 당신에게 선물해 달라고요? …물론이죠."

자동차는 '쁘띠 트리아농'에서 약간 떨어진 곳에 멈춰 섰다. 베슈에게 문을 지키게 하고 당느리와 반 후벤이 가게 안으로 들어섰다. 비좁고 긴 가게 안에는 금이 간 항아리, 이빨이 빠진 자기, 중고 모피, 찢어진 레이스 등, 고물가게에서 흔히 볼 수 있는 잡동사니들이 잔뜩 쌓여 있었다. 회색 머리에 뚱뚱한 몸집의 트리아농 어멈은 가게 뒷방에서 마개 없는 물병을 손에 든 한 남자와 이야기를 나누고 있었다.

반 후벤과 당느리는 중고품 애호가처럼 진열되어 있는 물건들을 천천히 구경했다. 당느리는 물건을 사기 위해 들른 손님 같지는 않아 보이는 남자를 곁눈질로 관찰했다. 큰 키, 금발, 건장한 체격, 30세 정도의 나이, 우아한 옷차림에 준수한 외모의 사내는 잠시 더 얘기를 나누다가 마개 없는 물병을 내려놓고는 다른 골동품들을 구경하는 척하며 문을 향해 걸어갔다. 그 역시 곁눈질로 그들을 살피고 있다는 것을 당느리는 알아차렸다.

낌새를 전혀 눈치채지 못한 채 트리아농 어멈 근처에 다가간 반 후벤은 당느리가 마냥 입을 다물고 구경만 하고 있었기 때문에 자신이 나서 그녀에게 말을 걸어도 되겠다고 판단했다. 그가 그녀에게 낮은 목소리로 물었다.

"혹시 제가 잃어버린 물건들을 아주머니께서 사지 않으셨는지요? 예를 들자면…."

반 후벤의 경솔함에 당황한 당느리가 그에게 신호를 보내려 했지만 그는 이미 말을 잇고 있었다.

"예를 들자면, 열쇠 구멍이나 푸른 비단으로 된 초인종 끈 같은…."

고물장수는 귀를 쫑긋 세웠다가는 순간적으로 사내와 눈길을 주고받았고, 사내는 눈썹을 찡그리고는 황급히 돌아섰다.

"아뇨… 여기저기 한번 잘 둘러보세요. 모르긴 해도 원하시는 물건들을 찾으실 수 있을 겁니다."

사내는 잠시 기다리다 또 다시 여주인에게 경계하라는 뜻으로 보이는 눈짓을 보내고는 밖으로 나갔다.

당느리도 서둘러 밖으로 나갔다. 사내가 택시를 세우고 올라타서는 나지막한 목소리로 운전사에게 행선지를 말했다. 바로 그 순간, 택시 가까이 있던 베슈가 택시 옆을 스쳐 지나갔다.

당느리는 사내의 눈에 띄지 않도록 잠시 몸을 숨긴 채 꼼짝도 하지 않았다. 택시가 길모퉁이를 돌아가자 그가 베슈에게로 달려갔다.

"어디로 가는지 들었나?"

"포부르 생-또노레의 콩코르디아 호텔!"

"내가 그 사람을 뒤쫓는지 어떻게 알았나?"

"창을 통해 봤어요. 바로 그 사람이오."

"누구?"

"멜라마르 백작에게 쪽지를 보낸 사람."

"쪽지를 보낸 장본인? 멜라마르 저택에서 훔친 물건들을 판 여자와 이야기를 나누고 있었는데! 이건 우연의 일치가 아냐! 분명 뭔가가 있어."

하지만 당느리의 기쁨은 그리 오래가지 못했다. 콩코르디아 호텔에서 문제의 사내가 들어오는 것을 본 사람은 아무도 없었다. 그들은 기다렸다. 장은 초조해지기 시작했다.

"아무래도 행선지를 가짜로 댄 것 같아. 우릴 '쁘띠 트리아농'에서 떼어놓으려고."

마침내 그가 말했다.

"무엇 때문에?"

"시간을 벌려고… 빨리 되돌아가세."

당느리의 추측은 정확했다. 차가 생-드니 가로 들어서자마자 그들은 고물가게의 문이 닫혀 있는 것을 확인할 수 있었다. 덧문까지 모조리 잠겨 있었고 빗장을 건 문에는 큼직한 자물쇠가 채워져 있었다.

이웃들에게 그녀의 행방을 탐문했지만 허사였다. 다들 트리아농 어멈을 얼굴만 봐서 알고 있을 뿐 단 한 번이라도 이야기를 나눠본 사람은 아무도 없었다. 약 10분 전에, 매일 저녁처럼 하지만 평상시보다는 두 시간 일찍 그녀가 가게문 닫는 것을 본 사람은 있었다. 그녀는 어디로 갔을까? 그녀가 살고 있는 곳을 아는 사람은 아무도 없었다.

"알아내고 말겠어."

베슈가 으르렁거렸다.

"아마 아무것도 못 알아낼 걸세. 트리아농 어멈이 그 사내와 한패인 것이 분명한데, 그 친구 내가 보기엔 만만치 않아 보이더군. 공격을 이번처럼 교묘하게 피할 뿐만 아니라 틈만 보이면

집요하게 공격할 사람 같았어. 어때, 투지가 끓어오르나, 베슈?”

“그렇소. 하지만 그 친구 우선 방어부터 잘해야 할 거요.”

“자넨 공격이 최선의 방어란 말도 모르나?”

“우리한테야 어쩔 도리가 없는데 대관절 누굴 공격하겠소?”

“누굴 공격하겠느냐고…?”

잠시 생각에 잠겨 있던 당느리는 갑자기 차에 뛰어올라 반 후벤의 운전사를 밀어내고는 핸들을 잡았다. 그리고는 반 후벤과 베슈에게 후닥닥 차문에 겨우 매달릴 시간밖에 주지 않은 채 급히 차를 출발시켰다. 그는 곡예에 가까운 운전솜씨로 신호를 무시한 채 밀리는 차들 사이를 빠져나가 외곽도로를 전속력으로 달렸다. 당느리는 아를레트의 집 앞에서 급정거를 하고는 황급히 관리인 집으로 뛰어들었다.

“아르레트 마졸르는?”

“외출했는데요, 당느리 씨.”

“얼마나 됐소…?”

“한 15분 정도, 그 이상은 아니에요.”

“혼자서?”

“아뇨.”

“그녀 어머니와?”

“아뇨. 마졸르 부인은 장보러 가셔서 아를레트 양이 외출했다는 것도 아직 모르고 계세요.”

“그럼 도대체 누구하고?”

“한 신사분이 차로 그녀를 데리러 왔어요.”

“키가 크고 머리가 금발인?”

“예.”

“그 사람 전에 본 적이 있소?”

“이번주 내내 저녁 식사 후에 마즐르 모녀를 만나러 왔었어요.”

“그 사람 이름 알고 계시오?”

“예, 파즈로 씨, 앙투완느 파즈로.”

“고맙소.”

당느리는 실망과 분노의 기색을 감추지 않았다.

“예상은 했지만 이렇게 빨리….”

집을 나서며 그가 이를 악물었다.

“제기랄! 멋지게 한방 먹었군, 교활한 놈! 바로 그놈이 게임을 이끌고 있어. 하지만 그 아이한테 손을 대기만 해봐라!”

베슈가 이의를 제기했다.

“이미 여러 차례 방문했고 그녀가 제 발로 따라나섰으니 아마 납치가 목적은 아닐게요.”

“맞아. 하지만 어떤 덫이 감추어져 있는 게 분명해? 아를레트는 왜 내게 그 사내의 방문에 대해 말하지 않았을까? 그 파즈로라는 자는 도대체 뭘 원하는 것일까?”

갑자기 뭔가가 떠올라 황급히 차에 올라탔을 때처럼 당느리는 쏜살같이 거리를 가로지른 다음 우체국에 뛰어들어 레진느에게 전화를 걸었다. 누군가 전화를 받자 그가 서둘러 물었다.

“부인 계시오? 나 장 당느리요.”

“금방 나가셨는데요, 선생님.”

가정부가 대답했다.

“혼자서?”

“아뇨, 그녀를 데리러 온 아를레트 양과 함께요.”

“원래 외출하기로 되어 있었소?”

“아뇨. 갑자기 결정하셨어요. 오늘 아침에 아를레트 양과 통화를 하긴 했어요.”

“둘이 어디로 갔는지는 모르시오?”

“아뇨, 모르겠는데요.”

이렇게, 단 20분 사이에, 이미 한 번 납치된 적이 있었던 두 여자가 더욱 끔찍한 위협이 도사리고 있는 것처럼 보이는 정황 속에서 또 다시 사라져버렸던 것이다.

멜라마르 가의 비밀

이번에도 장 당느리는 냉정을 잃지 않았다. 적어도 겉으로는 그랬다. 화를 내지도 않았고 욕설을 퍼붓지도 않았다. 하지만 그의 존재는 걷잡을 수 없는 분노에 휩싸여 있었다!

그는 손목시계를 들여다보았다.

"벌써 7시로군. 저녁이나 먹어야겠어. 저기 싸구려 음식점이 하나 있군. 저녁 먹고 8시에 행동으로 들어갑시다."

"왜 지금 당장이 아니고?"

베슈가 물었다.

그들은 식당 한구석, 말단 사원들과 몇몇 택시기사들 사이에 자리잡았다. 이어 당느리가 베슈에게 대답했다.

"왜냐고? 길을 잃었기 때문이지. 난 혹시 있을지도 모른다고 예상했던 적의 공격들을 막아보려고 애쓰면서 닥치는 대로 뛰어다녔네. 하지만 계속 한 발씩 늦었지. 그러다 보니 이젠 약간 지쳤어. 잠시 쉬면서 기운도 차리고 생각도 좀 해봐야겠어. 그 파즈로라는 자는 왜 레진느와 아를레트를 밖으로 끌어냈을까? 어떤 의도를 가지고 있는지는 모르지만 전혀 안심할 수가 없어."

"그럼 한 시간 후에는 무엇을…?"

"항상 시간을 정해 놓아야 해. 그래야 뭔가를 더 열심히 찾게 되니까."

당느리는 마치 아무 걱정거리도 없는 사람처럼 보였다. 그는 아주 맛있게 식사를 했고, 이번 사건과는 아무 관계도 없는 일들에 대해 잡담을 늘어놓기도 했다. 하지만 신경질적인 그의 몸짓들을 통해 그의 두뇌가 극히 긴장해 있다는 것을 짐작할 수 있었다. 말을 하지는 않았지만 그는 상황이 아주 심각하다고 판단하고 있었다. 8시경, 자리에서 일어서며 그가 반 후벤에게 말했다.

"전화해서 백작 부인은 어떤지 알아봐요."

잠시 후, 반 후벤이 카페 안에 설치된 전화부스에서 돌아왔다.

"아무 일 없어요. 내가 붙여준 하녀 말로는 잘 있답니다. 지금 저녁을 들고 있대요."

"갑시다."

"어디로?"

베슈가 물었다.

"나도 모르겠소. 걸읍시다. 어쨌든 움직여야 하니까."

당느리가 힘차게 말했다.

"지금 이 순간에도 레진느와 아를레트가 그자 손아귀에 들어 있다는 생각을 하면…."

그들은 몽마르트르 언덕을 내려와 오페라 광장을 향해 걸어 갔다. 장은 짤막한 문장들을 통해 끓어오르는 분노를 발산했다.

"그 앙투완느 파즈로라는 작자 정말 만만찮은 적수야! 대가를 톡톡히 치르게 해주겠어! 우리가 우왕좌왕하는 사이 그자는… 번개에 콩 볶아먹듯 일을 해치워버렸어! 그 작자가 원하는 게 뭘까? 정체가 뭐지? 쪽지의 내용으로 미루어 백작의 친구? 아니면 적? 공모자 아니면 라이벌? 그 두 아가씨를 집에서 끌어낸 그자의 목적은 과연 무엇일까? 그들은 이미 차례로 납치되었던 경험이 있는데… 그들을 함께 데려가 도대체 무슨 짓을 하려는 걸까? 아를레트는 왜 그 사실을 나에게 숨겼을까?"

그는 한참 동안 입을 다물고 있었다. 그는 때때로 발을 구르고, 미리 비켜서지 않는 행인들과 부딪쳐가며 생각에 몰두해 있었다.

베슈가 불쑥 그에게 물었다.

"여기가 어딘지는 알고 있소?"

"그럼, 콩코르드 다리 위지."

"따라서 위르페 가와는 그리 멀지 않아요."

"위르페 가와 멜라마르 저택에서 그리 멀지 않다는 건 나도 알고 있네."

"그렇다면?"

당느리가 반장의 팔을 잡았다.

"베슈, 이번 사건은 평상시와는 다르게 당신을 인도해주는 지표가 아무것도 없는, 지문도, 발자국 흔적도, 범인의 인상착의도 없는… 의지할 것이라곤 오로지 두뇌와… 더 나아가 직감밖에 없는 그런 사건일세. 그런데 내 직감이, 말하자면 나도 모르는 사이에, 날 이쪽으로 이끌었어. 바로 거기서 모든 일이 일어났고, 바로 그곳으로 처음에는 레진느가, 이어 아를레트가 끌려갔네. 나도 모르는 사이에 타일이 깔린 현관, 층계의 스물다섯 계단, 살롱 등을 떠올리게 되네…."

그들은 국회의사당을 따라 걸었다. 베슈가 소리쳤다.

"불가능해! 이것 봐요, 다른 사람이 했던 일을 그 작자가 무엇하러 다시 반복하겠소? 그것도 훨씬 더 위험한 정황을 무릅쓰고?"

"나도 바로 그 점이 이해가 안 돼. 자신의 계획을 성공시키기 위해 그 정도의 위험을 감수해야만 했다면, 그 계획이란 것이 얼마나 무시무시한 것이겠나!"

"하지만 그 저택은 들어가고 싶다고 해서 마음대로 들어갈 수 있는 곳이 아니오!"

베슈가 이의를 제기했다.

"그렇게 못할 것도 없지. 난 그 저택을 바닥에서 꼭대기까지,

낮이나 밤이나, 늙은 프랑수와가 눈치채지 못하는 사이에 수시로 들락거렸으니까.”

“하지만 그 앙투완느 파즈로라는 작자는? 그가 도대체 어떻게 들어가겠소? 그것도 두 아가씨를 대동하고?”

“프랑수와만 구워삶으면 못할 것도 없지!”

당느리가 빈정거렸다.

그는 저택에 다가갈수록 이번 사건의 윤곽이 점점 더 또렷해지기라도 하는양 발걸음을 재촉했고, 그가 맞서야만 될 사태들을 점점 더 심각하게 그려보았다.

그는 위르페 가를 피해 저택을 둘러싸고 있는 집들을 우회한 다음, 저택 뒤쪽의 정원을 따라 나 있는 한적한 길로 접어들었다. 방치된 별채 너머에 아를레트가 달아났던 작은 문이 있었다. 놀랍게도 당느리는 그 문의 열쇠를 가지고 있었다. 그가 문을 열었다. 그들 앞에 반쯤 어둠에 잠긴 정원이 펼쳐졌다. 등 하나 켜져 있지 않은 저택은 완전한 어둠에 싸여 있었다. 덧문도 모조리 닫혀 있는 것 같았다.

그들은 아를레트처럼 하지만 그녀와는 반대 방향으로 나무 그늘에 몸을 숨긴 채 앞으로 나아갔다. 그들이 집에서 열 발짝 정도 떨어진 곳까지 나아갔을 때, 갑자기 손 하나가 당느리의 어깨를 움켜잡았다.

“뭐, 뭐야!”

그가 방어 자세를 취하며 숨죽인 목소리로 말했다.

“나요.”

"나라니? 아! 반 후벤… 제기랄! 원하는 게 뭐요?"

"내 다이아몬드….'

"당신 다이아몬드?"

"상황으로 보아 이제 곧 당신이 그것들을 찾아낼 것 같은데, 맹세해줘요….'

"우릴 가만히 좀 놔둬요."

반 후벤을 화단 쪽으로 밀치며 당느리가 화난 목소리로 속삭였다.

"방해만 되니까… 거기서 망이나 봐요….'

"맹세해요….'

당느리는 베슈와 함께 다시 걸음을 옮겼다. 살롱의 덧문은 잠겨 있었다. 하지만 당느리는 발코니까지 기어올라갔다. 귀를 기울이고 들여다보던 그가 갑자기 바닥에 엎드렸다.

"불이 켜져 있어. 하지만 아무것도 안 보이고 소리도 안 들려."

"그럼 실패한 거요?"

"정말 멍청하군."

낮은 문 하나가 나 있어 지하실과 정원이 통하게 되어 있었다. 그는 계단 몇 개를 내려가 손전등을 켜고는 꽃 항아리와 상자들이 잔뜩 쌓여 있는 방을 지나 희미한 등 하나가 켜져 있는 현관으로 조심스레 들어갔다. 아무도 없었다. 그는 베슈에게 조용히 하라는 신호를 보내며 중앙계단을 걸어 올라갔다. 층계참 맞은편에는 살롱이 있었고, 오른쪽에는 거의 사용되지 않지만 그가 샅샅이 뒤져 잘 알고 있는 규방이 있었다.

그는 그곳으로 들어갔다. 그는 어둠 속에서 두 방을 가로지르는 벽을 따라 나아가 살롱으로 통하지만 평상시에는 쓰지 않는 문을 가짜 열쇠를 사용해 소리가 나지 않도록 살그머니 열었다. 그는 반대편에서 보면 장식 융단에 문이 가려져 있고, 곳곳에 구멍이 뚫린 천으로 융단의 안을 댔기 때문에 희미하지만 얇은 천 조직을 통해 살롱 안을 들여다볼 수 있다는 것을 알고 있었다.

그들은 마루 위를 오가는 발자국 소리들을 들었다. 목소리는 전혀 들려오지 않았다.

당느리가 접촉을 통해 자신의 느낌을 전하기 위해서인 양 손으로 베슈의 어깨를 지그시 눌렀다.

장식 융단이 공기의 흐름 때문에 가볍게 움직였다. 그들은 그 것이 멈추기를 기다려 융단에 얼굴을 들이대고 살롱 안을 들여다보았다.

그들이 몰래 목격한 장면은 그들이 난입해 격투를 벌여야 할 만큼 급박한 상황은 아닌 듯 보였다. 아를레트와 레진느는 소파 위에 나란히 앉아 방 안을 오락가락하고 있는 한 사내를 바라보고 있었다. 큰 키에 금발, 그 사내는 멜라마르 백작에게 쪽지를 보낸 자, 그들이 '쁘띠 트리아농'에서 만났던 바로 그자였다.

살롱 안의 세 사람 모두 입을 굳게 다물고 있었다. 두 여자는 전혀 불안에 떠는 표정이 아니었다. 앙투완느 파즈로도 전혀 위협적으로 느껴지지 않았다. 오히려 멋지고 예절바른 젊은이처럼 보였다. 세 사람은 누군가를 기다리고 있는 듯한 기색이었다. 그들은 귀를 기울이고 있었다. 그들은 층계참으로 나 있는 문을 자주 쳐다보았고, 앙투완느 파즈로는 그 문을 열고 기척을 살피기까지 했다.

"오는 게 확실한가요?"

레진느가 그에게 물었다.

"확실해요."

그가 대답했다.

그러자 아를레트가 덧붙였다.

"먼저 꼭 오시겠다고 해서 제가 구태여 당부할 필요도 없었죠. 늙은 하인이 초인종 소리를 못 알아들은 건 아닐까요?"

"우리가 올 땐 들었잖소. 아내와 함께 마당에서 기다리고 있는데다 제가 문까지 열어뒀으니 그런 걱정은 말아요."

당느리가 베슈의 어깨를 꽉 쥐었다. 과연 어떤 일이 벌어질까? 도대체 누구와 약속을 했기에 아를레트와 레진느가 이곳까지 왔을까?

앙투완느 파즈로가 아를레트 곁으로 가서 앉았다. 그들은 낮은 목소리로 열띤 대화를 주고받았다. 그들은 이미 친한 사이처럼 보였다. 그가 그녀를 향해 필요 이상으로 몸을 기울였지만 아를레트는 전혀 불쾌해하지 않았다. 파즈로가 갑자기 그녀로부터 떨어지며 몸을 벌떡 일으켰다. 마당의 초인종이 두 번 울려 퍼졌던 것이다. 잠시 간격을 두고 또 다시 두 번.

"신호가 맞아요."

서둘러 층계참 쪽으로 걸어가며 파즈로가 말했다.

1분이 흘렀다. 몇 마디 대화를 주고받는 소리가 들려왔다. 그가 곧 한 여자를 데리고 돌아왔다. 당느리와 베슈는 금방 그녀를 알아보았다. 바로 멜라마르 백작 부인이었다.

어깨를 쥐고 있던 당느리의 손에 힘이 들어가는 바람에 베슈가 낮게 신음했다. 두 사람은 백작 부인의 등장에 경악하고 있었다. 모든 것을 예측했던 당느리도 그녀가 은신처를 벗어나 적이 마련한 모임에 모습을 드러내리라고는 상상조차 못했었다.

그녀는 창백한 얼굴로 숨을 헐떡였다. 손까지 약간 떨고 있었다. 그녀는 체포와 도피의 드라마가 벌어진 이후로 처음 들어와 보는 살롱을 불안스런 눈길로 둘러보았다. 이어 그녀가 파즈로에게 말했다.

"이렇게 헌신적으로 도와줘서 정말 고마워요, 앙투완느. 별 기대는 안 하고 있지만 우리의 옛 우정을 생각해서 당신의 도움을 받아들이겠어요…."

"저만 믿으세요, 질베르트."

그가 말했다.

"아무도 못 찾던 당신을 제가 찾아냈잖아요."

"그런데 도대체 어떻게?"

"마졸르 양을 통해서요. 제가 그녀를 찾아가 당신을 위한 일이니 제발 좀 알아봐 달라고 부탁했어요. 저의 간곡한 부탁에 못 이겨 그녀가 반 후벤에게 들어서 당신이 숨어 있는 알고 있던 레진느 오브리에게 전화를 걸었죠. 오늘 아침에 당신에게 전화를 걸어 이곳으로 나와 달라고 부탁했던 사람도 바로 아를레트 마졸르였어요."

질베르트가 감사의 표시로 머리를 가볍게 숙이고는 말했다.

"몰래 빠져나왔어요, 앙투완느. 여태까지 절 보호해준 사람에게 무슨 일이 있더라도 반드시 그에게 알리고 움직이겠다고 약속했는데… 그 사람이 누구인지 당신도 알고 있죠?"

"장 당느리? 예, 아를레트 마졸르에게 들어 알고 있어요. 그녀역시 그 사람 모르게 행동하는 걸 꺼려하고 있죠. 하지만 그럴수밖에 없어요. 아무도 믿을 수 없으니까."

"그 사람을 경계할 필요는 없어요, 앙투완느."

"어느 누구보다 더 경계해야 해요. 오늘 제가 몇 주 동안을 찾아 헤맨 끝에 이 저택에서 없어진 물건들을 갖고 있던 고물가게여주인을 찾아냈는데, 바로 그 가게에서 그를 만났어요. 그 역시 반 후벤, 베슈 반장을 이끌고 그곳으로 왔더군요. 난 그가 적의와 의심이 가득한 눈으로 날 바라보는 것을 느꼈어요. 그는날 미행하려고까지 했어요. 도대체 무슨 의도로?"

"그가 당신을 도와줄 수도…."

"절대 안 돼요! 어디서 왔는지조차 알 수 없는 그런 바람둥이와… 당신들 모두를 휘어잡으려는 그런 교활한 돈주앙과 협조를 하라고요? 안 돼요, 그럴 순 없어요. 게다가 우린 목적이 달라요. 저의 목적은 진실을 밝히는 것이고, 그의 목적은 중간에서 다이아몬드를 가로채는 것이니까."

"당신이 그걸 어떻게 알아요?"

"제 짐작이에요. 그가 하려는 짓이 저에겐 훤히 보입니다. 게

다가 제가 개인적으로 수집한 정보에 따르면, 베슈와 반 후벤 역시 그에 대해 그런 생각을 갖고 있다고 합니다."

"잘못된 생각이에요."

아를레트가 말했다.

"그럴지도 모르죠. 하지만 난 그걸 옳은 생각이라고 여기고 행동할 겁니다."

당느리는 귀를 기울여 듣고 있었다. 그 사내가 그에 대해 드러내는 적대감을 그 역시 그 사내에 대해 본능적으로 그리고 격렬하게 느끼고 있었다. 그의 표정에서 배어나는 진솔함과 헌신적인 그의 의도를 부인할 수 없는 만큼 그는 더욱더 그 사내를 증오했다. 질베르트와 그 사이에는 무슨 일이 있었던 것일까? 그가 그녀를 사랑했던 것일까? 그리고 지금은 그가 어떤 방법으로 아를레트의 호의를 얻어 자신의 뜻에 따르게 만들었을까?

백작 부인은 꽤 오랫동안 침묵을 지키고 있었다. 마침내 그녀가 입을 열었다.

"제가 뭘 어떻게 해야 하는 거죠?"

그는 레진느와 아를레트를 가리켰다.

"백작을 기소하는 데 결정적인 증언을 한 저 두 사람을 설득하십시오. 전 오로지 신념 하나로 저 두 사람의 의심을 일깨워 이 모임을 성사시켰습니다. 오로지 당신만이 제가 시도한 일을 마무리지을 수 있습니다."

"어떻게요?"

"대화를 통해서요. 이해하기 힘든 이번 사건에는 그것을 더욱 이해할 수 없는 것으로 만드는 사실들이 몇 가지 있어요. 하지만 검찰에서는 그 몇 가지 사실들을 근거로 중대한 결정을 내리려 하고 있죠. 그리고 이번 사건에는… 아시다시피….”

“전 아무것도 몰라요.”

“알고 있는 것도 있죠. 예를 들면, 아무 죄도 없는 두 분이 당당하게 스스로를 변호하지 못하는 이유라든지….”

그녀가 절망에 짓눌린 목소리로 말했다.

“아무리 변호해봤자 소용없어요.”

“전 지금 당신 자신을 변호하라고 요구하는 것이 아니에요, 질베르트.”

그가 안타깝다는 듯 소리쳤다.

“전 당신 자신을 변호하지 못하게 만드는 이유들을 묻고 있는 겁니다. 근래의 사실들에 대해서는 한마디도 않으셔도 좋아요. 하지만 당신 영혼의 밑바닥에 감추어져 있는 것들, 장 당느리가 헛되이 당신에게서 알아내고자 했던 그 모든 것들… 제가 짐작하고 있고, 제가 여기, 이 저택에서 살았기 때문에, 멜라마르 가의 비밀이 조금씩 드러났기 때문에 제가 알고 있는 모든 것들, 제가 설명할 수도 있지만 지금 이 자리에서 당신 입으로 그것들을 털어놓으세요, 질베르트. 오로지 당신의 육성만이 아를레트 마졸르와 레진느 오브리를 설득할 수 있을 테니까요.”

팔꿈치를 무릎 위에 괴고 두 손으로 머리를 감싸안은 채 그녀가 중얼거렸다.

“이제 와서 무슨 소용이 있겠어요!”

"무슨 소용이 있냐고요, 질베르트? 제가 수집한 확실한 정보에 따르면, 내일 검찰이 저 두 사람과 백작님의 대질심문을 벌일 예정이라고 합니다. 저 두 사람의 증언이 확실치 않다면 검찰에 무슨 실질적인 증거가 남겠습니까?"

그녀는 마냥 깊은 슬픔에 젖어 있었다. 이 모든 논거들도 그녀에겐 아무런 의미가 없는 것처럼 보였다. 그녀가 덧붙였다.

"아니에요… 아니에요… 아무 소용도 없을 거예요… 입을 다물고 있을 수밖에 없어요."

"그렇다면 죽음뿐입니다."

그가 말했다.

그녀가 고개를 들었다.

"죽음?"

그가 그녀에게로 몸을 숙이며 심각한 어조로 말했다.

"질베르트, 제가 백작님에게 반드시 두 분을 다 구해내고 말겠다는 쪽지를 보냈어요. 그분이 저에게 답장을 보냈어요."

"오라버니가 뭐라고 답했나요, 앙투완느?"

그녀가 두 눈을 반짝이며 물었다.

"이게 그분의 답장입니다. 직접 읽어보세요."

고맙소, 화요일 저녁까지는 기다리겠소. 그때까지 소식이 없으면…

그녀가 새파랗게 질려 더듬거렸다.

"화요일이면… 내일이잖아요."

"그래요, 내일입니다. 내일 저녁 대질 심문이 있은 후에도 석방되지 않는다면 아드리엥 드 멜라마르는 감방에서 스스로 목숨을 끊고 말 겁니다. 질베르트, 최소한 그를 구하기 위한 시도는 해봐야 된다고 생각지 않으세요?"

그녀는 몸을 웅크리고 무릎 사이에 얼굴을 묻은 채 부들부들 떨고 있었다. 아를레트와 레진느는 연민이 가득한 눈길로 그녀를 바라보고 있었다. 당느리도 속이 쓰렸다. 그 역시 그녀의 고집과 저항을 꺾어보려고 숱한 시도를 해보지 않았던가! 이제 그녀가 파즈로 앞에 무릎을 꿇고 있었다. 눈에 가득 눈물을 머금은 채 그녀가 거의 들리지 않는 목소리로 털어놓기 시작했다.

"멜라마르 가의 비밀이란 없어요… 비밀이 있다고 말한다면, 그건 지난 세기에 저질러진 잘못과 오라버니와 제가 저질렀을지도 모르는 잘못들을 인정하지 않으려는 시도로 여겨지고 말 거예요. 그런데 우리는 아무 짓도 저지르지 않았어요… 우리 두 사람이 결백한 것과 마찬가지로, 쥘르와 알퐁스 드 멜라마르 역시 결백했어요… 당신들에게 그 증거를 제시하진 않겠어요. 전 그 증거를 제시할 수가 없어요. 수많은 증거들이 우리를 짓누르지만 우리에게 유리한 증거는 단 하나도 없어요… 하지만 우리는, 우리는 우리가 도둑질을 하지 않았다는 것을 어느 누구보다도 잘 알고 있어요… 자신이 한 일을 어떻게 모르겠어요, 안 그래요? 아드리엥이나 저나 우리가 당신들을 이곳으로 납치하지 않았다는 것을… 다이아몬드를 훔치지도 튜닉을 감추지도 않았다는 것을… 너무나 잘 알고 있어요. 저희 조부와 증조부의 경우도 마찬가지였다는 것을 우린 알고 있어요. 우리 가족 모두는 그 두 분이 결백하다는 것을 알고 있었어요. 그건 저희 부친께서 억울하게 돌아가신 그분들에게 전해듣고 또 우리에게 전해주신 성스러운 진실이에요… 정직, 명예는 멜라마르 가의 계율이에요… 사람들이 저희 가족사를 거슬러 올라가며 파헤치고 또 파헤쳤지만 아무런 약점을 찾아낼 수 없었어요. 왜 그들이 갑자기, 아무런 이유도 없이 그런 짓을 했겠어요? 그들은 이미 부와 명예를 누리고 있었어요. 왜 제 오라버니와 제가 아무런 이유도 없이 우리의 과거와… 우리 가문의 명예를 더럽히는 그런 짓을 했겠어요?”

그녀가 말을 멈췄다. 절망으로 가득한, 폐부를 찌르는 듯한 그녀의 어조 때문에 두 여인은 큰 감명을 받은 것 같았다. 아를레트가 그녀에게 다가가 긴장된 표정으로 물었다.

“그래서요, 부인… 그래서요?”

“우린 우리가 알지 못하는 그 무엇의 희생자들이에요… 만약 비밀이 있다면, 바로 그것, 우리를 괴롭히는 바로 그것이 비밀이에요. 고전비극을 보면 대대로 운명의 박해를 받는 그런 가문들이 나오죠. 마찬가지로 우리 가문은 거의 한 세기가 지나도록 끊임없이 운명에 시달려왔어요. 아마 처음에, 쥘르 드 멜라마르는 그에게 쏟아지는 엄청난 비난에 맞서 자신을 변호할 수 있었을 거고, 또 그렇게 하려고 했을 거예요. 하지만 불행하게도 그는 치밀어 오르는 울화를 견디지 못하고 감옥에서 화병으로 죽고 말았어요. 그로부터 25년 후, 그의 아들 알퐁스는 그와는 다르지만 끔찍하기는 마찬가지인 혐의들이 그에게 씌워지자 그처럼 완강하게 저항하지 못했어요. 그는 궁지에 몰려 어떻게 해볼 수 없게 되자 아버지와 같은 운명을 겪고 싶지 않아 자살하고 말았어요."

질베르트 드 멜라마르가 또 다시 입을 다물었다. 그녀 앞에서 전율하고 있던 아를레트가 말했다.

"그래서요, 부인? …제발 계속해 주세요."

그러자 백작 부인이 다시 말을 이었다.

"그러자 우리 집안에 전설이 태어났어요… 그 부자가 살았었고, 그 부자가 명백한 증거들에 목이 졸려 차례차례 죽어간 이 불길한 저택에 얽힌 저주의 전설이… 상심한 저희 할머니는 남편의 결백을 밝히기 위해 싸우기를 포기하고 시골에 있는 친정으로 피신해 저희 부친을 키우셨어요. 그분은 저희 부친께 파리의 저주에 대해 말해주었고, 멜라마르 저택에는 절대 발을 들여놓지 않겠다고 맹세하게 했어요. 그래서 저희 부친은 지방에서 결혼을 하셨고… 그렇게 해서 그에게도 들이닥쳤을 재난을 피할 수 있었어요."

"그분에게도 들이닥쳤을 거라고요? …그걸 어떻게 아세요?"

아를레트가 물었다.

"그래요, 그래요, 전 알아요."

흥분한 백작 부인이 외쳤다.

"그 역시 다른 사람들처럼 운명의 바퀴에 깔리고 말았을 거예요. 죽음이 여기, 이 저택 안에 진을 치고 있으니까. 이곳에 머무는 멜라마르 가의 악령이 우리를 에워싼 채 숨통을 조여오니까. 오라버니와 제가 이런 고초를 겪고 있는 것도 부모님이 돌아가신 다음에 그 악령에게 반항했기 때문이에요. 우리가 이 저택의 문턱을 넘어선 첫날부터, 과거를 잊은 채 희망에 부푼 가슴을 안고 즐거이 조상들의 거처에 발을 들여놓은 첫날부터, 우리는 음험하게 다가오는 악령의 손길을 느꼈어요. 특히 오라버니가 그랬죠. 전 결혼했다가 이혼을 한 다음에야 이 집으로 들어왔어요. 전 그래도 한때나마 행복했었죠. 하지만 오라버니는 곧 악몽에 시달렸어요. 무슨 일이 닥치리라는 확신이 너무나 강했기 때문에 그는 결국 결혼을 포기하고 말았어요. 멜라마르 가의 대를 끊음으로써 몹쓸 운명을 몰아내고 이어지는 불행을 막으려고 했죠. 멜라마르 가문의 마지막 자손으로 남으려 한 거예요. 그는 너무나 두려워했어요!"

"뭘 그렇게 두려워했죠?"

아를레트가 떨리는 목소리로 물었다.

"앞으로 일어날 일을, 15년을 기다린 끝에 드디어 일어난 일을."

"아무런 조짐도 없었나요?"

"없었어요. 하지만 음모가 어둠 속에서 은밀히 짜여지고 있었어요. 적들이 우리 주위를 배회했죠. 우리 집에 대한 공략이 은근히 이어졌고, 포위망이 조금씩 조여왔어요. 그러고는 공격이 갑자기 예고되었죠."

"예고라니요?"

"몇 주 전에 일어난 바로 그 사건이오. 겉으로 보기에는 어디서든 일어날 수 있는 자연스런 사건이었지만 실제로는 무시무시한 경고였어요. 어느 날 아침, 오라버니는 몇몇 물건들이, 초인종 리본, 촛농받이 같은 보잘것없는 물건들이 있어야 할 자리에 없다는 걸 알아차렸어요. 누군가가 드디어 때가 되었다는 것을 알리기 위해 값비싼 물건들은 놔두고 그것들만 가져가 버렸던 거예요…."

그녀는 잠시 멈추었다가 다시 말을 이었다.

"드디어 때가 되었다고… 이제 곧 벼락이 떨어질 거라고…."

이 말들은 말하자면 신비주의적인 울림을 가지고 있었다. 그녀의 두 눈은 마치 신들린 듯 열에 들떠 있었다. 이러한 그녀의 태도에서 그동안 그녀와 그녀의 오빠가 감내해야만 했던 고통의 깊이가 느껴졌다.

그녀가 다시 말을 이었다. 그녀의 말에는 '벼락'을 기다리는 그들의 참담한 심정이 배어 있었다.

"아드리엥은 싸우려고 애썼어요. 그는 신문에 사라진 물건들을 찾는다는 광고를 냈죠. 그는 그렇게 해서라도, 그의 표현대로 하자면, 운명을 달래려 했어요. 저택이 빼앗긴 것을 되찾아온다면, 그 물건들이 한 세기 반 동안 차지하고 있었던 그들의 성스러운 자리로 되돌아온다면, 멜라마르 가문을 박해해온 그 신비로운 힘들이 더 이상 우리를 괴롭히지 않을 거라고 생각했던 거죠. 하지만 그건 헛된 희망이었어요. 피할 수 없는 저주라면 발버둥쳐봐야 무슨 소용이 있겠어요? 어느 날, 우리가 한 번도 본 적이 없는 당신 둘이 이곳으로 들어왔고, 도대체 무슨 일인지 영문조차 모르는 우리를 납치와 절도 사건의 범인으로 지목했어요… 그리고 끝장이었죠. 우리 자신을 변호하고 어쩌고 할 경황도 없었어요, 안 그래요? 우리는 순식간에 무장 해제되어 사슬에 결박되어 있었죠. 멜라마르 가 자손이 세 번째로 이유조차 모른 채 체포당한 거예요. 쥘르와 알퐁스 멜라마르를 죽음으로 몰아넣었던 어둠이 또 다시 우릴 집어삼켰던 거죠. 그리고 똑같은 결말이 우리의 시련을 마무리지을 거예요… 자살, 죽음… 이게 바로 우리의 이야기예요. 이런 절망적인 상황 속에서 체념과 기도 외에 도대체 뭘 할 수 있겠어요? 운명의 주사위는 이미 던져졌기 때문에 그것을 거역하는 것은 신성모독이에요. 하지만 이런 엄청난 고통을! 도대체 우리가 무슨 죄를 지었길래 이렇게 무거운 짐을 지우는지!"

질베르트는 이렇게 이상한 고백을 끝맺었다. 그녀는 곧 이번 사건이 일어난 이후로 곧잘 빠져들곤 했던 무기력 상태에 다시 빠져들었다. 그녀의 이야기를 통해 드러난 비정상적인, 어떻게 보면 병적이라 할 수 있는 면들이 그녀가 겪은 불행들에 대한 동정심과 존중심 때문에 어느 정도는 가려졌다. 잠자코 듣고만 있었던 앙투완느 파즈로가 그녀에게 다가가 경건한 태도로 그녀의 손에 입을 맞추었다. 아를레트는 눈물을 떨구고 있었다. 덜 민감한 레진느 역시 큰 감명을 받은 것 같았다.

구원자, 파즈로

장 당느리와 베슈는 장식 융단 뒤에서 꼼짝도 하지 않고 있었다. 기껏해야 가끔씩 가차없는 당느리의 손가락들이 반장의 어깨를 고문했을 뿐이었다. 막간이라고 부를 수도 있을 짧은 틈을 이용해 그가 베슈의 귀에 대고 속삭였다.

"어떻게 생각하나? 뭔가 조금씩 밝혀지는 것 같지 않나?"

반장 역시 속삭여 대답했다.

"한쪽은 밝아오는데 전체적으론 뒤죽박죽이군요. 멜라마르가의 비밀은 알게 됐지만 사건의 실체, 두 차례에 걸친 납치 그리고 다이아몬드에 대해선 전혀 진전이 없어요."

"정확하게 봤네. 반 후벤은 정말 운이 없어. 하지만 조금 더 기다려보세. 파즈로가 움직이는군."

실제로 앙투완느 파즈로가 질베르트의 곁을 떠나 두 아가씨를 향해 다가가고 있었다. 이제 그가 이야기의 결론을 내리는 동시에 자신의 계획을 밝힐 차례였다. 그가 물었다.

"아를레트 양, 질베르트 드 멜라마르가 말한 모든 것을 믿죠, 안 그래요?"

"예, 믿어요."

"당신도요?"

그가 레진느에게 말했다.

"예."

"그럼 두 분 다 자신의 신념에 따라 행동할 각오가 되셨나요?"

"예."

그가 말을 이었다.

"그렇다면 우리는 멜라마르 백작을 석방시키겠다는 일념으로 아주 신중하게 행동해야만 합니다. 당신들은 할 수 있어요."

"어떻게요?"

아를레트가 물었다.

"아주 간단한 방법이 있어요. 모든 게 확실치 않다고 진술하세요. 그런 것 같기도 하고 아닌 것 같기도 하다고…."

"하지만 전 분명히 이 살롱으로 끌려온걸요. 그걸 부인할 수는 없어요."

레진느가 이의를 제기했다.

"그럼 멜라마르 백작과 백작 부인에게 끌려온 것도 확신해요?"

"부인의 반지는 분명히 봤어요."

"하지만 그걸 어떻게 증명하겠소? 사실 지금 검찰이 근거로 삼을 수 있는 건 이런저런 추정들뿐이에요. 수사도 답보 상태를 벗어나지 못하고 있죠. 그래서 판사도 곤혹스러워하고 있어요. 이런 상태에서 당신이 만약 '이 반지가 제가 봤던 것하고 비슷하기는 한데… 어떻게 보면 진주들이 똑같은 식으로 박혀 있지 않았던 것 같기도 해요.'라고 진술한다면, 상황이 완전히 달라질 수도 있어요."

"하지만 그러기 위해서는 백작 부인이 대질 심문에 참석해야만 해요."

아를레트가 말했다.

"참석할 겁니다."

앙투완느 파즈로가 말했다.

질베르트가 겁에 질려 몸을 벌떡 일으켰다.

"내가 거길 가야 한다고? …꼭 제가 가야 하나요?"

"그래야만 해요."

그가 명령조로 소리쳤다.

"더 이상 주저하거나 도망치려 해서는 안 됩니다. 무고에 맞서 당당하게 자신을 변호하는 것이 당신의 의무예요. 당신 집안 사람들 모두를 마비시킨 공포와 체념의 구렁에서 벗어나 당신 오빠 역시 싸우도록 이끌어야만 해요. 오늘 밤, 이 저택에서 주

무세요. 장 당느리가 경솔하게도 당신을 도피시키기 전처럼 당신의 자리를 지키세요. 그리고 대질 심문이 있다는 기별이 오면 자진해서 검찰에 출두하세요. 승리가 눈앞에 있어도 그것을 얻으려 하지 않으면 아무 소용이 없어요.”

“하지만 절 체포할 거예요….”

그녀가 말했다.

“그럴 리 없어요!”

앙투완느 파즈로의 대답이 너무나 단호했고, 그의 표정이 확고한 신념으로 가득했기 때문에 질베르트 드 멜라마르는 복종의 신호로 고개를 숙였다.

“저희들도 부인을 돕겠어요.”

이번에는 아를레트가 결의에 찬 목소리로 말했다.

“하지만 저희들의 선의만으로 충분할까요? 이곳에 차례로 끌려왔던 저희가 이 살롱을 알아보았고 이 서가에서 튜닉이 발견되었는데, 두 분이 범죄를 저지른 적도 그 범죄를 도운 적도 없다는 것을 검찰에서 과연 인정하려 들까요? 이 저택에 살고 있고 범죄가 발생한 시각에 이곳에 있었다면 범행을 저지르지는 않았다 할지라도 적어도 목격은 했을 거라고 생각하지 않을까요?”

“그들은 아무것도 못 봤고, 아무것도 몰랐어요. 저택의 배치를 잘 생각해 봐요. 백작과 백작 부인이 저녁 식사를 하고 저녁 시간을 보내는 방들은 3층 왼쪽, 정원을 향해 나 있고… 프랑수와 부부의 방도 오른쪽, 정원 방향에 있으니… 아래층 가운데 공간은 텅 비어 있는 셈이에요. 마당 쪽과 부속 건물에도 아무도 없으니 누구라도 마음만 먹으면 자유롭게 드나들 수 있어요. 범인들은 그런 식으로 당신 둘을 이곳으로 납치해왔고, 마졸르 양은 바로 이곳에서 달아났던 겁니다."

그녀가 이의를 제기했다.

"전혀 그럴듯하지 않네요."

"그럴듯하진 않지만 가능은 하죠. 이 가능성을 심각하게 고려해보아야 하는 이유는 이런 수수께끼 같은 사건이 똑같은 정황 속에서 이미 세 번이나 일어났다는 데 있습니다. 쥘르 드 멜라마르, 알퐁스 드 멜라마르 그리고 아드리엥 드 멜라마르가 멜라마르 저택이 이런 식으로 배치되어 있었기 때문에 누명을 뒤집어썼을 가능성이 큽니다."

아를레트가 가볍게 어깨를 으쓱했다.

"그렇다면 매번 다른 악당들이 매번 저택의 이러한 배치를 알아채고 매번 똑같은 음모를 꾸몄다는 말인가요?"

"그래요, 매번 다르기는 하지만 뭔가를 알고 있는 악당들이죠. 한편에 여러 세대에 걸쳐 전해진 공포와 체념의 비밀, 멜라마르 가의 비밀이 있다면, 다른 한편엔 한 적대적인 가문을 통해 이어져 내려오는 탐욕과 강탈, 집요한 괴롭힘의 비밀이 있어요."

"그렇다면 그들은 왜 이곳으로 오는 걸까요? 차 안에서도 얼마든지 레진느 오브리의 다이아몬드 코르슬렛을 벗길 수 있었을 텐데 왜 그녀를 이 저택으로 데리고 오는 실수를 범했을까요?"

"실수가 아니라 술수예요. 다른 사람들을 용의자로 몰아 수사 망에서 빠져나가려는 거죠."

"그렇다면 저는요, 전 아무것도 강탈당하지 않았어요. 강탈당할 게 아무것도 없었죠."

"범인은 아마 당신을 사랑해서 납치했을 겁니다."

"그런 이유로 납치한 저도 이곳으로 끌고 왔다는 말인가요?"

"그래요, 수사의 초점이 다른 사람들에게 맞춰지도록."

"그게 충분한 동기가 될까요?"

"아뇨."

"아니라면?"

"두 가문 사이에 증오나 어떤 경쟁심이 있을지도 몰라요. 한 가문이 우리가 모르는 이유들로 해서 다른 한 가문을 집요하게 괴롭히는 거죠."

"그렇다면 백작과 백작 부인이 알고 있었을 거예요."

"아뇨, 모르고 있어요. 그것이 바로 그들의 약점이자 그들이 당할 수밖에 없는 이유예요. 적대적인 두 집안이 한 세기에 걸쳐 나란히 이어져 왔는데, 한 가문은 다른 가문의 존재를 모르고, 알고 있는 가문은 끊임없이 음모를 꾸며 모르고 있는 가문을 괴롭히고 있는 겁니다. 기질적으로 그리고 습관적으로 유혹에 쉽게 빠져드는 가문의 사람들이 그들에게 제공된 활동 공간을 이용해 범죄를 저지르고 의도적으로 증거들을 남겨… 예를 들면 서가에서 발견된 튜닉 같은… 멜라마르 가 사람들을 범인으로 모는 사이, 도무지 영문을 알 수 없는 멜라마르 가 사람들은 초현실 세계의 악령이 그들을 괴롭히고 있다고 생각하게 된 것입니다. 사정이 이렇다 보니 당신들 같은 범죄의 희생자들은 끌려왔던 장소를 알아보게 되고 그 장소의 주인을 범인으로 지목하게 되는 거죠.”

아를레트는 그래도 납득이 안 간다는 표정이었다. 전개가 교묘했고 질베르트가 털어놓은 상황과 묘하게 맞아떨어졌지만 그의 설명에는 반대되는 수많은 논거들과 충돌하는, 그래서 많은 주요한 사실들을 어둠 속에 묻어버리고 마는, 뭔가 ‘억지스러운’ 구석이 있었다. 하지만 그럼에도 불구하고 그의 설명은 많은 면에서 진실과 그리 멀지 않은 듯한 인상을 주었다.

“좋아요, 하지만 당신이 상상하시는 것을….”

그녀가 말했다.

그가 정정했다.

“전 상상이 아니라 단정을 하고 있는 겁니다.”

“당신이 단정하시는 것을 검찰에 알려야 그쪽에서 받아들이든 거부하든 하지 않겠어요? 그 일을 누가 하죠? 우선 검찰로 하여금 귀를 기울이게 하고, 이어 믿게 만들 만큼 불굴의 신념과 의지를 가진 사람이 누가 있겠어요?”

“나요, 오직 나만이 그 일을 할 수 있어요.”

그가 단호하게 말했다.

“나는 내일 백작 부인의 옛 친구로서 그녀와 함께 검찰에 출두하겠소. 난 그녀가 허락만 했다면 친구라는 이 호칭을 내가 그녀에 대해 느꼈던 감정들과 더 큰 관계가 있는 호칭으로 바꾸려 했을 거라고 아무 부끄러움 없이 털어놓을 것이오. 그녀의 거절에 낙심하여 몇 년간 해외를 떠돌다가 그녀의 시련이 시작되던 시기에 파리로 돌아왔고, 그녀와 그녀 오빠의 결백을 밝혀내겠다고 스스로 맹세했으며, 그녀의 은신처를 찾아내 집으로 돌아가라고 그녀를 설득했다고 말할 것이오.

검사들이 애매한 당신의 진술과 레진느 오브리의 망설임에 당황하고 있을 때, 내가 그들에게 질베르트가 털어놓은 이야기와 함께 멜라마르 가의 비밀을 밝히고 내가 이미 말한 대로 이번 사건의 전모를 설명하겠소. 성공은 확실해요. 하지만 무엇보다 첫걸음이 중요해요. 당신과 레진느 오브리가 그걸 잘해내야만 합니다. 만약 당신이 확신을 가질 수 없다면, 내 설명에도 충분히 납득이 가지 않는다면, 질베르트 드 멜라마르를 보세요. 그리고 당신 자신에게 물어봐요, 저 여인이 과연 도둑질을 할 수 있는 사람인지를.”

아를레트가 조금도 망설이지 않고 선언했다.

“내일 당신이 지시한 대로 진술하겠어요.”

“저도요.”

레진느가 말했다.

“하지만 전 일이 당신의 뜻대로… 우리 모두의 뜻대로 되지 않을까 봐 두려워요.”

아를레트가 말했다.

그가 침착하게 결론을 내렸다.

"내가 모든 걸 책임지겠소. 아드리엥 드 멜라마르가 내일 밤 당장 석방되지 않을지는 몰라도 검찰에서 선뜻 백작 부인을 체포하지는 못하게끔 일이 돌아갈 겁니다. 그렇게 된다면 백작도 희망을 잃지 않고 석방될 날을 기다리게 될 겁니다."

질베르트가 또 다시 그에게 손을 내밀었다.

"다시 한 번 감사드려요. 예전에는 제가 당신을 잘못 알았었나 봐요, 앙투완느. 절 원망하지 마세요."

"전 당신을 한 번도 원망해본 적이 없어요, 질베르트. 당신을 위해 뭔가를 할 수 있어서 전 정말 행복합니다. 전 당신을 위해, 과거의 기억을 위해 그리고 정당한 일이었기에 이 일을 했습니다. 그리고…."

그는 심각한 표정을 지으며 더 낮은 목소리로 말을 이었다.

"그리고 특별한 사람이 지켜보고 있으면 더 열심히 하게 되는 행동들이 있죠. 그럴 경우, 아주 당연하다고 할 수 있는 그 행동들이 대단한 업적의 모습을 취하게 되고, 그 행동들 덕분에 당신은 당신을 지켜보고 있는 사람의 존경심과 애정을 얻을 수 있게 됩니다."

아주 자연스럽게 행해진 이 짤막한 고백은 아를레트를 염두에 둔 것이었다. 하지만 그 순간 당느리는 방 안에 있는 사람들의 배치로 인해 그들의 표정을 볼 수가 없었다. 그래서 그는 그 고백이 질베르트 드 멜라마르를 염두에 둔 것이라고 생각했다.

순간적이었지만 그도 '누구를 겨냥한 고백일까' 하고 의심을 하기는 했다. 그 바람에 베슈는 두 견갑골 사이에 참을 수 없는 고통을 느껴야 했다. 반장은 사람의 손가락이 그렇게 큰 고통을 줄 수 있으리라고는 상상도 하지 못했었다. 하지만 다행히도 고문은 길게 이어지지 않았다.

앙투완느 파즈로는 더 이상 그 얘길 하지 않았다. 초인종으로 늙은 하인 부부를 부른 그는 그들에게 다음 날 그들이 해야 할 역할과 검찰에서 물으면 대답해야 할 내용에 대해 아주 자세한 지시를 내렸다. 당느리의 의심은 금방 사라졌다.

그들은 그 후에도 몇 분간 더 귀를 기울였지만 이제 대화는 끝난 듯이 보였다. 레진느가 아를레트에게 집까지 바래다주겠다고 제안했다.

"더 이상 할 얘기가 없는 것 같으니 우리도 빠져나가세."

당느리가 속삭였다.

그는 앙투완느 파즈로와 아를레트에 대해 화가 난 상태로 그 자리를 떴다. 그는 화풀이라도 할 수 있도록 누군가에게 들켰으면 좋겠다는 기분으로 규방과 현관을 가로질렀다.

밖으로 나온 그는 화단에서 불쑥 튀어나와 자신의 다이아몬드 소식부터 묻는 반 후벤을 와락 밀어젖혀 분풀이를 했다.

베슈 역시 나름대로 의견을 제시하려다 면박을 당하고 말았다.

"어쨌거나 저 친구 악당 같아 보이지는 않는군요."

"바보 같은 소리!"

당느리가 이를 갈았다.

"바보 같다니, 어째서? 그 사람 진심인 것 같지 않던가요? 그의 가정은….”

“더 바보 같은 소리!”

반장이 주춤했다.

“그래요, 나도 알아요. 트리아농 가게에서 저 작자가 그 여자에게 눈짓을 한 점이나 그 여자가 달아날 수 있도록 우릴 빼돌린 점이나… 수상쩍기는 해요. 하지만 그 얘긴 그 작자가 해명을 했잖아요?”

당느리는 반론을 펴지 않았다. 그는 정원을 벗어나자마자 그 두 사람을 내버려둔 채 택시를 잡으러 달려갔다. 그가 다이아몬드를 가지고 달아나려 한다고 확신한 반 후벤이 그를 붙들려고 했지만 당느리가 또 다시 거칠게 뿌리치는 바람에 쓰러지고 말았다. 10분 후, 장은 자신의 소파 위에 누워 있었다.

그것은 스스로 냉철함을 잃었다고 판단했을 때, 그래서 돌이킬 수 없는 실수를 저지를 위험이 있다고 느꼈을 때 그가 즐겨 사용하는 전략이었다. 기분대로만 하자면 당장이라도 아를레트 마졸르의 집으로 찾아가 그녀에게 해명을 요구하고 앙투완느 파즈로를 경계해야 한다고 알려주고만 싶었다. 하지만 그것은 소용없는 짓이었다. 중요한 것은 우선 그들 대화를 하나하나 되새겨보고, 상처받은 자존심이나 막연한 질투가 그에게 강요하는 것이 아닌 객관적인 의견을 가지는 것이었다.

“그는 그들 모두를 자기편으로 만들었어. 트리아농 가게에서의 일만 없었다면 나도 깜빡 넘어가고 말았을 거야… 그리고, 아냐, 그건 말도 안 돼, 그의 얘긴! …검찰은 속아넘어갈지 몰라도 나한텐 어림도 없어! 도무지 앞뒤가 맞질 않아. 그렇다면 그는 뭘 원하는 것일까? 그는 왜 멜라마르 가 사람들에게 그토록 헌신적일까? …게다가 왜 그는 어둠에서 나와 대담하게 전면에 나서게 된 것일까, 마치 위험할 게 아무것도 없다는 듯? 검찰에서 그에 대해 조사를 하게 될 것이고, 그러자면 그의 과거를 파헤칠 텐데 어떻게 저렇게 대담하게….”

당느리는 무엇보다 앙투완느 파즈로가 아를레트에게 슬그머니 접근하여 그가 간파할 수 없는 모종의 방법들을 동원해 그녀로 하여금 그가 모르게 그리고 심지어는 그의 뜻에 어긋나게 행동하게끔 만들 정도로 강한 영향력을 행사하고 있다는 사실에 분개했다. 당느리로서는 그 점이 가장 견디기 힘든 굴욕이었다.

이튿날 저녁, 베슈가 잔뜩 흥분한 상태로 들이닥쳤다.

“넘어갔소.”

“뭐가?”

“검찰이 그 작자 말에 넘어갔어요.”

“자네처럼.”

“나처럼! 나처럼… 좋소, 인정하겠소.”

“자네도 다른 사람들과 마찬가지로 그 작자 연극에 말려들었지. 그건 그렇다 치고 어디 얘기해보게.”

“모든 게 정해진 계획대로 진행되었소. 대질. 심문. 아를레트와 레진느가 망설임과 부인으로 예심판사를 혼란에 빠뜨렸고, 그 순간 백작 부인과 파즈로가 등장했죠. 모든 게 프로그램대로 진행됐어요.”

"명배우 파즈로의 연기와 함께."

"그래요, 정말 명배우였소. 그 달변! 그 솜씨!"

"넘어가세. 그 작자가 일급 광대라는 건 나도 알고 있으니."

"내가 직접 봤는데….."

"결론이 뭔가, 면소(免訴)? 백작의 석방이 결정된 건가?

"내일 아니면 모레쯤."

"자네한텐 정말 안된 일이군, 가엾은 베슈! 백작의 체포에 제일 활약이 컸는데… 그건 그렇고 아를레트는 어떻게 행동했나? 여전히 파즈로 손에 놀아나던가?"

"백작 부인에게 어디론가 떠난다고 말하는 것 같던데….."

베슈가 말했다.

"그녀가 떠난다고?"

"그래요, 시골에 있는 친구 집에 가서 며칠 쉬고 싶다고 하더군요."

"아주 잘됐군."

장이 반가운 소식이라는 듯 말했다.

"그럼 잘 가게, 베슈. 앙투완느 파즈로와 트리아농 어멈에 대한 정보를 좀 알아보게. 난 좀 자야겠네."

당느리는 자리에 누워 일주일 내내 담배만 피워댔다. 그의 명상은 느닷없이 찾아와 다이아몬드를 내놓지 않으면 죽여버리겠다고 협박을 하고 돌아간 반 후벤, 제발 명상을 방해하지 말아 달라는 그의 부탁에 곁에 가만히 앉아만 있다가 돌아간 레진느, 그리고 그에게 전화를 걸어 파일 내용 하나를 읽어준 베슈에 의해 중단되었을 뿐 일주일 내내 계속되었다. 베슈가 읽어준 파일의 내용은 이러했다.

"파즈로─여권에 따르면 현재 나이 29세로 부에노스아이레스에서 출생. 프랑스인이었던 부모는 둘 다 사망. 석 달 전 파리에 도착, 현재 샤또덩 가의 몽디알 호텔에 묵고 있음. 직업 없음. 경마와 자동차 레이스계에 친분이 있는 인사들이 있음. 사생활과 과거에 대해서는 전혀 알려진 바 없음."

또 다시 일주일 동안 당느리는 꼼짝 않고 집에만 처박혀 있었다. 그는 생각하고 있었다. 그는 뭔가 찾아낸 듯 상기된 표정으로 두 손바닥을 비비기도 했고 근심스런 표정을 지으며 방 안을 걸어다니기도 했다. 드디어, 어느 날, 또 다시 전화가 걸려왔다.

수화기를 들자 헐떡이는 베슈의 목소리가 들려왔다.

"빨리 와요. 꾸물거릴 시간이 없어요. 라 파이예트 가에 있는 로샹보 카페에서 만납시다. 급해요."

전투가 시작되고 있었다. 당느리는 즐거이 그곳으로 달려갔다. 그의 머릿속은 그 어느 때보다 맑았고, 이제 상황은 덜 혼란스러워 보였다.

로샹보 카페, 그는 창가에 자리를 잡고 거리를 살피고 있는 베슈 곁에 가서 앉았다.

"쓸데없이 날 불러내진 않았을 것 같은데?"

자신이 성과를 올렸다 싶으면 어깨에 잔뜩 힘을 주고 거창한 말부터 늘어놓는 버릇이 있는 베슈가 입을 열었다.

"본인이 수사(搜査)한 바에 따르면…."

"거창한 수사(修辭)는 빼고 사실만 말하게."

"그러니까, 트리아농 어멈의 가게가 고집스레 닫혀 있는 관계로…."

"가게는 고집을 부리지 않아. 간단명료하게 말하게, 요점만."

"고로, 가게가…."

"그 말은 이미 했네."

"아! 도무지 말을 하게 놔두질 않는군."

"도대체 무슨 얘길 하려는 건가?"

"그 가게 계약이 로랑스 마르탱이라는 여자 이름으로 되어 있소."

"그렇게 간단하게 말하면 되잖나. 그러니까 그 로랑스 마르탱이라는 여자가 그때 그 여자였나?"

"아니오. 내가 공증인을 만나봤는데, 로랑스 마르탱은 오십 살이 채 안 됐답니다."

"그렇다면 다시 세를 놓았거나 누군가를 대신 앉혀놓았다는 말이군."

"맞아요. 아마 그때 그 여자에게 가게를 맡겨놓았을 거요. 그런데 내 생각에는 그 여자가 아무래도 로랑스 마르탱의 언니 같소…."

"로랑스 마르탱이라는 여자 주소가 어디로 되어 있지?"

"그걸 알 길이 없어요. 12년 전에 맺은 계약이라 계약서에 적힌 주소로 가보았더니 그곳에 살지 않더군요."

"그럼 세는 어떻게 지불하지?"

"다리를 저는 한 노인을 통해 전해준답니다. 그래서 그 노인을 어떻게 찾나 고민하고 있는데 오늘 아침 뜻밖에도 놀라운 사실을 하나 알게 되었어요."

"당신한텐 다행이군. 간단하게 말하자면…?"

"오늘 아침 출근했다가 어떤 여자가 시의원인 르쿠르쇠 씨에게 그가 곧 제출하기로 되어 있는 보고서 내용을 고쳐주기만 한다면 5만 프랑을 제공하겠노라고 제안했다는 사실을 알게 됐어요. 원래 평판이 좋지 않은데다 최근에 일어난 스캔들로 위기감마저 느끼고 있던 그는 명예를 회복하기 위해 그 사실을 곧 경찰에 신고했어요. 이제 잠시 후면 그 여자가 르쿠르쇠 씨가 매일 유권자들을 접견하는 사무실로 약속된 돈을 가지고 찾아올 겁니다. 현장을 덮치기 위해 이미 요원 두 명을 옆방에 잠복시켜놨어요."

"그 여자가 자신의 이름을 밝혔나?"

"이름을 밝히진 않았는데, 우연히도 르쿠르쇠 씨 말이 그 여잔 기억을 못하고 있지만 예전에 그 여자와 관계를 가진 적이 있었답니다."

"그 여자가 바로 로랑스 마르탱인가?"

"맞아요."

당느리는 뛸 듯이 기뻐했다.

"완벽해. 파즈로와 트리아농 어멈을 잇는 공모 관계가 이제 로랑스 마르탱까지 연결되는군. 파즈로의 가면을 벗길 수 있는 것이면 난 뭐든지 환영이야. 그런데 시의원의 사무실이 어디지?"

"맞은편 집 중이층. 창문이 두 개밖에 없어요. 현관을 지나면 작은 대기실이 나오고 사무실은 그 뒤편에 있어요."

"내게 할 말은 그것뿐인가?"

"아뇨. 하지만 시간이 없어요. 지금이 2시 5분 전인데…."

"그래도 말해 보게. 혹시 아를레트에 관한 얘기 아닌가?"

"맞아요."

"그래? 대체 무슨 일인가?"

"어제 그 아가씨를 봤죠. 당신의 아를레트 말이오."

베슈가 비꼬는 투로 말했다.

"뭐라고! 자네 입으로 그녀가 파리를 떠났다고 말했잖아!"

"그녀는 파리를 떠나지 않았어요."

"당신이 그녀를 만났다고? 정말 확실한가?"

베슈는 대답은 않고 갑자기 벌떡 일어나 엉거주춤 창에 얼굴을 갖다댔다.

"조심! 그 여자가…."

실제로 길 반대편에 한 여자가 택시에서 내려 돈을 지불하고 있었다. 키가 크고 천박스럽게 차려입은 여자였다. 풍파에 시든 얼굴은 몹시 억세어 보였다. 대략 50세 정도. 그녀는 문을 활짝 열어둔 채 입구 복도로 사라졌다.

"그녀가 분명해요."

카페를 나설 차비를 하며 베슈가 말했다.

당느리가 그의 손목을 낚아챘다.

“왜 장난질을 하는 건가?”

“당신 미쳤군! 내가 장난을 치다니….”

“쳤지, 조금 전에. 아를레트를 놓고.”

“제기랄! 빨리 가봐야 해요!”

“대답하기 전에는 안 놔줄 거야.”

“아, 알았소. 아를레트가 집 근처 길가에서 누군가를 기다리고 있었소.”

“누굴?”

“파즈로.”

“거짓말!”

“그들이 함께 어디론가 가는 걸 내가 두 눈으로 똑똑히 봤소.”

베슈는 당느리의 손아귀에서 벗어나 길을 가로질렀다. 하지만 그는 당느리가 다가갈 때까지 선뜻 집안으로 들어서지 못하고 망설이고 있었다.

“아니, 여기서 기다립시다. 그녀가 저 위 요원들의 손을 피해 달아날 경우 뒤를 쫓는 게 낫겠어요. 당신 생각은?”

베슈가 말했다.

“그깟 일이야 어떻게 되든 난 상관없어.”

당느리가 내뱉듯 말했다.

“중요한 건 아를레트야. 그녀 집엔 올라가 봤나?”

“빌어먹을!”

“잘 들어, 베슈. 내 질문에 답하지 않으면 소리를 질러 로랑스 마르탱에게 잠복을 알릴 거야. 그녀 모친은 만나본 거야?"

"아를레트는 파리를 떠나지 않았어요. 그녀는 매일 외출해서 저녁 식사 때나 돌아와요."

"거짓말! 자네 지금 날 약 올리려고 그러는 거지? …난 아를레트를 알아… 그녀는 그럴 여자가 아냐…."

7, 8분이 흘렀다. 이제 당느리는 입을 다문 채 발을 구르고 행인들을 밀쳐대며 인도를 오락가락하고 있었다. 베슈는 잠시도 눈을 떼지 않고 입구를 감시하고 있었다. 입구에서 갑자기 그 여자가 튀어나왔다. 그녀는 그들을 쓰윽 훑어보고는 당황한 기색을 역력히 드러내며 반대 방향으로 황급히 달아났다.

베슈가 그녀 뒤를 쫓았다. 하지만 지하철 층계 앞에 다다른 그녀가 갑자기 층계 아래로 뛰어들었고, 서둘러 표를 끊어 그때 마침 역으로 진입하던 열차에 올라타 버렸다. 신중을 기한답시고 멀찍이 미행하다 닭 쫓던 개 꼴이 되어버린 베슈는 잠시 다음 역에 전화를 할까 생각해보기도 했지만 시간만 낭비할 것 같아 결국 포기하고 말았다.

"놓치고 말았소!"

당느리에게 다가오며 그가 말했다.

"저런!"

베슈의 실패를 고소해하며 그가 빈정거렸다.

"자네는 했어야 했던 일은 안 하고 정반대의 짓을 하고 말았어."

"어떻게 했어야 했는데요?"

“처음부터 르쿠르쇠 씨의 사무실로 뛰어들어 그 여자를 자네 손으로 직접 체포했어야 했네. 자네는 그러기는커녕 아를레트 일로 날 약 올렸고, 내 질문에 대답해가며 들어가기를 주저했지. 어쨌거나 이제 저 위에서 일어난 일은 자네 책임이야.”

“무슨 일이 있었는데요?”

“어서 가보세. 제발 그렇게 좀 꾸물대지 말고!”

베슈는 시의원의 사무실이 있는 중이층까지 올라갔다. 사무실 입구는 온통 난장판이었다. 잠복해 있던 두 형사는 마치 미친 사람들처럼 전화기에 대고 소리를 질러가며 허둥대고 있었다. 달려온 건물 관리인이 비명을 질러댔고, 건물에 세들어 사는 사람들이 몰려들었다.

르쿠르쇠 씨는 이마에서 솟아오르는 피에 범벅이 된 채 사무실 중앙에 놓인 소파에 누워 신음하고 있었다. 그는 말 한마디 못하고 숨을 거두고 말았다.

형사들이 몇 마디로 베슈에게 상황을 보고했다. 그들은 마르탱이라는 여자가 모종의 보고서와 관련된 제안을 하고 지폐를 세는 소리를 들었다. 그들이 사무실로 뛰어들 준비를 하고 있는데, 조바심이 난 르쿠르쇠 씨가 성급하게도 먼저 그들을 부르고 말았다. 곧 위험을 눈치챈 여자가 문을 걸어 잠그는 바람에 그들은 사무실 안으로 들어갈 수가 없었다.

그래서 그들은 현관으로 나가 도피로를 차단하려고 했다. 하지만 두 번째 문 역시 바깥에서는 잠그지 못하게 되어 있는데도 어찌된 영문인지 열리질 않았다. 그들이 온힘을 다해 문을 밀고 있을 때, 총성이 울려 퍼졌다.

"하지만 마르탱이라는 여자는 그때 이미 밖에 있었어."

베슈가 이의를 제기했다.

"그럼 총을 쏜 게 그 여자가 아니군요."

형사 중 하나가 말했다.

"그렇다면 누가 쐈지?"

"사람이라곤 현관 벤치에 앉아 있던 그 영감밖에 없었어요. 민원을 신청한 영감이었는데, 르쿠르쇠 씨가 그 여자의 방문이 끝나면 면담을 하기로 되어 있었어요."

"공범이야, 틀림없어."

베슈가 말했다.

"그런데 그자가 두 번째 문을 어떻게 잠갔지?"

"꺾쇠 조각을 문짝 아래 끼워놓는 바람에 문을 열 수가 없었어요."

"그럼 그 영감은 어떻게 됐어? 감쪽같이 사라져버린 거야?"

"아뇨, 저하고 마주쳤어요."

관리인이 말했다.

"총성을 듣고 뛰어올라 가는데 한 노인이 내려오며 침착하게 '저 위에서 싸움이 났으니 빨리 올라가 보세요'라고 말하더군요. 총을 쏜 게 아마 그 영감이었나 봐요. 하지만 어떻게 그 사람을 의심하겠어요? 제대로 서 있지도 못하는데다… 다리까지 저는… 노인을."

"다리를 절었다고? 확실해요?"

베슈가 소리쳤다.

"틀림없어요. 그것도 아주 많이 절었어요."

베슈가 중얼거렸다.

"로랑스 마르탱의 공범이 틀림없군. 그녀가 위험에 처한 걸 알고는 르쿠르쇠 씨를 제거한 거야."

당느리는 곁눈질로 책상 위에 쌓여 있는 서류 홀더들을 살피며 그들의 대화를 듣고 있었다. 그가 물었다.

"로랑스 마르탱이 빼내려고 했던 보고서가 어떤 것인지 알고 있나?"

"아뇨. 르쿠르쇠 씨가 미처 그건 말해주지 않았어요. 하지만 그가 맡은 보고서들 중 하나의 내용을 바꾸려 했던 건 분명해요."

당느리는 제목들을 읽어 내려갔다. 도살장들에 대한 보고서… 구역 시장들에 대한 보고서… 비에이유-뒤-마레 가의 연장에 대한 보고서….

"무슨 생각을 그렇게 하시오? 정말 끔찍한 사건이에요, 안 그래요?"

사건 처리를 놓고 안절부절못하던 베슈가 물었다.

"어떤 사건이?"

"이 살인사건 말이오…."

"나야 어찌되든 상관없다고 이미 말하지 않았나! 뇌물이나 넙적넙적 받아먹던 사람이 살해된 것과 당신이 멍청이처럼 우물쭈물대는 것이 도대체 나랑 무슨 상관이 있단 말인가?"

"하지만 로랑스 마르탱이 살인까지 서슴없이 저지를 여자라면 당신이 그 여자의 공범이라고 주장하는 그 파즈로라는 작자는…."

분을 못 이긴 당느리가 이빨을 갈며 말했다.

"파즈로 역시 살인자야… 파즈로는 강도야… 내 손아귀에 걸려들기만 해봐라… 반드시 걸려들 거야… 내 이름을 걸고…."

그가 갑자기 말을 멈추고는 모자를 쓰고 황급히 자리를 떴다.

그는 차를 잡아타고 베르드렐 가에 있는 아를레트의 집으로 갔다. 3시 10분 전이었다.

"아! 당느리 씨."

마졸르 부인이 소리쳤다.

"정말 오랜만에 들르셨군요! 아를레트가 많이 섭섭해했어요."

"지금 집에 있습니까?"

"아뇨. 요즘은 이맘때쯤 매일 산책을 나간답니다. 오시다 못 만나셨다니 이상하군요."

방화범, 마르탱 가 사람들

　　아를레트 모녀는 서로 무척이나 닮았다. 비록 세월에 닳고 근심에 시달리기는 했지만 마졸르 부인의 얼굴에는 한창때는 딸보다 더 예뻤을 거라고 짐작하게 해주는 신선함과 미색이 아직 남아 있었다. 세 딸을 키우기 위해, 행실이 좋지 않은 아를레트의 두 언니가 가져다준 슬픔을 잊기 위해, 그녀는 어느 누구보다도 열심히 일을 했다. 그녀는 아직까지도 옛날 레이스들을 수선하는 일을 하고 있었는데, 솜씨가 워낙 뛰어나 넉넉하지는 못 해도 남의 신세는 안 질 정도의 수입을 올리고 있었다.

　　당느리는 작지만 정갈한 모녀의 아파트로 들어서며 말했다.

"곧 돌아올까요?"

"저도 잘 모르겠어요. 이번 사건이 있은 이후로 뭘 하고 다니는지 저한테 통 말을 안 해요. 제가 걱정을 할까 봐 그러는 것 같아요. 자기를 둘러싸고 떠도는 온갖 소문들 때문에 심란하기도 할 테고… 하지만 나가기 전에 오늘 아침 편지로 도움을 청한, 병을 앓고 있는 동료 모델을 돌보러 갈 거라는 말은 했어요. 그 아이가 마음씨가 얼마나 고운지 어려운 처지에 있는 동료가 있으면 가만히 보고 있질 못한답니다!"

"그 아가씨가 사는 곳이 먼가요?"

"사는 곳이 어딘지는 저도 모르겠어요."

"정말 아쉽군요! 아를레트와 얘길 나누려고 급한 일까지 접어두고 왔는데!"

"쉽게 알아낼 수 있어요. 그 아이가 분명 그 편지를 휴지와 함께 이 쓰레기통에 버렸을 거고, 제가 아직 그것들을 태우지 않았으니… 어디 보자… 아마 이걸 거예요. 맞아요. 기억나요. 세씰 엘뤼엥… 르발루와-페레, 쿠르시 가 14번지. 4시경에는 아를레트가 그곳에 도착해 있을 거예요."

"아마 거기서 파즈로 씨를 만나기로 되어 있겠지요?"

"무슨 그런 말씀을! 아를레트는 남자와 함께 외출하는 걸 좋아하지 않아요. 게다가 파즈로 씨는 저희 집에 자주 오시는걸요."

"그 사람이 자주 찾아온다고요?"

당느리가 화난 목소리로 말했다.

"거의 매일 저녁 찾아와요. 아를레트가 관심이 많은 사업에 대해 함께 이야기를 나눈답니다… 선생님도 아시죠… 지참금 기금 얘기. 파즈로 씨가 그 아이에게 거금을 내놓았어요. 그래서 함께 숫자들도 늘어놓고… 계획들을 세우기도 하죠."

"돈이 많은 모양이죠, 그 파즈로 씨는?"

"큰 부자래요."

마졸르 부인은 아주 자연스럽게 말하고 있었다. 아를레트가 그녀의 심사를 어지럽히고 싶지 않아 멜라마르 사건에 대해서는 일체 말을 하지 않은 것이 분명했다. 그가 말을 이었다.

"부자에다 친절한 청년이죠."

"정말 친절해요. 우리한테 신경을 많이 써준답니다."

마졸르 부인이 대답했다.

"결혼이라도…."

애써 미소를 지으며 장이 말했다.

"오! 당느리 씨, 당치도 않아요. 아를레트가 어떻게 감히…."

"누가 압니까?"

"아니에요, 그렇진 않아요. 무엇보다 아를레트가 그 사람한테 늘 상냥하게 대하진 않아요. 아를레트가 이번 사건이 있은 이후로 많이 변했어요. 신경이 많이 예민해졌고 안 부리던 변덕도 부린답니다. 그 아이가 레진느 오브리와 사이가 틀어진 건 알고 계시죠?"

"그럴 리가?"

당느리가 소리쳤다.

"예, 아무 이유도 없이. 아니면 그 아이가 저한테 말하지 않은 어떤 이유 때문에."

당느리에겐 전혀 뜻밖의 소식이었다. 도대체 무슨 일이 있었던 것일까?

당느리는 몇 마디 더 나누고 마졸르 부인과 헤어졌다. 당느리는 바쁘게 움직였다. 약속 장소로 아를레트를 만나러 가기에는 너무 일렀기 때문에 그는 차를 몰아 레진느 오브리의 집으로 갔다. 그는 마침 집을 나서는 그녀를 만나 자초지종을 물었다.

"아를레트와 사이가 틀어졌느냐고요? 아뇨. 전 아니지만 그녀는 혹시 그럴지도 몰라요."

"도대체 무슨 일이 있었던 거요?"

"어느 날 저녁, 지나가는 길에 인사를 하러 들렀는데, 멜라마르 집안의 친구인 앙투완느 파즈로가 와 있더군요. 같이 잡담을 나누었는데, 아를레트가 저에게 두세 번 짜증을 부려서 왜 그러는지 영문도 모른 채 그냥 와버렸어요."

"다른 일은 없었소?"

"없었어요. 하지만 당느리, 아를레트에게 조금이라도 애착이 있다면 파즈로를 조심해요. 그 사람 아를레트를 좋아하는 눈치예요. 아를레트도 전혀 무관심한 것 같지는 않고. 그럼 안녕, 장."

이처럼 당느리가 어느 쪽으로 돌아보나 들려오는 건 점점 무르익어 가는 파즈로와 아를레트의 관계에 대한 소식뿐이었다. 그것은 갑작스러운 각성이었다. 그는 문득 앙투완느 파즈로가 아를레트를 꼬드겨 자기 사람으로 만들어 버렸다는 것을, 그리고 동시에 아를레트가 자신의 마음속에서 차지하고 있는 자리가 무척이나 크다는 것을 깨달았다.

파즈로가 아를레트를 사랑하고 있는 것이 확실하다면, 아를레트도 과연 파즈로를 사랑하고 있을까? 고통스러운 질문이었다. 스스로에게 그러한 질문을 제기하는 것 자체가 아를레트에 대한 모욕이자 그 자신에게는 견딜 수 없는 굴욕이었다.

당느리는 파즈로의 정체를 파헤쳐 복수하는 것을 삶의 원칙으로 삼고 싶을 만큼 자존심이 상해 있었다.

"4시 15분 전."

약속 장소에서 멀찍이 떨어진 곳에 차를 세우며 그가 중얼거렸다.

'그녀 혼자 올까? 아니면 파즈로를 대동하고 올까?'

쿠르시 가는 노동자 밀집지역 외곽, 르발루와-페레에 최근에 새로 만든 길이었다. 세느 강을 따라 펼쳐진 공터 여기저기에 몇 개의 작은 공장들과 개인 주택들이 서 있었다. 두 개의 긴 벽 돌담 사이로 진흙투성이의 좁은 골목이 나 있었고, 그 끝, 반쯤 허물어진 울타리 위에 타르로 쓴 14라는 숫자가 보였다.

골목 끝에 이르자 폐타이어와 낡은 자동차 차체들로 에워싸인, 밤나무로 지은 일종의 차량 정비소가 나타났다. 건물 옆쪽에 정면 방향으로 창이 두 개 달린 고미다락방으로 올라가는 외부계단이 나 있었다. 그 계단 아래 '노크하세요'라고 적힌 문이 보였다.

당느리는 노크를 하지 않았다. 사실, 그는 망설이고 있었다. 밖에서 아를레트를 기다리는 편이 더 논리적일 것 같았다. 게다가, 뭐라 딱 꼬집어서 말할 수 없는 어떤 불길한 예감이 그의 발길을 붙들었다. 병든 아가씨가 이런 외딴 정비소의 다락방에 살고 있다는 것 자체가 너무나 이상한 일이었다. 그는 곧 아를레트를 끌어들이려는 함정이 아닐까 의심해보고는 이번 사건을 둘러싸고 암약하며 범행을 남발하고 있는 그 흉악한 패거리를 떠올렸다. 오후로 들어설 무렵 시의원을 매수하려다 여의치 않자 살해하고 줄행랑을 친 그들이 겨우 두 시간이 지난 지금 아를레트를 함정에 빠뜨리기 위해 또 다시 수작을 부리고 있는 것이다. 당느리는 로랑스 마르탱, 트리아농 어멈 그리고 다리를 저는 노인은 행동대원들일 뿐이고, 그들을 지휘하는 우두머리는 앙투완느 파즈로라고 확신하고 있었다.

이 모든 것이 너무나 빈틈없이 맞아떨어졌기 때문에 당느리는 자신의 추측을 조금도 의심하지 않았다. 안에서 아무 소리도 들려오지 않았기 때문에 범인들이 그곳에 벌써 와 있을 리가 없다고 생각한 그는 먼저 안으로 들어가 그들의 동태를 감시하는 것이 좋겠다고 결론지었다.

그는 가만히 문을 열어보았다. 문은 잠겨 있었다. 그 사실이 안에 아무도 없다는 그의 확신을 더욱 굳건히 해주었다.

그래서 그는 혹시 벌어질지도 모르는 격투의 위험에는 전혀 대비하지 않은 채 대담하게도 문에 갈고리를 찔러 힘껏 문짝을 밀고는 안으로 얼굴을 들이밀었다. 실제로 안에는 아무도 없었다. 도구들, 분해해 놓은 부품들이 사방에 널려 있고, 안쪽에 열 댓 개의 드럼통들이 차곡차곡 쌓여 있었다. 버려진 차량 정비소를 기름 저장소로 사용하고 있는 것 같았다.

그는 문짝을 더 힘껏 밀었다. 그의 어깨가 문짝 사이로 지나 갔다. 그는 계속 밀었다. 순간, 그는 가슴 한가운데에 엄청난 충격이 가해지는 것을 느꼈다. 벽에 고정되어 있다가 문짝이 어느 정도 열리면 용수철의 힘에 의해 들어서는 사람을 후려치게 되어 있는 금속 막대였다.

몇 초 동안 숨조차 쉴 수 없었던 당느리는 저항할 모든 수단을 상실한 채 쓰러지고 말았다. 드럼통 더미 뒤에 숨어 그를 염탐하고 있던 적들에게는 그것으로 충분했다. 비록 힘없는 여자 둘에 노인 하나이긴 했지만 그들은 유유히 그의 팔과 다리를 결박하고 입에 재갈을 물렸다. 그러고는 그를 쇠 작업대에 등을 대고 앉게 한 다음 그곳에 단단히 묶었다.

당느리의 추측은 정확했다. 아를레트를 노리고 파놓은 함정에 경솔하게도 그가 먼저 뛰어들었던 것이다. 그는 트리아농 어멈과 로랑스 마르탱을 알아보았다. 노인은 다리를 절지 않았다. 주의를 기울여 보지 않아도 그의 오른쪽 다리가 약간 휘어져 있는 것을 금방 알 수 있었다. 유사시에 그 휜 다리를 절뚝거려 다리를 전다고 믿게끔 만드는 것이 틀림없었다. 그가 바로 시의원의 살해범이었다.

세 공범자들은 전혀 흥분한 모습이 아니었다. 그로 보아 그들이 이러한 종류의 일에 경험이 많다는 것을 짐작할 수 있었다.

예상치 못한 당느리의 공격을 차단했다는 사실이 그들에게는 너무나도 당연한 일이어서 승리감을 맛보고 할 것도 없는 것 같았다.

트리아농 어멈이 그를 한참 들여다보더니 로랑스 마르탱에게로 다가갔다. 그들이 대화를 나누었는데, 당느리는 그중 몇 마디밖에 엿듣지 못했다.

"저 작자가 분명해?"

"응, 가게에서 귀찮게 굴었던 바로 그 작자야."

"그럼 장 당느리가 분명하군."

로랑스 마르탱이 중얼거렸다.

"우리한텐 위험한 놈이야. 라 파이예트 가에서 베슈와 함께 있었던 것도 아마 저자였을 거야. 내가 감시하고 있다가 저자의 발자국 소리를 들었으니 망정이지! 그 마졸르란 계집과 만나기로 한 게 틀림없어!"

"저자는 어쩔 거야?"

당느리가 자신의 말을 듣고 있을 리 없다고 확신한 트리아농 어멈이 물었다.

"없애버릴 거야."

로랑스가 나지막하게 말했다.

"정말?"

"당연하지! 저자에겐 안된 일이지만."

두 여자는 마주보고 있었다. 로랑스는 사악한 기가 넘치는 차가운 얼굴을 가진 여자였다. 그녀가 덧붙였다.

"저 작자는 도대체 왜 우리 일에 사사건건 끼여드는 거지? 처음에는 언니 가게… 그리고 라 파이에트 가… 그리고 여기… 그는 우리에 대해 너무 많은 걸 알고 있어. 살려두면 우릴 밀고할 거야. 아빠한테 물어봐."

로랑스 마르탱이 아빠라고 부른 사람에게는 의견을 물을 필요조차 없어 보였다. 세월에 의해 말라버린 피부에 빛을 잃은 눈, 험악한 가면을 쓰고 있는 것 같은 그 노인은 늘 가장 소름끼치는 해결책의 열렬한 지지자일 것 같았다. 아직 무엇인지 이해할 수 없는 뭔가를 준비하고 있는 그를 지켜본 당느리는 '아빠'가 처음부터 그를 없애버리기로 마음먹었고, 때가 되면 르쿠르쇠 씨를 살해했을 때처럼 눈 하나 깜짝하지 않고 그를 살해하고 말 것이라고 판단했다.

개중 덜 냉혹한 트리아농 어멈이 아주 낮은 목소리로 군소리를 늘어놓았다. 로랑스가 짜증을 내며 버럭 소리를 질렀다.

"제발 바보짓 좀 그만해! 언니는 사람이 왜 그렇게 확실치 못해? 자를 땐 확실히 잘라야 하는 거야. 저자를 죽이지 않으면 우리가 죽어."

"가둬둘 수도 있잖아."

"언니 미쳤구나. 저런 위험한 작자를!"

"그럼… 어떻게…?"

"그 계집애랑 같이…."

로랑스가 귀를 기울이더니 나무 벽에 뚫려 있는 구멍을 통해 밖을 내다보았다.

"그녀가 왔어… 골목 끝에… 각자 할 일은 알고 있죠?"

셋은 입을 다물었다. 당느리는 이제 그들을 정면으로 바라보고 있었다. 결연한 표정을 짓고 있는 그들의 생김새는 무척이나 닮아 있었다. 물론 잔혹한 범죄를 서슴없이 저지르는 흉악한 존재들이란 공통점 때문이기도 하겠지만 당느리는 그들의 생김새를 보고 두 여자가 자매이고, 노인이 그들의 아버지라는 사실을 추호도 의심치 않았다. 특히 노인은 당느리를 공포에 떨게 했다. 그는 실제로 살아 있는 사람이라기보다는 아무 의식 없이 프로그램된 동작만을 행하는 자동인형 같았다. 각이 지고 뻣뻣하게 굳어 있는 얼굴에는 악의도 잔인성도 배어 있지 않았다. 마치 아무렇게나 깎아놓은 돌덩이 같았다.

마침내 누군가가 문에 적혀 있는 대로 노크를 했다.

문에 기대어 밖을 살피던 로랑스 마르탱이 문을 열고는 밖에 서 있는 방문객에게 호들갑스럽고 정겨운 음성으로 말했다.

"마졸르 양이시죠? 여기까지 걸음을 하시다니 정말 친절하시기도 하셔라! 딸아이는 아파서 저 윗방에 누워 있어요. 올라가시면 딸아이가 정말 반가워할 거예요! 2년 전에 쿠튀르 하우스, 뤼시엔느 우다르에서 같이 일했다고 하던데… 기억 안 나세요? 아! 그 아인 아가씨를 또렷하게 기억하고 있어요!"

아를레트가 뭐라고 대답을 했지만 당느리로서는 알아들을 수가 없었다. 맑고 신선한 그녀의 목소리에는 일말의 의심도 배어 있지 않았다.

그녀를 위층으로 안내하기 위해 로랑스 마르탱이 밖으로 나갔다. 안에서 트리아농 어멈이 소리쳤다.

"나도 따라갈까?"

"그럴 필요 없어."

이까짓 일이야 자기 혼자서도 충분히 해낼 수 있다는 뜻으로 로랑스가 말했다.

이어 계단이 삐걱거리는 소리가 들려왔다. 계단 하나하나는 아를레트를 위험으로, 죽음으로 몰아가고 있었다.

하지만 당느리는 아직 절박한 심정은 아니었다. 그를 당장 죽이지 않는 것으로 보아 그들의 범행이 실행에 옮겨질 때까지는 아직 약간의 시간이 남아 있는 것 같았다. 유예는 늘 약간의 희망을 남겨주는 법이었다.

천장 위에서 발자국 소리가 들리는가 싶더니 갑자기 찢어질 듯한 비명소리가 울려 퍼졌고… 이어 점점 가늘어지더니 마침내 조용해졌다. 격투는 그리 오래가지 않았다. 당느리는 아를레트도 자기처럼 재갈이 물린 채 결박당해 있을 거라고 생각했다.

"가엾은 아이!"

그가 중얼거렸다.

잠시 후, 계단이 다시 삐걱거리더니 로랑스 마르탱이 들어왔다.

"해치웠어. 누워서 떡 먹기였어. 금방 눈이 돌아가며 기절해 버리더군."

"잘됐네."

트리아농 어멈이 말했다.

"그 아이한텐 차라리 빨리 깨어나지 않는 편이 나을 거야. 마지막 순간에 가서야 자신이 죽는다는 걸 알게 될 테니까."

당느리는 전율했다. 그 공모자들이 원하는 결말과 아를레트와 그가 겪게 될 고통을 그보다 더 명확하게 예고해줄 수 있는 문장은 없었다. 당느리는 트리아농 어멈이 갑자기 몸서리치는 것을 보고는 자신의 예감이 정확했다는 것을 확인할 수 있었다.

"그 계집아일 꼭 고통 속에서 죽게 만들 필요가 뭐 있어! 아예 아까 끝장을 내버리지 그랬어? 아빠 생각도 그렇죠?"

로랑스가 밧줄을 가만히 내밀었다.

"간단해. 언니가 가서 이걸로 목을 매버리든지… 아니면 이걸로 목을 베어버리면 그만이야."

그녀가 이번에는 날카로운 단도를 건네주며 말했다.

"아무튼 내가 하긴 싫어. 기분 좋은 일은 아니니까."

트리아농 어멈은 더 이상 아무 말도 하지 않았다. 그들은 그 후로 떠나는 순간까지 입도 뻥긋하지 않았다. 아를레트가 정신을 차리기 전에 일을 마무리해야 했기 때문에 두 여자가 '아빠'라고 불렀던 노인은 지체 없이 작업을 해나갔고, 그의 작업이 진행되어감에 따라 끔찍한 위협이 서서히 구체화되어갔다. 가차없는 현실이 당느리의 목을 조여오고 있었다.

노인이 끙끙대며 옮기는 것으로 보아 기름이 가득 차 있는 것이 분명한 드럼통들을 아틀리에 주위에 2열로 배치시켰다. 그는 그중 여러 개의 마개를 열어 문으로 이르는 3미터 정도의 공간만 빼놓고 칸막이 벽과 마루에 기름을 뿌렸다. 이렇게 통로를 마련해놓은 그는 한 곳에 다른 드럼통들을 쌓아올렸다.

그는 그 드럼통들 중 하나에 로랑스 마르탱이 들고 있다가 건네준 긴 끈을 담갔다. 그들은 함께 통로를 따라 그 끈을 늘어뜨렸다. 노인이 끈 끝을 가지런히 꼰 다음 주머니에서 성냥을 꺼내 불을 붙였다. 도화선에 불이 붙자 그들은 일어섰다.

이 모든 것은 평생 이런 종류의 일을 밥먹듯이 해왔고, 일 자체보다는 일을 완벽하게 처리하는 데에서 더 큰 즐거움을 느끼는 한 인간에 의해 체계적으로 이루어졌다. 말하자면 그는 깔끔하게 일을 마무리짓기 위해 온갖 '공'을 들였다. 허튼 구석이라곤 털끝만큼도 없었다. 이제 세 명의 공범자에게는 유유히 사라지는 일밖에 남지 않았다.

실제 그들은 밖에서 열쇠로 문을 잠근 다음 유유히 사라져갔다. 그들은 지옥의 메커니즘을 작동시켜 놓았고, 이제 그들의 악마적인 작품은 필연적으로 완성될 것이었다. 정비소는 마른 나무장작처럼 힘차게 타오를 것이었다. 그리고 아를레트는 잿더미 속에 시커멓게 타 신원조차 확인할 수 없는 몇 개의 뼛조각으로 남을 것이었다. 살인 방화가 저질러졌다는 것이 밝혀지기나 할까?

도화선은 타고 있었다. 당느리는 그 와중에도 드럼통에 불이 붙으려면 12분에서 15분 정도가 걸릴 거라고 생각했다.

그는 그들이 사라지는 즉시 근육을 움직여 결박을 푸는 힘든 작업을 시작했었다. 하지만 결박은 풀려고 들면 더욱 조여들도록, 힘을 주면 줄수록 살을 파고들도록 교묘하게 매듭지어져 있었다. 범상치 않은 그의 솜씨와 이러한 상황에 대비해 꾸준히 해왔던 연습들에도 불구하고, 제때 결박을 푸는 건 불가능해 보였다. 기적이 일어나지 않는 한 탈출은 불가능했다.

그의 심정은 참담하기 그지없었다. 그는 멍청하게 함정에 걸려들었을 뿐만 아니라 사랑하는 아를레트가 죽음의 문턱에 서 있는데도 아무 도움도 줄 수가 없었다. 또한 그는 이 끔찍한 사건을 전혀 이해할 수가 없다는 데에 크게 분노했다. 여러 가지 명백한 이유들 때문에 앙투완느 파즈로와 세 공범 사이에 관계가 있다는 사실에는 이론의 여지가 없었다. 그렇다면 그들 일당의 우두머리로 노인을 수족처럼 부릴 파즈로가 왜 이 가증스러운 범죄를 명령했을까? 여태까지 아를레트의 마음을 사로잡는 데에 집중되어 있는 것처럼 보였던 그의 계획에 그녀를 제거하기로 결정할 정도의 큰 변화가 생긴 것일까?

도화선은 계속 타들어 가고 있었다. 불꽃이 뱀처럼 혀를 날름거리며 그 무엇으로도 비켜가게 할 수 없을 냉혹한 선을 따라 목표를 향해 다가가고 있었다. 정신을 잃은 채 저 위에 쓰러져 있는 아를레트는 이제 죽은 목숨이나 다름없었다. 그녀는 불이 번져 돌이킬 수 없는 상황에 처했을 때에야 정신을 차릴 것이었다.

"아직 7분, 아직 6분….."

공포에 사로잡혀서도 그는 시간을 쟀다.

그가 몸부림치는 사이 결박은 약간 느슨해진 정도에 불과했지만 입에 물려 있던 재갈은 풀어졌다. 그는 소리를 지를 수도 있었을 것이다. 아를레트를 소리쳐 불러 그를 그녀에게로 이끌었던 그 부드러운 감정들을, 그가 모르고 있었지만 주위의 모든 것이 무너져 내리는 순간에 와서야 깨닫게 된 그 깊은 사랑을 그녀에게 말해줄 수도 있었을 것이다. 하지만 이 상황에서 말이 무슨 소용이 있겠는가? 그녀가 정신을 잃고 있다면, 이 무시무시한 위협을, 곧 들이닥칠 끔찍한 현실을 알려줘 봤자 무슨 소용이 있겠는가?

하지만 그는 체념하고 싶지 않았다. 체념만 하지 않으면 기적도 일어나는 법이었다. 사방이 막혀 꼼짝없이 잡히게 된 상황에서도 기적 같은 우연 덕분에 기사회생한 적이 얼마나 여러 번 있었던가! 이제 3분이 남아 있었다. 노인이 취해놓은 조치들에 허점이 드러나 혹시 방화가 실패로 돌아가지는 아닐까? 불꽃이 금속으로 된 드럼통을 타고 올라가다가 혹시 저절로 꺼지지는 않을까? 불꽃은 이제 드럼통을 타고 올라가고 있었다.

그는 전력을 다해 살을 파고드는 매듭에 힘을 주었다. 어쨌거나 그의 마지막 희망은 거기에, 그의 팔과 흉곽의 초인적인 힘에 있었다. 최선을 다한다면 밧줄이 끊어지지 않을까? 기적은 당느리 그 자신을 통해 일어나는 것이 아닐까? 기적은 다른 쪽에서, 장이 전혀 예상하지 못한 쪽에서 찾아왔다. 갑자기 골목에서 다급한 발자국 소리가 울려 퍼지더니 목이 터져라 외치는 소리가 들려왔다.

"아를레트! 아를레트!"

그것은 자기가 도우러 왔으니, 곧 구해줄 테니 용기를 내라고 격려하는 사람의 음성이었다. 이어 문이 흔들렸다. 문이 열리지 않자 그는 발과 주먹으로 문을 쳤다. 문이 부서지며 구멍이 생기자 그가 팔을 집어넣어 안에서 문을 열려 했다.

엉뚱한 곳을 더듬는 손을 보고는 당느리가 소리쳤다.

"소용없소! 밀어요! 자물쇠가 더 이상 버티지 못할 거요! 서둘러요!"

실제로 자물쇠가 날아가며 문이 반쯤 허물어졌다. 누군가가 아틀리에 안으로 뛰어들었다. 그것은 앙투완느 파즈로였다.

그는 한눈에 위험을 간파하고 드럼통 위로 뛰어올라 불꽃이 드럼통 마개 속으로 들어가려는 순간 발로 걷어내 버렸다. 그는 발로 밟아 불꽃을 끄고 신중을 기하기 위해 한 곳에 쌓여 있던 드럼통들을 사방으로 분산시켰다.

장 당느리는 결박에서 벗어나려는 노력을 배가했다. 무슨 일이 있어도 파즈로의 손에 의해 풀려나는 것만은 피하고 싶었다. 그렇지만 파즈로가 그에게 다가와 "아! 당신이었어요?"라고 중얼거렸을 때, 마침내 결박에서 벗어난 장은 이렇게 말하지 않을 수 없었다.

"고맙소. 몇 초만 늦었어도 큰일날 뻔했소."

"아를레트는?"

그가 물었다.

"위층에!"

"살아 있소?"

"그렇소."

그들은 둘 다 몸을 날려 바깥 계단을 뛰어올라갔다.

"아를레트! 아를레트! 내가 왔소. 이제 두려워할 것 없어요."

파즈로가 소리쳤다.

다락방의 문도 차고의 문처럼 오래 버티지 못했다. 그들은 비좁은 다락방 안으로 달려들어갔다. 아를레트는 재갈이 물린 채 X자 모양의 가죽띠로 침대에 묶여 있었다.

그들은 서둘러 그녀를 풀어주었다. 그녀가 넋이 나간 표정으로 그들 둘을 바라보았다. 파즈로가 설명했다.

"우린 각자 당신이 위험에 처해 있다는 걸 알았어요. 그래서 이곳으로 달려왔는데⋯ 너무 늦어 그 범죄자들의 덜미를 잡지는 못했소. 그들이 당신에게 몹쓸 짓을 하지는 않았소? 너무 무섭지는 않았소?"

그는 끔찍한 살해 기도가 있었다는 것과 자신이 그들을 구했다는 사실에 대해서는 입을 다물었다.

아를레트는 아무 대답 없이 눈을 감았다. 그녀의 손이 부들부들 떨리고 있었다.

잠시 후, 그들은 그녀가 이렇게 중얼거리는 소리를 들었다.

"그래요, 전 너무나 무서웠어요⋯ 이런 소름끼치는 일이 또다시⋯ 그들이 절 가만두지 않는 이유가 도대체 뭐죠?"

"누가 당신을 이 정비소로 끌어들였소?"

"어떤 여자⋯ 전 한 여자밖에 보지 못했어요. 이 방으로 절 안내한 그 여자가 절 쓰러뜨리고는⋯."

남자 둘이 곁에서 지키고 있는데도 불구하고 그녀는 여전히 걷잡을 수 없는 공포에 시달리고 있었다.

"지난번에 절 납치했던 바로 그 여자였어요… 아! 그것만은 확신할 수 있어요. 바로 그 여자였어요… 행동하는 방식, 절 붙잡았을 때의 느낌, 목소리… 차에 있던 그 여자가 분명해요… 그 여자… 그 여자…."

갑자기 기력이 떨어진 그녀가 휴식이 필요한 듯 입을 다물었다. 두 남자는 잠시 그녀를 쉬게 하고 다락방 앞의 좁은 층계참으로 나와 나란히 섰다.

장은 자신의 라이벌을 그 어느 때보다 더 증오하고 있었다. 파즈로가 아를레트와 자신을 구했다는 사실을 떠올리기만 해도 미칠 듯 화가 났다. 그는 격렬한 굴욕감에 사로잡혀 있었다. 최근에 일어난 사건들은 모두 한결같이 앙투완느 파즈로를 걸출한 영웅으로 만들어놓고 있었다.

"그녀의 상태가 예상했던 것보다는 훨씬 낫군요."

나지막한 목소리로 파즈로가 말했다.

"그녀는 기절해 있는 바람에 코앞까지 닥친 위험을 몰랐어요. 그녀에겐 알리지 않는 게 좋겠어요."

그는 마치 당느리와 직접적인 관계를 가진 적이 있는 것처럼, 마치 그들 둘이 서로의 속내를 뻔히 알고 있는 사이라도 되는 것처럼 스스럼없이 말했다. 당느리가 그에게 진 신세를 부각시키려는 거만한 태도는 전혀 없었다. 그는 평소대로 온화한 분위기를 유지한 채 호감이 가는 얼굴에 희미한 미소를 띠고 있었다. 적어도 그에게는 그들 사이에 가차없는 투쟁이 벌어지고 있다는 것을 말해주는 징후는 털끝만큼도 찾아볼 수 없었다.

하지만 좀처럼 분노를 억누르지 못하고 있던 장이 곧 그의 어깨를 힘주어 잡으며 공개적인 결투를 신청하듯 말했다.

"나와 얘기 좀 하겠소? 때마침 이렇게 만났으니."

"그럽시다, 하지만 조용히. 그녀가 싸우는 소리를 들으면 좋아하지 않을 테니까. 정말 놀라운 일이지만 누가 지금 당신 모습을 본다면 마치 싸우기를 벼르는 사람 같다고 하지 않겠습니까."

"아니, 싸우자는 게 아니오."

말은 그렇게 했지만 당느리의 공격적인 태도는 그의 말을 부인하고 있었다.

"내가 원하는 건 해명이오."

"무슨 해명이오?"

"당신 행동."

"제 행동은 명백해요. 전 감출 게 아무것도 없는 사람입니다. 제가 당신의 질문에 답하기로 동의하는 것은 아를레트에 대한 저의 애정이 그녀에 대한 당신의 우정을 상기시켜주기 때문입니다. 그럼 질문해 보시죠."

"좋소. 우선 내가 '트리아농'의 가게에서 당신을 만났을 때 거기서 무엇을 하고 있었소?"

"당신은 알고 있어요."

"내가 알고 있다니? 어떻게?"

"저한테 들어서요."

"당신한테 듣다니? 내가 당신과 대화를 나누는 건 이번이 처음이오."

"하지만 제 말을 듣는 건 이번이 처음이 아니죠."

"내가 당신 말을 도대체 언제, 어디서 들었다는 말이오?"

"베슈와 함께 절 미행했던 날 밤, 멜라마르 저택에서. 질베르트 드 멜라마르가 사연을 털어놓는 동안, 제가 그들을 설득하는 동안, 당신들은 장식 융단 뒤에 숨어 우리 얘길 엿들었죠. 당신들이 옆방으로 들어올 때 융단이 움직이는 걸 봤어요."

당느리는 약간 당황했다. 모르는 게 아무것도 없단 말인가, 이 작자는? 그가 조금 더 거친 어조로 말을 이었다.

"그렇다면 당신의 목표가 내 목표와 같다는 말이오?"

"사실들이 그걸 증명하고 있죠. 저도 당신처럼 다이아몬드를 강탈한 범인들, 내 친구인 멜라마르 집안 사람들에게 누명을 뒤집어씌우고, 납치에 이어 아를레트 마졸르를 살해하려 한 악당들을 찾아내려 애쓰고 있어요."

"고물가게 여주인도 그들 중 하나요?"

"그렇소."

"그렇다면 왜 그녀에게 날 조심하라는 눈짓을 했소?"

"그건 당신의 자의적인 해석에 불과해요. 전 그녀를 관찰하고 있었을 뿐입니다."

"그럴 수도 있겠지만 그 후로 그녀는 곧 가게를 닫고 사라져 버렸소."

"그건 그녀가 우리 모두를 경계했기 때문이겠죠."

"그녀도 공범이라고 생각하오?"

"예."

"그렇다면 그녀도 시의원 르쿠르쇠의 살해에 한몫을 한 거요?"

"뭐라고요? 르쿠르쇠 씨가 살해됐어요?"

"세 시간 전에."

"세 시간? 르쿠르쇠 씨는 사망했나요? 정말 끔찍하군!"

"그 사람과 잘 아는 사이였죠, 그렇죠?"

"이름만 알아요. 하지만 범인들이 그를 만나기로 되어 있었고, 돈으로 그를 매수하려 한다는 건 알고 있었죠. 설마 그런 짓을 저지를 줄은 몰랐어요."

"이번 일이 그들 짓이라는 걸 확신하오?"

"예, 확신해요."

"5만 프랑을 제공하려 한 걸 보면 그들에게 자금이 있는 모양이군."

"당연하죠! 다이아몬드를 하나만 팔아도!"

"그들의 이름은?"

"그건 몰라요."

"일부지만 내가 가르쳐 주겠소."

당느리가 그의 표정을 살피며 말했다.

"가게를 임대한 것은 그 가게주인의 동생인 로랑스 마르탱이라는 여자요. 그리고 다리를 저는 노인도 하나 있는데….."

"그랬군! 그래!"

앙투완느 파즈로가 대뜸 말했다.

"당신이 여기서 만난 것이 바로 그 세 사람이었죠? 당신을 결박해놓은 것도 그들 짓이죠?"

"그렇소."

어두워진 표정으로 파즈로가 중얼거렸다.

"정말 아깝군! 조금만 일찍 달려왔어도… 일망타진하는 건데."

"그건 경찰이 맡아서 할 거요. 베슈 반장이 이제 그들 셋 모두를 알고 있으니 체포는 시간 문제나 다름없소."

"다행이군요!"

파즈로가 말했다.

"그들은 흉악한 강도들이에요. 빨리 체포해 감옥에 처넣지 않으면 조만간에 아를레트를 죽일지도 몰라요."

그가 말하는 모든 것은 정말 진심에서 우러나오는 것처럼 보였다. 그는 답변을 전혀 망설이지 않았고, 사건들과 그것들에 대한, 너무나 자연스러운, 그의 설명 사이에는 아무런 모순도 없었다.

'정말 대단한 녀석이군!'

당느리는 속으로 중얼거렸다. 그는 파즈로에 대한 의심을 거둬들이지는 않았지만 빈틈이 없는 그의 해명과 태도에 적잖이 당황하고 있었다.

그는 내심 이번 사건이 파즈로가 아를레트의 눈에 구원자처럼 비춰지기 위해 세 명의 공범과 함께 저지른 조작극일지도 모른다는 가정을 했었다. 그렇다면 그 세 사람은 무엇 때문에 그러한 연출을 했을까? 왜 아를레트를 구조 장면을 목격할 수 없는 지경으로 몰아넣었을까? 그렇다면 왜 파즈로는 자신이 그녀를 구한 사실에 대해 함구하고 있는 것일까?

그가 느닷없이 파즈로에게 물었다.

"그녀를 사랑하시오?"

"한없이."

파즈로가 열정적으로 대답했다.

"아를레트도 당신을 사랑하오?"

"전 그렇게 믿고 있어요."

"무슨 근거로?"

파즈로가 부드럽게 웃으며 대답했다.

"절 사랑한다는 최고의 증거를 줬으니까."

"어떤?"

"우린 약혼했어요."

"뭐라고! 약혼을 했다고?"

표정을 일그러뜨리지 않고 이 말을 내뱉기 위해 당느리로서는 엄청난 의지력을 발휘해야만 했다. 상처는 깊었다. 그는 두 주먹을 불끈 움켜쥐었다.

"그래요, 어젯밤에."

파즈로가 말했다.

"마즐르 부인은 아무 말도 않던데…"

"그녀는 아직 모르고 있어요. 아를레트가 아직 알리고 싶지 않다고 해서."

"하지만 그녀가 알면 반길 소식인데…."

"예, 하지만 아를레트가 천천히 알리고 싶답니다."

"모든 게 그녀 모르게 진행되도록?"

"예."

당느리가 신경질적으로 웃기 시작했다.

"마졸르 부인은 자신의 딸이 밖에서 남자와 만나는 것조차 싫어한다고 믿고 있던데! 대단한 착각이로군!"

앙투완느 파즈로가 심각한 어조로 말했다.

"우리의 만남은 마졸르 부인께서 아신다면 몹시 만족스러워할 사람들 앞에서 이루어졌습니다."

"아! 그게 도대체 누구지?"

"멜라마르 저택, 질베르트와 그녀의 오빠가 보는 앞에서."

당느리는 어이가 없었다. 멜라마르 백작이 파즈로와 아를레트 커플의 후원자로 자처한 것이었다. 아를레트는 사생아이자 모델에 행실이 나쁜 두 모델의 누이가 아니던가! 백작이 무엇 때문에 그런 믿기 힘든 아량을 보인 것일까?

"그럼 그들도 알고 있다는 말이오?"

장이 물었다.

"그렇소."

"그들도 찬성했소?"

"기꺼이."

"축하하오. 든든한 버팀목을 얻으셨군. 하긴 백작이 당신에게 큰 빚을 진데다 당신은 오래 전부터 그 집안의 친구였으니.”

“우리 사이를 더욱 돈독하게 만든 이유가 하나 더 있어요.”

파즈로가 말했다.

“내가 알아도 되겠소?”

“물론이죠. 이해하시겠지만 백작과 백작 부인은 둘 다 희생자가 될 뻔한 이번 사건에 대해 끔찍한 기억을 갖고 있어요. 그들은 한 세기 전부터 저주가 그들 가문을 떠나지 않는 이유가 그 저택에 있다고 보고 중대한 결정을 내렸어요.”

“어떤 결정? 더 이상 그 집에 머물고 싶지 않다고 하던가요?”

“그들은 멜라마르 저택을 소유하는 것조차 꺼려하고 있어요. 그 집이 그들에게 불행을 불러온다고 여기고 있으니까. 그래서 그 저택을 팔기로 했어요.”

“어떻게 그런 일이?”

“매매가 거의 성사됐죠.”

“살 사람을 찾았단 말이오?”

“예.”

“그게 누구요?”

“바로 접니다.”

“당신?”

“그렇습니다. 아를레트와 저는 그 저택에서 살 생각입니다.”

아를레트의 약혼

앙투완느 파즈로는 장을 끊임없이 놀라게 만들고 있었다. 그와 아를레트 사이의 관계, 예상치 못한 그들의 약혼, 멜라마르 가 사람들이 그들에게 보이는 호감, 도무지 믿어지지 않는 저택의 구입, 경악할 만한 사건들이 마치 일상생활에서 흔히 일어나는 일들처럼 아무렇지도 않게 발생하고 있었다.

말하자면, 당느리가 그 심각성을 전혀 짐작하지 못한 채 상황을 보다 냉정하게 판단하기 위해 의도적으로 멀찍이 물러서 있는 동안, 그의 적수는 그 틈을 멋들어지게 이용해 전선을 아주 멀리까지 밀고 나갔던 것이었다. 하지만 과연 그는 정말 적일까? 아를레트를 사이에 두고 벌어지는 그들의 경쟁은 실제로 전투의 양상을 띠고 있는 것일까? 당느리는 자신에게 확실한 증거가 전혀 없다는 것을, 자신이 오로지 직감만을 길라잡이로 삼아 행동하고 있다는 것을 스스로에게 털어놓지 않을 수 없었다.

"매매계약서 서명은 언제로 예정되어 있소? 그리고 결혼은?"

그가 농담하듯 물었다.

"3, 4주 후에요."

당느리는 자기 좋을 대로, 당느리 자신의 의지와는 반대로 그의 삶에 끼여들어 온통 휘젓고 다니는 이 침입자의 멱살이라도 잡아 집어던질 수 있었으면 속이 후련할 것 같았다. 하지만 그 순간, 아를레트가 일어나 여전히 창백하고 열에 들떠 있지만 예의 꿋꿋한 모습을 되찾아 밖으로 나왔다.

"이제 가요. 더 이상 여기 있고 싶지 않아요. 그리고 무슨 일이 있었는지도 당장은 알고 싶지 않아요. 제 어머니한테도 아무 말씀 말아주세요. 여기서 벌어졌던 일은 나중에 얘기해 주세요."

그녀가 말했다.

"그래요, 나중에."

당느리가 말했다.

"하지만 이제부터는 여태까지보다 더욱 철저히 당신을 지켜야겠소. 그러기 위해서는 한 가지 방법밖에 없어요. 파즈로 씨와 내가 손을 잡는 수밖에. 그렇게 하겠소, 파즈로 씨? 우리가 서로 협력한다면 아를레트가 위험에 처하는 일은 없을 거요."

"물론입니다."

파즈로가 외쳤다.

"장담하건대 전 이제 진실에 거의 근접했습니다."

"그럼 우리 둘이서 그걸 완전히 밝혀내도록 합시다. 내가 아는 걸 모두 알려줄 테니 당신도 당신이 아는 것을 숨김없이 말해주시오."

"좋습니다."

당느리가 흔쾌히 그에게 손을 내밀었고, 파즈로 역시 기다렸다는 듯이 그의 손을 덥석 잡았다.

"내가 당신을 잘못 판단했나보오."

당느리가 말했다.

"아를레트가 선택한 사람이 그녀에게 걸맞지 않은 사람일 리가 있겠소?"

이렇게 해서 동맹이 체결되었다. 당느리가 응어리진 증오와 복수의 욕망을 가슴에 품은 채 손을 내민 것도 처음 있는 일이었지만 적수가 그의 제안을 열렬히 환영한 것도 처음 있는 일이었다.

그들 셋은 정비소 앞으로 내려갔다. 기력이 너무 쇠진해 걷기가 힘에 부쳤던 아를레트가 파즈로에게 차를 가져와 달라고 부탁했다. 장 당느리와 단둘이 남게 되자 그녀가 서둘러 말했다.

"늘 죄송스런 마음을 갖고 있었어요. 전 당신께 알리지 않고 많은 일들을, 아신다면 좋아하지 않으실 많은 일들을 하고 말았어요."

"내가 그 일들을 무엇 때문에 싫어하겠소, 아를레트? 당신은 멜라마르 백작과 그의 누이를 구하는 데 공헌했어요… 그것은 또한 나의 의도이기도 했잖소? 다른 한편으로 앙투완느 파즈로가 당신에게 구애를 했고, 당신은 그와의 약혼을 받아들였소. 그건 당신의 권리요.”

그녀가 입을 다물었다. 어둠이 깔리고 있었다. 당느리에게는 그녀의 아름다운 얼굴이 거의 보이지 않았다. 그가 물었다.

“행복하오?”

아를레트가 대답했다.

“당신의 우정이 변치 않는다면.”

“내가 당신에게 느끼는 건 우정이 아니오, 아를레트.”

그녀가 대답을 하지 않았기 때문에 그가 다시 말했다.

“내 말이 무슨 뜻인지 이해하죠, 아를레트?”

“이해는 하지만 믿지는 않아요.”

그녀가 중얼거렸다.

당느리가 성큼 다가서자 그녀가 말했다.

“아뇨, 아뇨, 우리 더 이상 말하지 말아요.”

“당신은 정말 알 수가 없는 사람이구려, 아를레트! 전에 이미 말했듯 나는 아직도 당신 근처에 감춰진 뭔가가 있다는… 이번 사건을 미스터리로 만드는 모든 비밀들과 관련이 있는 어떤 비밀이 있다는 걸 느껴요.”

“제겐 아무 비밀도 없어요.”

그녀가 말했다.

“아뇨, 있어요. 내가 당신을 그것으로부터 그리고 당신을 노리는 범인들로부터 해방시켜주겠소. 나는 이미 그들 모두를 알고 있소. 나는 그들의 움직임을 훤히 들여다보며 감시하고 있소…

특히 그들의 우두머리, 가장 위험하고 가장 가증스러운…."

파즈로라는 이름이 당느리의 혀끝에서 맴돌았다. 그는 아를레트가 어슴푸레한 어둠 속에서 그의 말을 기다리고 있는 것을 느꼈다. 하지만 아직 증거가 없었기 때문에 그는 그 이름을 내뱉을 수 없었다.

"사건이 해결될 날이 머지 않았소. 하지만 서둘러선 안 돼요. 당신의 길을 가시오, 아를레트. 한 가지 약속만, 필요하면 언제든 날 만나주겠다는, 날 손님으로 받아들이도록 멜라마르 백작 남매를 설득하겠다는 약속만 해주시오."

"약속드릴게요…."

파즈로가 돌아오고 있었다.

"한마디만 더."

장이 말했다.

"당신은 정말 내 친구요?"

"진심으로 아끼는."

"그럼 됐소. 다음에 봅시다, 아를레트."

자동차 한 대가 골목 끝에 서 있었다. 파즈로와 당느리는 다시 악수를 나누었다. 아를레트는 그녀의 약혼자와 함께 그곳을 떠났다.

"가라, 이 위선자."

그들이 멀어지는 것을 바라보며 장이 중얼거렸다.

"난 너보다 훨씬 더 까다로운 적수들도 굴복시켰어. 내가 하느님께 맹세하건대, 넌 결코 내가 사랑하는 여인과 결혼하지도,

멜라마르 저택에서 살지도 못할 것이다. 넌 훔친 다이아몬드 코르슬렛을 내놓아야 할 것이다.”

10분 후, 베슈는 바로 그 장소에서 생각에 빠져 있는 당느리를 발견했다. 반장이 부하 두 명을 이끌고 헐떡거리며 달려왔다.

“라 파이예트 가에서 사라진 로랑스 마르탱이 얼마 전 이 근처에 허름한 차고 하나를 임대했다는 정보를 입수했소.”

“자네는 정말 뛰어난 수사관이네, 베슈.”

당느리가 말했다.

“어째서 그렇소?”

“늘 결국에는 목표에 도달하니까. 항상 한 발 늦는 게 문제이긴 하지만….”

“그게 무슨 소리요?”

“아무것도 아닐세. 그냥 그 작자들을 쉴새없이 쫓아야 한다는 뜻이네. 그들을 잡아야 그들 두목에 대한 정보를 얻을 수 있을 테니까.”

“그렇다면 그들에게 우두머리가 있다는 말이오?”

“그렇네, 베슈. 그것도 가공할 만한 무기를 가진.”

“어떤 무기?”

“선량한 얼굴.”

“앙투완느 파즈로? 그 친구를 여전히 의심하고 있는 거요?”

“의심하는 정도가 아니네, 베슈.”

“그럼 이 자리에 있는 나, 베슈 반장은 당신이 크게 잘못 생각하고 있다고 말하고 싶소. 이래봬도 내가 사람들 관상 하나는 기가 막히게 보는데….”

“그럼 나에 대해서도 훤히 꿰고 계시겠군.”

당느리가 그에게서 멀어져가며 빈정거렸다.

시의원 르쿠르쇠 살해 사건과 그 사건이 발생한 정황은 여론에 큰 반향을 불러일으켰다. 베슈의 발표에 의해 그 사건이 코르슬렛 도난 사건과 관련이 있고, 멜라마르 저택에서 없어졌던 물건들을 판 여자가 운영하던 고물가게가 로랑스 마르탱이라는 여자의 이름으로 계약이 되어 있었으며, 그 로랑스 마르탱이라는 여자가 르쿠르쇠 씨가 살해당하던 날 만나기로 되어 있었던 바로 그 여자라는 사실이 알려지자, 잠시 식어 있었던 대중의 호기심이 뜨겁게 달아올랐다.

사람들이 모이는 곳이면 어디나 로랑스 마르탱과 다리를 저는 노인에 관한 얘기로 떠들썩했다. 범죄의 이유는 아직 설명이 되지 않고 있었다. 로랑스 마르탱이 시의원을 매수해 어떤 보고서의 작성에 영향을 주려 했는지 정확하게 알 수가 없었기 때문이었다. 하지만 이 모든 것이 너무나 교묘하게 꾸며졌고 범인들의 소행이 너무나 대담했으므로 사람들은 다이아몬드 코르슬렛을 강탈한 것도, 멜라마르 백작과 그의 누이에게 그 범죄를 덮어씌웠던 것도 모두 동일범들의 소행이라는 것을 믿어 의심치 않았다. 로랑스, 노인, 고물가게 여주인, 위험천만한 이 세 인물은 단 며칠 만에 유명인사가 되어버렸다. 게다가 그들의 체포가 임박한 것처럼 보였다.

당느리는 멜라마르 저택에서 매일 아를레트를 만났다. 질베르트는 자신을 탈출시킨 장의 대담함과 그녀를 보호하기 위해 그가 취했던 조치들을 잊지 않고 있었다. 거기에 아를레트의 적극적인 추천까지 있자 백작 남매는 그를 열렬히 환대했다.

백작 남매는 차츰 삶에 대한 자신감을 찾아가고 있었다. 하지만 저택을 팔고 파리를 떠나겠다는 그들의 결심은 확고했다. 그들은 둘 다 저택을 떠나고 싶어했다. 그들은 대대로 전해 내려오는 낡은 집을 바쳐 저주받은 운명에서 벗어나는 것을 의무처럼 여기고 있었다.

긴 세월을 두려움에 떨며 살아온 그들의 가슴속에 남아 있던 불안의 앙금도 생기발랄한 아가씨와 그들의 친구인 파즈로와의 접촉을 통해 서서히 사라져갔다. 아를레트는 우아함과 젊음, 금발의 눈부신 광채, 균형 잡힌 본성, 순수한 열정으로 거의 한 세기 동안이나 버려져 있었던 그 저택을 환하게 밝혀주었다. 그녀는 자신도 모르는 사이에 그리고 아주 자연스럽게 질베르트와 백작의 마음을 사로잡고 말았다. 당느리는 백작 남매가 아를레트와 파즈로의 후원자로 자처한 이유를 이해할 수 있을 것 같았다. 그녀에게 매료되었던 그들은 그녀를 그들이 은인으로 여기고 있던 파즈로와 맺어줌으로써 그녀의 행복에 일조를 한다고 믿었던 것이다.

파즈로는 아무 걱정이 없는 사람처럼 늘 쾌활했다. 그는 백작 남매에게 큰 영향력을 행사했다. 아를레트 역시 그의 지배를 받고 있었다. 그는 정말 딴 속셈이 없는, 세상을 향해 자신을 활짝 열어놓는 호탕한 사람처럼 보였다.

당느리는 염려스러운 시선으로 아를레트를 유심히 관찰하고 있었다! 르발루와의 정비소 앞에서 나누었던 애정 어린 대화에도 불구하고 그들 사이에는 어떤 거북함이 자리잡고 있었다. 장은 그것을 애써 지우려 하지 않았다. 그는 아를레트가 자신이 없을 때에도 그 거북함을 여전히 느끼고 있고, 그 거북함은 사랑하는 사람과의 결혼을 앞둔 여자가 느끼는 자연스런 행복과는 거리가 멀다고 믿으려고 애썼다.

그녀는 결혼을 앞둔 신부의 관점에서 미래를 그리는 것 같지 않아 보였고, 그녀가 살게 될 멜라마르 저택도 신혼살림을 차릴 집으로 여기지 않는 것 같았다. 그녀가 파즈로와 함께 그 집에 관해 이야기할 때도 - 그것은 그들 대화의 유일한 주제였다 - 그들은 마치 자선사업의 본부를 마련하는 사람들 같았다. 실제로 멜라마르 저택은 아를레트의 계획에 따라 '지참금 기금'의 보금자리가 될 예정이었다. 기금 이사회를 그곳에서 열 예정이었다. 동료 모델들을 위한 독서실도 그곳에 마련될 것이었다. 쉐르니츠의 모델, 아를레트의 꿈은 실현되고 있었다. 그것은 이제 더 이상 가난한 아를레트의 허황된 꿈이 아니었다.

파즈로가 먼저 놀려댔다.

"마치 자선 사업과 결혼을 하는 것 같아요. 남편이 아니라 공동 출자자가 되는 기분이에요."

파즈로는 이렇게 투덜거리곤 했다.

공동 출자자! 이 낱말은 앙투완느 파즈로를 감시하고 있던 당느리의 뇌리를 떠나지 않았다. 저택 구입, 공동 출자, 입주, 이

거대한 계획들을 실행에 옮기려면 엄청난 거금이 필요했다. 도대체 그 거금이 어디서 났을까? 베슈 반장이 아르헨티나 영사관에 문의해 입수한 정보들에 따르면, 파즈로 일가가 약 20년 전에 부에노스아이레스에 정착했고, 앙투완느의 부모가 10년 전에 사망한 것은 사실이었다. 하지만 그 사람들은 가진 것이 아무것도 없었다. 그래서 프랑스 당국은 당시 어린 소년이었던 그들의 아들 앙투완느를 본국으로 송환할 수밖에 없었다. 멜라마르 가 사람들과 접촉했을 당시에도 여전히 가난했던 바로 그 앙투완느가 어떻게 갑자기 부자가 될 수 있었을까? 최근에 훔친 반 후벤의 다이아몬드 덕분이 아니라면… 어떻게?

오후와 저녁, 당느리와 파즈로는 서로 잠시도 떨어지지 않았다. 그들은 매일 멜라마르 저택을 방문해 함께 차를 마셨다. 둘째가라면 서러워할 만큼 활기에 넘치고 호탕한 그들은 서로 아낌없이 우정과 호감을 표했고, 경우에 따라서는 서로 말을 놓기도 했으며, 침이 마르도록 서로에 대한 칭찬을 늘어놓았다. 하지만 당느리는 자신의 라이벌을 예의주시하고 있었다! 그리고 그 역시 영혼의 밑바닥까지 파헤치려는 파즈로의 날카로운 눈초리를 여러 차례 느꼈다!

그들 사이에 사건은 전혀 문제가 되지 않았다. 당느리가 먼저 요청한, 파즈로가 먼저 요청했다면 분명히 거절했을 협조에 대해서는 전혀 언급이 없었다. 사실 그것은 겉으로 드러나지 않는 공격, 은근히 이루어지는 반격이 오가는, 서로 가면을 쓴 채 벌이는 가차없는 결투였다.

어느 날 아침, 당느리는 라보르드 광장 근처에서 파즈로와 반 후벤이 앞서거니 뒤서거니 다정하게 걸어가는 것을 우연히 목격했다. 그들은 라보르드 가를 따라 걷다가 문이 닫힌 한 가게 앞에서 멈추어 섰다. 반 후벤이 손가락으로 '바르네 상사'라고 적힌 간판을 가리켰다. 그들은 열띤 대화를 나누며 멀어져갔다.

"그래 사기꾼끼리는 잘 통하겠지."

장이 중얼거렸다.

"반 후벤이 날 배반하고 파즈로에게 당느리가 바로 바르네라고 고해바쳤군. 파즈로 같은 인물이라면 바르네가 다름 아닌 아르센 뤼팽이라는 것도 금방 알아낼 거야. 그러고는 내가 바로 아르센 뤼팽이라는 사실을 폭로하겠지. 뤼팽과 파즈로 중 과연 누가 승리를 거두게 될까?"

그 사이, 질베르트는 저택을 떠날 준비를 하고 있었다. 백작 남매는 4월 28일 목요일(현재는 15일이었다)에 집을 비워주기로 되어 있었다. 백작이 계약서에 서명을 하면 앙투완느가 수표를 주기로 했다. 그러면 아를레트가 그녀의 어머니에게 결혼 사실을 알리고 지인들에게 청첩장을 보낼 것이며, 결혼식은 5월 중순경에 열릴 예정이었다.

약간의 시간이 또 다시 흘러갔다. 서로에 대한 증오가 너무나 컸기 때문에 당느리와 파즈로의 가장된 우정은 거의 균열 직전에 있었다. 때때로 그들은 자신도 모르는 사이에 적수를 대하는 듯한 자세를 취하곤 했다. 파즈로는 대담하게도 멜라마르 저택에 모여 차를 마시는 시간에 반 후벤을 데리고 왔다. 반 후벤은 장에 대해 더없이 냉담한 반응을 보였다. 그는 다이아몬드 이야기를 했고, 파즈로가 머지않아 그 가증스러운 도둑의 덜미를 잡을 것이라고 잘라 말했다. 그의 말이 워낙 위협조로 들려 당느리는 파즈로가 자신을 다이아몬드 도둑으로 몰아가려는 것이 아닌가 하는 의심이 들었다.

대결은 더 이상 지체될 수 없었다. 점점 더 견고한 사실을 근거로 사건의 실체에 접근해가고 있던 당느리는 대결의 날짜와 시간을 정했다. 하지만 그 전에 상대가 선수를 친다면? 이 점에 있어서 그에게 불길한 조짐으로 보이는 드라마틱한 사건 하나가 발생했다.

그는 파즈로가 머물고 있는 몽디알 팔라스 호텔의 문지기를 매수해 놓았었다. 그는 그 문지기와 감시를 소홀히 하지 않고 있던 베슈를 통해 파즈로에게 온 편지나 그를 찾는 방문객이 전혀 없다는 것을 알고 있었다. 그런데 어느 날 아침, 문지기한테서 파즈로가 한 여자와 아주 짧은 통화를 나누었다는 연락이 왔다. 그들이 밤 11시 30분에 샹-드-마르스 공원, '지난번과 같은 장소'에서 만나기로 했다는 내용이었다.

밤 11시에 이미 장 당느리는 에펠탑 발치와 공원 여기저기를 배회하고 있었다. 달도 별도 없는 칠흑 같은 밤이었다. 그는 오랫동안 헤매어 다녔지만 파즈로를 발견하지는 못 했다. 그는 자정이 넘어서야 한 벤치에서 무릎 사이에 얼굴을 묻은 채 잔뜩 웅크리고 있는 한 여인을 발견했다.

"어이! 이봐요, 그렇게 차가운 데서 자면 안 돼요… 봐요, 비가 오잖아요."

그가 소리쳤다.

여인은 꼼짝도 하지 않았다. 그가 손전등을 비추자, 모자를 쓰지 않은 머리, 희끗희끗한 머리카락, 모래 위에 늘어져 있는 망토 자락이 드러났다. 그가 들어올린 그녀의 고개는 금세 다시 툭 떨어졌다. 그는 그 잠깐 사이에 죽음에 핏기를 빼앗긴, 로랑스 마르탱의 언니, 트리아농 어멈의 창백한 얼굴을 알아보았다.

그 벤치는 중앙통로에서 멀찍이 떨어진 화단 한가운데, 사관학교와 그리 멀지 않은 곳에 있었다. 그는 그때 자전거를 타고 대로를 지나가던 경관 둘을 휘파람으로 불러 도움을 청했다.

"내가 바보짓을 하고 있군. 내가 무엇 때문에 이 여자를 돌봐주지?"

그가 중얼거렸다.

경관들이 다가오자 그는 상황을 설명했다. 경관 하나가 여자가 입고 있던 망토를 약간 젖히자 가슴께에 박혀 있는 단도 손잡이가 보였다. 그녀의 손은 이미 싸늘했다. 사망한 지 삼사십 분은 족히 된 것 같았다. 피살자가 완강하게 반항한 듯 주변의 모래가 어지러이 흩어져 있었다. 하지만 세차게 떨어지기 시작한 빗물이 그 흔적들을 지우고 있었다.

"서까지 옮기려면 차가 있어야겠어요."

경관 하나가 말했다.

장이 제안했다.

"시체를 대로까지만 옮겨놔요. 택시 정류장이 가까우니 내가
택시를 불러오겠소."

그는 달리기 시작했다. 하지만 정류장에 도착한 그는 택시에
오르는 대신 운전사에게 위치를 알려주고 가보라고 한 다음, 그
자신은 종종걸음을 쳐 반대편으로 사라져갔다.

"이쯤에서 사라지는 게 상책이야."

당느리는 생각했다.

"더 이상 꾸물대고 있다가는 증인이랍시고 신원을 밝혀라, 경
찰서로 출두하라며 귀찮게 굴 테니까. 그런 일에 휘말릴 순 없
지! 그런데 트리아농 어멈은 도대체 누가 죽였을까? 만나기로
약속이 되어 있던 앙투완느 파즈로? 아니면 로랑스 마르탱이
언니를 제거해버린 것일까? 아무튼 점점 분명하게 드러나는 것
은 공범들 사이에 불화가 있다는 사실이야. 만약 그렇다면 모든
게 설명돼, 파즈로의 행동, 그의 계획들, 모든 것이…."

이튿날, 정오에 발간되는 신문들은 샹-드-마르스 공원에서
발생한 여인 살해 사건을 몇 줄로 요약해 보도했다. 하지만 석
간에는 그 사건이 대서특필되었다! 희생자가 바로 생-드니 가
의 고물가게 여주인, 즉 로랑스 마르탱의 공범이었다는 사실이
드러났던 것이다… 그리고 그녀의 주머니들 중 하나에서 '아르
센 뤼팽'이라는 이름이 투박한 글씨로 쓰여 있는 쪽지 한 장이
발견되었다. 게다가 현장에 있었던 경관들이 한 남자가 시체를
그들에게 넘기고는 슬그머니 사라져버렸다고 증언했다. 의심할
여지가 없었다. 아르센 뤼팽이 다이아몬드 코르슬렛 강탈 사건

에 연루되어 있었던 것이다!

그건 말도 안 되는 소리였다! 대중들도 믿을 수 없다는 반응을 보였다. 아르센 뤼팽은 절대 살인을 저지르지 않았다. 그리고 마음만 먹으면 누구나 범죄를 저질러놓고 아르센 뤼팽이라는 이름을 남겨놓을 수 있었다. 하지만 장 당느리에게 있어서 그것은 하나의 엄중한 경고였다! 상대가 뤼팽의 이름을 들먹이는 것은 얼마나 의미심장한 일인가! 그것은 '대결을 포기하고 날 자유롭게 놔둬라. 그렇지 않으면 너의 정체를 폭로하겠다. 난 당느리에서 바르네에게로 그리고 바르네에서 뤼팽에게로 추적해 올라갈 수 있는 수많은 증거들을 확보하고 있다'는 의미의 직접적인 위협이었다.

그보다는, 지금은 장 당느리의 권위에 눌려 어쩔 수 없이 그의 명령에 따르고는 있지만, 그런 기가 막힌 복수의 기회가 주어진다면 당장이라도 그를 잡아먹으려 들 베슈에게 그의 정체를 알리는 것만으로도 충분하지 않았을까?

사태는 바로 그런 식으로 진행되어갔다. 다이아몬드와 관련된 수사를 계속한다는 핑계로 앙투완느 파즈로는 반 후벤의 경우와 마찬가지로 베슈 반장을 멜라마르 가에 끌어들였다. 당느리를 대하는 어색하고 딱딱한 태도로 보아 베슈가 당느리를 뤼팽으로 여기고 있는 것이 분명했다. 바르네가 해냈고 베슈가 목격했던 활약들을 해낼 수 있는 사람은 뤼팽밖에 없었다. 베슈를 그 정도로 말아먹을 수 있는 사람은 오직 뤼팽밖에 없었다. 따라서 베슈는 지체 없이 상부의 허락을 얻어 장 당느리의 체포를 준비하고 있었다.

이처럼, 상황은 나날이 악화되어 가고 있었다. 샹-드-마르스 사건 직후 당황한 기색을 보이던 파즈로는 평소의 기분을 되찾았고, 의도적이든 아니든 장에 대해 우월감이 묻어나는 무례를 종종 범했다. 그는 손가락 하나만 까딱해도 승리의 메커니즘이 작동하도록 준비해 놓은 사람처럼 승리감에 도취해 있었다.

저택 계약일 전주 토요일, 당느리를 한구석으로 불러낸 그가 물었다.

"이 모든 것에 대해 어떻게 생각하십니까?"

"이 모든 것이라니?"

"뤼팽의 개입 말입니다."

"아! 난 그 점에 있어서는 회의적이오."

"하지만 경찰에서는 그를 범인으로 지목하고 뒤를 바싹 쫓고 있어요. 그의 체포는 이제 시간 문제로 보이는군요."

"어떻게 알겠소? 워낙 재간이 뛰어난 인물이라…."

"아무리 재간이 뛰어나다 하더라도 이 위기를 벗어날 수 있을지는 의문이군요."

"난 그 사람 걱정은 전혀 안 하고 있소."

"저 역시 그렇습니다. 아무 관계가 없는 제3자로서 말씀드리는 겁니다. 제가 그의 입장이라면…."

"그의 입장이라면…?"

"외국으로 달아나겠습니다."

"아르센 뤼팽 스타일이 아니군."

"그럼 타협을 하겠습니다."

당느리가 깜짝 놀라며 물었다.

"누구하고? 무엇에 대해?"

"다이아몬드를 쥐고 있는 사람하고."

"그렇군."

당느리가 웃으며 말했다.

"뤼팽이라는 사람이 알려진 그대로라면 타협의 조건을 결정하기가 어렵진 않겠소이다."

"그 조건이란?"

"전부 내 몫. 네 몫은 없다."

파즈로는 당느리가 자신에게 직접 대놓고 하는 말인 줄 알고 깜짝 놀랐다.

"뭐, 뭐라고요?"

"뤼팽이라면 했을 법한 답변을 잠시 빌려 썼을 뿐이오. 모든 것이 뤼팽의 몫, 다른 사람의 몫은 없다."

파즈로가 껄껄대며 웃었다. 그의 표정이 너무나 맑아 당느리는 화가 치밀어 올랐다. 그는 앙투완느에게서 풍겨 나오는 '천진난만한 아이' 같은 인상, 다른 사람들의 호감을 끄는 그 순수한 인상이 무엇보다 싫었다. 이번에는 그 가증스러운 표정이 파즈로가 스스로 충분히 유리한 입장에 있다고 보고 당느리에게 도전을 해온 바로 그 순간에 나타났다. 당느리는 더 이상 미루지 말고 당장 대결을 벌이는 편이 낫겠다고 판단했다. 농담조를 갑자기 적의에 찬 어조로 바꾸며 그가 말했다.

"사설은 집어치우고 단도직입적으로 말하겠소. 서너 마디면 충분하오. 나는 아를레트를 사랑하오. 당신 역시. 당신이 계속 그녀와의 결혼을 고집한다면 당신을 가만두지 않겠소."

앙투완느는 당느리의 으름장에 깜짝 놀란 것처럼 보였다. 하지만 그는 당황하지 않고 침착하게 응수했다.

"나는 아를레트를 사랑하고, 그녀와 결혼할 거요."

"그렇다면 거부하겠다는 말이오?"

"그렇소. 내가 나에게 명령할 권리가 없는 당신의 뜻에 따라야 할 이유는 어디에도 없소."

"좋소. 대결을 벌일 날을 택합시다. 계약서 서명이 다음 주 수요일에 있다고 했소?"

"그렇소, 오후 6시 반에."

"나도 참석하겠소."

"무슨 자격으로?"

"멜라마르 백작과 그 누이가 그 다음 날 떠나기로 되어 있소. 그들에게 작별인사를 하러 갈 것이오."

"분명 환영을 받을 거요."

"그럼 수요일 날 봅시다."

"수요일 날."

대화를 끝내고 나온 당느리는 조금도 주저하지 않았다. 앞으로 나흘이 남아 있었다. 그는 이 기간 동안은 조금의 위험도 무릅쓰고 싶지 않았다. 따라서 그는 어둠 속으로 '잠수'했다. 그때부터 그를 본 사람은 아무도 없었다. 치안국에서 나온 형사 둘이 그의 집 앞에 진을 치고 있었다. 아를레트 마졸르의 집, 레진느 오브리의 집, 멜라마르 저택의 정원과 붙어 있는 길에도 그를 잡으려고 혈안이 된 형사들이 서성거렸다. 하지만 장 당느리의 흔적은 어디에도 없었다.

이 나흘 동안 당느리는 파리 곳곳에 마련해둔 은신처에 숨어 지내면서 여전히 밝혀지지 않은 채 남아 있던 의문들을 풀기 위해 숙고에 숙고를 거듭했고 그 결과에 따라서만 움직여가며 마지막 전투를 준비하고 있었다! 그는 상대가 상대인 만큼 최악의 상황들까지 고려해 가며 그 어느 때보다 철저한 준비를 했다.

그는 두 번의 야간 원정을 통해 그에게 부족했던 정보들을 수집했다. 이제 그는 이번 사건의 심리적인 측면과 사실들의 연결 고리를 거의 파악하고 있었다. 이제 그는 멜라마르 백작 남매가 한 면밖에 보지 못했던 것, 이제껏 사람들이 멜라마르 가의 비밀이라 불렀던 것의 전모를 알 수 있었다. 그는 백작 남매의 적들이 그들에 대해 절대적인 우위에 설 수 있었던 신비스러운 이유 역시 알게 되었다. 그리고 그는 이번 사건에서 앙투완느 파즈로가 한 역할을 명확하게 꿰뚫었다.

"드디어!"

수요일 아침, 잠에서 깨어나며 그가 외쳤다.

"파즈로 역시 '드디어!'라고 외치고 있을 거라는 걸 명심해야 해. 예상치 못한 위험과 맞닥뜨리게 될지도 몰라. 하지만 무슨 일이 있어도 반드시…!"

그는 일찍 점심을 챙겨 먹고 산책을 나섰다. 그는 여전히 생

각을 하고 있었다. 세느 강을 건넌 그는 막 나온 정오 신문 한
장을 사서는 무의식적으로 펼쳐들었다. 사회면 상단을 장식한
센세이셔널한 제목이 그의 관심을 끌었다. 그는 걸음을 멈추고
천천히 읽어 내려갔다.

아르센 뤼팽을 뒤쫓는 경찰의 수사망이 점점 좁혀 들어가고 있
다. 이제 다이아몬드 강탈 사건은 최근에 일어난 살인 사건들이
예측케 해준 새로운 방향으로 흘러가고 있다. 이미 알려진 대로,
몇 주 전에 우아하게 차려입은 한 젊은 신사가 어렵사리 찾아낸
고물가게 여주인에게 몇 가지 정보를 얻으려 한 바 있었다. 주소
를 알아내기 위해 그가 다그친 그 여인이 바로 멜라마르 백작의
저택에서 없어진 물건들을 팔았던 생-드니 가의 트리아농 어멈
이었다. 그런데 이 신사의 인상착의가 샹-드-마르스에서 순찰
중이던 경관들에게 시체를 넘겨주고 종적을 감춰버린 인물의 인
상착의와 정확하게 일치한다고 한다. 경찰에서는 그 인물이 아
르센 뤼팽이 분명하다고 확신하고 있다. (3면에서 계속)

3면에는 마감 직전에 게재한 것으로 보이는, '애독자'라고만
서명이 된 짤막한 기사가 실려 있었다.

경찰이 쫓고 있는 우아한 차림의 신사는 몇몇 정보들에 의하면
'당느리'라는 이름으로 불린다고 한다. 작년에 보트를 타고 세계
일주를 했다고 하여 프랑스 입항 시 열렬한 환영을 받았던 항해

가, 장 당느리 자작을 지칭하는 것일까? 한편, 믿을 수 있는 소식
통에 따르면, 바르네 상사의 짐 바르네가 아르센 뤼팽과 동일 인
물이라고 한다. 만약 이것이 사실이라면, 세 얼굴을 가진 사나이,
뤼팽이 검거되었다는 반가운 소식을 우리는 조만간 접하게 될
것이다. 그 소식을 기다리며 베슈 반장에게 열렬한 성원을 보내
는 바이다.

당느리는 불같이 화를 내며 신문을 접었다. 그는 '애독자'에
게 정보를 제공한 것이 이번 사건을 뒤에서 교묘하게 조종했고
베슈 반장을 부하처럼 부리고 있는 앙투완느 파즈로라는 사실
을 추호도 의심치 않았다.
"더러운 놈!"
그가 이빨을 갈았다.
"대가를 치르게 해주겠다… 그것도 톡톡히!"
그는 마치 이미 쫓기고 있기라도 한 것처럼 초조하고 심란했
다. 지나가는 행인들이 모두 그를 감시하는 경찰들처럼 보였다.
당느리는 앙투완느 파즈로가 충고했던 것처럼 당장 달아나고
싶었다.
그는 금방이라도 사용할 수 있도록 준비해놓은 세 가지 탈출
수단, 즉 비행기, 자동차 그리고 근처, 세느 강에 정박시켜놓은
낡은 거룻배를 생각하며 잠시 망설였다.
"안 돼, 그건 멍청한 짓이야. 행동해야 할 때 꼬리를 내리는
건 내 스타일이 아냐. 무엇보다 화가 나는 건 앞으로는 당느리

라는 멋있는 이름을 사용할 수 없게 되었다는 점이야. 아쉽군!
산뜻하고 아주 프랑스적인 이름이었는데. 게다가 이젠 신사 항
해가론 명함도 못 내밀게 생겼어!"

그는 무의식적으로, 자신의 본성에 따라, 정원에 인접한 거리
를 살폈다. 아무도 없었다. 경찰은 코빼기도 보이지 않았다. 그
는 저택을 우회했다. 위르페 가에도 수상쩍은 기미가 전혀 없었
다. 베슈와 파즈로가 아무리 뤼팽이라도 위험을 무릅쓰고 이곳
에 모습을 드러낼 만한 배짱은 없을 거라고 믿었거나 모든 조치
를 저택 내부에 집중시켜 놓았을 거라고 그는 생각했다.

생각이 거기에 이르자 당느리는 발끈했다. 무슨 일이 있어도
비겁하다는 소리는 듣고 싶지 않았다. 혹시라도 부주의로 그가
끔찍이도 싫어하는 권총이나 칼 같은 흉기를 넣어두지 않았나
확인하기 위해 그는 주머니들을 더듬었다. 그러고는 마차가 드
나드는 대문을 향해 걸어갔다.

최후의 망설임. 침울하고 어두운 부속 건물의 전면은 마치 감
옥의 벽처럼 음산해 보였다. 약간은 순진하고 약간은 슬퍼 보이
는, 미소 띤 아를레트의 모습이 그의 뇌리를 스쳐지나갔다. 싸
우지도 않고 어떻게 그녀를 해방시켜줄 수 있겠는가?

그는 자기 자신에게 농담하듯 말했다.

"아냐, 뤼팽, 너 자신을 속이려 들지 마. 아를레트를 지키기
위해 함정에 제 발로 찾아 들어가 너의 귀중한 자유를 위험에
빠뜨릴 필요는 없어. 아냐, 넌 백작에게 쪽지를 전해 멜라마르

가의 비밀과 이번 사건에서 앙투완느 파즈로가 한 역할을 폭로
하기만 하면 그만이야. 단 네 줄로도 충분할 거야. 한 줄도 더 쓸
필요가 없어. 하지만 사실 네가 재미있다는 단순한 이유로라도
이 문을 두드리고 싶다면 어느 누구도 그걸 막을 수는 없어. 네
가 찾고 있는 것은 싸움이야. 네가 원하는 것은 파즈로와의 결
투야. 힘이 부쳐 네가 쓰러질 수도 있어 - 그 허깨비들도 너를
맞이할 준비를 철저히 했을 테니까! - 하지만 멋진 모험을 시도
하는 것, 적지에서, 무기도 없이, 혼자, 입에 미소를 머금은 채
적과 대결을 벌이는 것, 그 짜릿한 흥분을 넌 포기할 수가 없는
거야…."

주먹질

“안녕하세요, 프랑수와.”

가벼운 발걸음으로 마당을 들어서며 그가 말했다.

“안녕하세요, 선생님. 요즘 통 안 보이시더니….”

늙은 하인이 대답했다.

“저런! 정말 그렇군요.”

프랑수와에게 자주 농담을 했고 그가 아직 자신에 관한 얘기를 듣지 못했다고 판단한 장이 말했다. “집안에 일이 있어서… 지방에 계신 삼촌의 재산 상속 문제로… 한 백만 정도.”

“축하드립니다, 선생님.”

“이런! 아직 물려받기로 결정한 것은 아닙니다.”

"그런 횡재를 왜?"

"빚이 백만이거든요, 하하하!"

장은 자신이 전혀 주눅들지 않았다는 것을 증명해주는 이 익살에 기분이 좋아졌다. 하지만 그 순간, 그는 저택의 창문들 중 하나에서 커튼이 급히 내려지는 것을 보았다. 아주 짧은 순간이었지만 그는 대기실로 사용되는 방에서 아래층을 감시하고 있던 베슈 반장의 얼굴을 알아보았다.

"베슈 반장이 와 있군요. 여전히 다이아몬드를 찾고 있는 모양이죠?"

장이 말했다.

"예, 선생님. 조만간 새로운 소식이 있을 것 같아요. 반장이 부하 세 명을 잠복시켜 놓았거든요."

장은 쾌재를 불렀다. 건장한 청년들 가운데에서 뽑은 정예요원 셋이면… 파즈로 일당이 설쳐댄다 하더라도… 잘된 일이었다! 그러한 예방 조치들은 자신의 조치들을 효율적으로 만들어주었다. 당국의 대리인들 없이는 그의 계획도 무너지고 말 것이었다.

그는 현관 앞 층계의 여섯 계단에 이어 위층으로 향하는 층계를 올라갔다. 살롱에는 백작과 그 누이, 아를레트, 파즈로 그리고 그 역시 작별인사를 하기 위해 방문한 반 후벤이 모여 있었다. 너무나 화기애애한 분위기여서 당느리는 또 다시 잠시 망설였다. 어쩔 수 없는 일이지만 그래도 이 좋은 분위기를 망쳐놓기는 싫었기 때문이었다.

질베르트 드 멜라마르가 그를 정중하게 맞이했다. 백작도 반가이 그에게 악수를 청했다. 한쪽에서 이야기를 나누고 있던 아를레트가 반갑다는 표정을 지으며 그를 향해 다가왔다. 그들 세 사람은 최근 소식을 모르고 있었고, 그가 주머니에 넣어온 석간 신문도 읽지 않은 것이 분명했다. 그들은 그에게 씌워진 혐의와 그가 준비하고 있는 대결을 짐작조차 하지 못하고 있었다.

반면, 악수를 나누는 반 후벤의 태도는 차가웠다. 분명, 그는 알고 있었다. 파즈로는 두 창문 사이에 앉아 꼼짝도 않은 채 계속 앨범만 뒤적거리고 있었다. 해볼 테면 해보라는 식으로 딴청을 피우고 있는 그의 태도에 화가 난 당느리가 당장 대결을 벌이자는 듯 소리쳤다.

"파즈로 씨는 행복에 빠져 제가 보이지도 않거나… 저를 보고 싶지 않은 모양이군요…."

파즈로는 마치 이 자리에서 당장 결투를 벌이는 것은 받아들일 수 없다는 듯 모호한 몸짓을 했다. 하지만 장은 대결을 미룰 생각이 전혀 없었다. 그 무엇도 그로 하여금 미리 생각해둔 말들을 뱉어내지 못하게, 마음먹었던 행동들을 하지 못하게 막을 수는 없었다. 그는 위대한 지휘관들처럼 전투에서 승리하려면 적의 허를 찌를 줄 알아야 한다고 생각하고 있었다. 공격이 승리의 절반이었다.

그는 오랫동안 찾아오지 못한 이유에 대해 설명하고 백작 남매에게 출발 준비는 잘 되어가고 있느냐고 물은 다음 아를레트의 두 손을 꼭 잡고 말했다.

"그리고 너는, 아를레트, 행복하니? 아니, 완벽하게 행복하냐고 묻는 거야, 묻어두는 것도 후회도 없어? 이게 네가 꿈꾸던 행복이야?"

이런 상황에서는 정상이라 할 수 없는 반말투는 사람들을 깜짝 놀라게 만들었다. 다들 당느리에게 전혀 호의적이지 않은 어떤 명백한 의도가 있다는 것을 알아차렸다.

선수를 치기 위해 모든 걸 준비해놓고 때만 기다리고 있던 파즈로가 당느리의 갑작스러운 공격을 받고는 창백하게 굳은 얼굴로 자리에서 일어섰다.

충격을 받은 백작과 질베르트는 온몸을 부르르 떨었고, 반 후벤의 입에서는 욕설이 튀어나왔다. 그들 셋 모두 선뜻 나서지 못하고 아를레트만 바라보고 있었다. 하지만 아를레트는 전혀 기분이 상하지 않은 것처럼 보였다. 그녀는 웃음 띤 눈으로 장을 그 정도의 특권을 누릴 만한 자격이 있는 친구처럼 바라보았다.

"전 행복해요."

그녀가 말했다.

"제 계획들 모두가 이제 곧 실행에 옮겨져요. 그러면 제 동료들 중 많은 이들이 사랑하는 사람과 결혼을 할 수 있게 될 거예요."

하지만 당느리는 이런 미지근한 답변으로 만족하기 위해 포문을 연 것이 아니었다. 그가 다시 물었다.

"네 동료들 얘길 하는 게 아냐, 아를레트. 사랑하는 사람과 결혼할 수 있는 너의 개인적인 권리에 대해 말하고 있는 거야. 정말 저 사람을 사랑해, 아를레트?"

그녀는 얼굴만 붉힐 뿐 대답하지 않았다.

백작이 소리쳤다.

"그런 질문을 하다니 정말 놀랍군요. 그건 당신이 관여할 문제가 아닙니다."

"도대체가 말이 안 돼요…."

반 후벤이 입을 열었다.

"더 말이 안 되는 것은…"

당느리가 반 후벤의 말을 끊으며 차분하게 말을 이었다.

"우리의 사랑스러운 아를레트가 동료들을 위해 자신을 희생시켜 마음에도 없는 결혼을 하려 한다는 사실입니다. 지금 상황이 그러니까요. 백작님, 아직은 시간이 있으니 당신도 알아두셔야 합니다. 아를레트는 앙투완느 파즈로를 사랑하지 않습니다. 그저 약간의 호감만 갖고 있을 뿐이지요. 안 그래, 아를레트?"

아를레트는 부인하지 않고 고개만 떨구었다. 팔짱을 끼고 있던 백작은 치밀어 오르는 분노를 주체하지 못하고 있었다. 어떻게 그토록 예의바르고 신중했던 당느리가 이토록 무례한 행동을 할 수 있단 말인가?

그 사이, 앙투완느 파즈로는 장 당느리에게까지 다가와 있었다. 그의 얼굴에서는 평소의 천진난만한 표정을 찾아볼 수 없었다. 묘한 효과에 의해, 분노와 막연한 두려움의 작용으로 인해 그의 얼굴은 예상치 못한 악의로 흉하게 일그러져 있었다.

"당신이 웬 참견이시오?"

"나와 상관이 있는 일이니까."

"나에 대한 아를레트의 감정이 당신과 상관이 있다고?"

"물론, 그녀의 행복이 걸려 있으니까."

"그녀가 날 사랑하지 않는다고 생각하시오?"

"절대로!"

"그렇다면 당신의 의도는…?"

"이 결혼을 막는 것."

앙투완느가 움찔 뒤로 물러났다.

"아! 당신이 감히… 좋소, 일이 이렇게 됐으니 나도 반격을 하겠소! 각오해야 할 거요! 다들 이걸 보세요…."

그는 당느리의 주머니에서 삐죽 나와 있던 신문을 잡아채어 백작의 눈앞에 펼쳐 보이면서 소리쳤다.

"보세요, 백작님. 이걸 읽어보세요. 그러면 이 사람의 정체가 무엇인지 아시게 될 겁니다. 특히 3면에 나와 있는 기사를 읽어보세요… 저 사람의 실상이 명백하게…."

그는 무사태평한 평소의 태도와는 확연히 대조되는 분노에 찬 충동에 이끌려 스스로 '애독자'의 가차없는 글을 읽어 내려가기 시작했다.

백작 남매는 당혹스러운 표정을 지으며 귀를 기울여 듣고 있었고, 아를레트는 눈물에 젖은 눈으로 장 당느리를 바라보고 있었다.

당느리는 물러서지 않았다.

"훤히 외우고 있을 텐데 읽을 필요가 있겠나, 앙투완느? 신문

사에 그 글을 써보낸 것이 바로 자네 아닌가."

파즈로는 장을 향해 손가락을 뻗은 채 선언문을 낭독하듯 끝까지 읽어 내려갔다.

…믿을 수 있는 소식통에 따르면, 바르네 상사의 짐 바르네가 아르센 뤼팽과 동일 인물이라고 한다. 만약 이것이 사실이라면, 뤼팽-바르네-당느리라는 세 얼굴을 가진 사나이, 뤼팽이 검거되었다는 반가운 소식을 우리는 조만간 접하게 될 것이다. 그 소식을 기다리며 베슈 반장에게 열렬한 성원을 보내는 바이다.

비장한 침묵이 흘렀다. 백작과 질베르트는 충격에 휩싸여 있었다. 장이 미소를 지으며 말했다.

"그렇다면 베슈 반장도 불러내지. 이미 방문을 예고했고 약속은 반드시 지키는 것으로 알려진 날 체포하기 위해 자네가 베슈와 그의 부하들을 이곳에 끌어들였다는 사실을 백작도 아셔야 할 테니까. 이리 나오게, 베슈 반장. 벽지 뒤에 숨어 기회만 엿보는 건 당신 같은 민완형사가 할 짓이 못 돼."

장식 융단이 젖혀졌고, 베슈가 살롱으로 들어섰다. 그는 결연한 표정을 짓고 있었지만 자신이 적절하다고 판단하는 순간에만 전능한 자신의 힘을 사용하겠다는 듯 방 안의 상황과는 약간의 거리를 두고 있었다.

안달이 난 반 후벤이 그에게로 성큼 다가섰다.

"그를 체포하시오, 베슈! 그가 바로 다이아몬드를 훔친 도둑이오. 다 뱉어내게 만들어야 해. 어쨌거나 지금 여기선 당신이 대장이오!"

멜라마르 백작이 끼여들었다.

"잠깐만. 여긴 내 집이니 다들 마음을 가라앉히고 차분하게 문제를 해결합시다."

그러고는 당느리에게 물었다.

"도대체 당신은 누구요, 선생? 난 지금 당신에게 이 기사에 실린 내용을 반박해보라는 것이 아니라 내가 당신을 누구로 여겨야 하는지 솔직하게 말해달라고 요구하고 있는 거요. 장 당느리 자작이오 아니면…."

"아니면 강도 뤼팽이냐고요?"

당느리가 웃으며 그의 말을 잘랐다.

그는 아를레트를 향해 돌아섰다.

"편히 앉아, 아를레트. 충격이 컸던 모양이군. 그럴 필요 없어. 앉아 있어. 무슨 일이 있더라도 모든 게 좋게 끝나리라고 믿고 마음 편히 있어. 내가 이러는 건 모두 널 위해서니까."

그러고는 백작에게로 돌아오며 말했다.

"전 백작님의 질문에 대해선 대답하지 않겠습니다. 지금 중요한 것은 제 정체가 아니라 여기 이 자리에 있는 앙투완느 파즈로의 정체를 아는 것이니까요."

백작은 당느리에게 달려들려는 파즈로를 붙들었다. 그러고는 자신의 다이아몬드에 대해 떠벌리고 있는 반 후벤에게 입을 다물어달라고 부탁했다. 장이 말을 이었다.

"굳이 이곳에 와야 할 이유가 없는데도, 파즈로의 사주를 받은 베슈가 영장을 들고 내가 나타나기만을 기다리고 있다는 사실을 뻔히 알면서도, 절 최근에 일어난 사건들의 범인으로 몰고 있는 기사가 실린 이 신문을 주머니에 꽂고 제가 이곳에 온 것은 제가 처한 위험이 우리의 친애하는 아를레트가 처한 위험… 그리고 백작님 남매가 처한 위험보다는 훨씬 덜하기 때문입니다. 제가 누구냐 하는 문제는 베슈와 저 사이의 문제입니다. 그 문제는 우리끼리 따로 해결할 것입니다. 앙투완느 파즈로가 누구냐 하는 문제, 이것이 바로 우리가 시급히 해결해야 할 문제입니다."

이번에는 백작도 파즈로를 붙들지 못했다. 파즈로가 씩씩거리며 고래고래 소리를 질러댔다.

"그럼 내가 누구지? 말해 봐! 대답해 보라고! 내가 누구냐고!"

장은 일일이 열거하듯 손가락을 하나씩 꺾어가며 말했다.

"우선 넌 코르슬렛을 훔친 도둑…."

"거짓말!"

앙투완느가 말을 잘랐다.

"내가 코르슬렛을 훔친 도둑이라고!"

장이 침착하게 말을 이었다.

"레진느 오브리와 아를레트 마졸르를 납치했던 납치범."

"거짓말!"

"살롱의 물건들을 훔친 범인."

"거짓말!"

"샹-드-마르스 공원에서 살해당한 고물가게 여주인의 공모자."

"거짓말!"

"로랑스 마르탱과 그 아버지의 공모자."

"거짓말!"

"마지막으로, 넌 거의 1세기 동안 멜라마르 집안을 괴롭혀온 그 잔혹한 족속의 상속인이야."

앙투완느는 주체할 수 없는 분노로 부들부들 떨고 있었다. 장이 그의 정체를 한 가지씩 폭로할 때마다 그는 점점 더 언성을 높였다.

"넌 거짓말을 하고 있어! 거짓말! 거짓말!"

당느리가 말을 끝마치자 파즈로는 그 앞에 우뚝 막아서서 위협적인 몸짓을 해가며 거친 목소리로 더듬거리며 말했다.

"거짓말! …넌 날 모함하기 위해 아무 소리나 닥치는 대로 지껄이고 있어… 아를레트를 사랑하기 때문에… 질투에 눈이 멀어… 네 증오는 그래서 생긴 거야… 그리고 내가 처음부터 네 수작을 환히 들여다보니까 화가 나서… 넌 두려워하고 있어. 그래, 넌 겁이 난 거야. 내가 증거들을 갖고 있다는 걸 알고 있을 테니… 수집 가능한 모든 증거들(그는 손으로 윗도리의 지갑을 넣어둔 부분을 툭툭 쳤다), 바르네와 당느리가 바로 아르센 뤼팽이라는 모든 증거들 말이야… 그래, 아르센 뤼팽!… 아르센 뤼팽!"

그는 그 아르센 뤼팽이라는 이름에 한이 맺힌 듯 점점 더 크게 소리를 질러댔고, 손으로 당느리의 어깨를 움켜쥐었다.

당느리가 조금도 물러서지 않은 채 상냥한 목소리로 말했다.

"다들 귀청 떨어지겠네, 앙투완느. 이제 소리 좀 그만 지르게."

그가 잠시 말을 멈추었다. 파즈로는 여전히 부르짖고 있었다.

"자네한텐 안됐지만 할 수 없군."

장이 말했다.

"마지막으로 경고하지, 소리 좀 낮춰. 안 그러면 자네한테 아주 유쾌하지 못한 일이 생기고 말 거야. 해볼 테면 해보라고? 좋아, 나중에 후회하지 말게. 내가 참을 만큼 참았다는 것 좀 꼭 기억해주게. 조심…!"

그들은 상체가 서로 부딪힐 정도로 가까이 붙어 있었다. 그들 사이로 당느리의 주먹이 발사된 포탄과 같은 속도로 솟아오르더니 파즈로의 턱에 가 부딪혔다.

파즈로는 비틀대다 상처 입은 짐승처럼 무릎을 꺾더니 마침내 길게 뻗어버리고 말았다.

소란의 외중에 백작과 반 후벤은 장을 붙잡으려 했고, 질베르트와 아를레트는 앙투완느를 보살피기 위해 달려들었다. 당느리는 두 팔을 벌려 그들 넷 모두를 다가오지 못하게 했고, 그들과 거리를 유지한 상태에서 다급한 목소리로 베슈에게 말했다.

"날 도와주게, 베슈. 자넨 내 옛 전우 아닌가. 자, 조금만 도와주게. 내가 작업하는 걸 자주 본 자네는, 내가 무턱대고 행동하지는 않는다는 걸, 심각한 이유 없이는 절대 폭력을 사용하지 않는다는 걸 잘 알고 있지 않은가? 이번 사건에서 내 대의는 자네의 대의와 다를 바 없네. 날 도와주게, 베슈."

반장은 선수들의 행동을 판단하고 자초지종을 잘 알고 나서야 결정을 내리는 심판처럼 거리를 둔 채 상황을 관찰하고만 있었다. 사태는 어느 쪽이 승리하든 그에게는 득이 되는 방향으로 굴러가고 있었다. 이제 막 시작된 죽음의 결투를 구경이나 하고 있다가 힘들이지 않고 양쪽 모두를 검거하는 어부지리를 할 수도 있었다. 따라서 옛날 일까지 들먹이는 당느리의 호소에도 그는 전혀 흔들리지 않았다. 베슈는 철저히 현실주의자로 행동하기로 굳게 마음먹고 있었다.

그가 당느리에게 말했다.

"저 아래 내 부하 셋이 있다는 걸 알고 있소?"

"알고 있네. 난 그 패거리들이 혹시라도 허튼짓을 하면 자네가 부하들을 시켜 제압해줄 거라고 기대하고 있네."

"당신이 허튼짓을 해도 마찬가지일 거요."

베슈가 빈정거렸다.

"자네가 원한다면. 오늘 자넨 모든 카드를 손에 쥐고 있네. 가차없이 자네 역할을 하게. 그게 자네의 권리이자 의무네."

당느리의 의지에 끌려가면서도 마치 자신의 성찰에 따르기라도 하듯 베슈가 말했다.

"멜라마르 백작님, 저희 경찰이 대표하는 정의를 실현할 수 있도록 잠시 기다려주시기 바랍니다. 앙투완느 파즈로에게 씌워진 혐의들이 거짓이라면 우리는 머지않아 그것을 알게 될 것입니다. 어쨌거나 무슨 일이 일어나든 본인이 모든 것을 책임질 것입니다."

그것은 당느리에게 원하는 대로 해보라는 의미였다. 이 말을 들은 당느리는 곧 다들 영문을 알 수 없는 너무나 엉뚱한 일을 하기 시작했다. 그는 주머니에서 갈색 액체가 든 작은 병을 꺼내 미리 준비해온 습포에 반 정도를 부었다. 클로로포름 냄새가 풍겼다. 당느리는 그 습포를 앙투완느 파즈로의 얼굴 위에 가면처럼 씌우고는 머리 주위로 끈을 둘러 고정시켰다.

너무나 엉뚱하고, 백작이 허락하려 했던 것과는 너무나 거리가 멀어 멜라마르 백작과 그 누이를 진정시키기 위해서는 베슈의 새로운 개입이 필요했다. 아를레트는 눈에 눈물을 머금은 채 어찌해야 할 바를 모르고 있었고, 반 후벤은 노발대발하고 있었다.

여기까지 와서 물러설 수는 없었던 베슈가 재차 말했다.

"백작님, 전 이 사람을 잘 알고 있습니다. 진실을 가리기 위해 우리는 기다려야만 합니다."

몸을 일으킨 장이 멜라마르 백작에게 다가가 말했다.

"진심으로 사과 드립니다, 백작님. 제가 괜한 수작을 부리는 게 아니라는 것을 믿어주시기 바랍니다. 특별한 수단들을 동원해야 진실이 드러나는 경우가 종종 있죠. 제가 지금 말씀드리는 진실이란 아주 간단하게 그동안 당신 집안과 당신을 그토록 괴롭혔던 음모의 비밀을 뜻하는 것입니다. 이해하시겠습니까? …

멜라마르 가의 비밀 말입니다… 그 비밀의 전모를 밝혀내고 저주를 깨뜨리는 것은 오로지 당신에게 달려 있습니다. 20분만 절전적으로 믿어주시지 않으시겠습니까? 단 20분만."

당느리는 멜라마르 백작의 답변을 기다리지 않았다. 그의 제의는 거절할 수 있는 종류의 것이 아니었다. 그가 반 후벤을 향해 돌아서서 훨씬 딱딱한 어조로 말했다.

"당신, 당신은 날 배신했어. 좋아. 그건 그냥 넘어가지. 이자가 당신에게서 훔쳐간 다이아몬드를 오늘 되찾고 싶소? 그렇다면 이제 그만 투덜대시오. 이자가 곧 돌려줄 테니까."

이제 베슈 반장이 남아 있었다. 당느리가 그에게 말했다.

"베슈, 이제 자네 차례군. 자네 몫은 말하자면 이런 거야. 우선 자네한테 진실을, 온 경찰이 동원되어 헛되이 찾아 헤매고 있는 바로 그 진실을 선물할 테니 따끈따끈할 때 그들에게 갖다주게. 이어 만약 앙투완느 파즈로가 진실이 밝혀졌는데도 정신을 못 차린다면 시체나 다름없는 상태로 만들어 자네에게 넘겨주겠네. 그리고 마지막으로 나머지 공모자, 로랑스 마르탱과 그녀의 아버지도 넘겨주지. 지금이 4시니까 정확하게 6시에 그들을 체포하게 될 걸세. 어떤가?"

"좋소."

"그럼, 계약이 체결된 거네. 단…."

"단?"

"나와 함께 끝까지 가주게. 저녁 7시까지 내가 약속한 모든 것들을 못 지킨다면, 다시 말해 멜라마르 가의 비밀을 밝히고,

이번 사건의 전모를 드러내고, 범인들을 자네에게 넘겨주지 못한다면, 내 명예를 걸고 자네가 수갑을 채울 수 있도록 순순히 두 팔을 내밀겠다고, 내가 누군지 알 수 있도록 자네를 도와주겠다고 맹세하겠네. 대신 그때까지 내가 이 비극적인 상황을 해결할 수 있도록 모든 수단을 동원해 협조해주게. 베슈, 혹시 차를 가져왔나?"

"근처에 있소."

"빨리 가서 가져오게. 그리고 당신, 반 후벤, 당신 차는?"

"운전기사에게 4시에 이곳으로 오라고 했소."

"좌석이 몇 개죠?"

"다섯."

"운전기사는 필요 없으니 가라고 하고 당신이 직접 운전해요."

그는 다시 앙투완느 파즈로에게 다가가 그를 검사했다. 심장은 정상적으로 뛰고 있었고, 호흡도 규칙적이었으며, 안색도 정상이었다. 습포가 떨어지지 않도록 다시 한 번 손본 다음 그가 말했다.

"20분 후면 그가 깨어날 거야. 정확하게 나에게 필요한 시간이군."

"뭘 위해 그 시간이 필요하죠?"

베슈가 물었다.

"우리가 가야 할 곳에 가기 위해."

"말하자면?"

"알게 될 걸세. 가세."

더 이상 아무도 이의를 제기하지 않았다. 다들 당느리의 권위에 이끌려가고 있었다. 또한, 그들은 아르센 뤼팽이라는 인물의 카리스마에 압도되어 있었다. 그 모험가의 전설적인 과거, 눈부신 그의 업적들이 당느리에게서 풍겨 나오는 거부할 수 없는 마력과 겹쳐졌다. 하나로 합쳐진 그 두 인물은 어떠한 기적이라도 이루어낼 수 있는 능력을 지닌 것처럼 보였다.

아를레트는 휘둥그레진 눈으로 그 이상한 인물을 바라보고 있었다.

백작과 그 누이는 미칠 듯한 희망에 어쩔 줄 모르고 있었다.

"친애하는 당느리 씨."

반 후벤이 갑자기 돌아보며 말했다.

"난 늘 내가 잃어버린 것을 찾아줄 사람은 당신뿐이라고 생각하고 있었소."

차 한 대가 마당으로 들어왔다. 그들은 그 차에 파즈로를 태웠다. 베슈의 부하 셋이 그 주위에 자리를 잡았다. 베슈가 그들에게 낮은 목소리로 말했다.

"두 눈 똑똑히 뜨고 절대 놓쳐서는 안 되네… 이 친구나 당느리나… 때가 되면… 한꺼번에 덮쳐서 달아나지 못하게 해야 하네, 알겠나?"

이어 베슈는 당느리와 합류했다. 멜라마르 백작은 공증인에게 전화를 걸어 올 필요가 없다고 알렸다. 질베르트는 망토를 걸치고 모자를 챙겨 썼다. 그들은 아를레트와 함께 반 후벤의 차에 올랐다.

"튈러리 공원 지나자마자 세느 강을 건넌 다음에 오른쪽으로 리볼리 가를 따라 달리시오."

장이 명령했다.

다들 입을 다물고 있었다. 질베르트와 아드리엥 드 멜라마르는 근심과 흥분에 휩싸여 이어질 사건들을 기다리고 있었다! 왜 차로 이동을 하는 걸까? 어디로 가는 걸까? 그들 앞에 드러날 진실은 어떤 모습을 하고 있을까?

당느리가 그에게 귀를 기울이고 있는 사람들에게 알려주기보다는 지금까지의 과정을 스스로 되짚어보는 기색으로 중얼거렸다.

"멜라마르 가의 비밀! 그걸 캐내려고 얼마나 많은 숙고를 거듭했던가! 처음부터, 레진느와 아를레트의 납치 사건이 있었던 순간부터, 난 직감적으로 현재가 머나먼 과거에 의해서만 설명되는 그런 문제들 중 하나에 부딪혔다는 걸 느꼈어… 그런 문제들이 날 사로잡은 건 한두 번이 아니었어! 난 그때마다 그것들을 모두 해결해냈지! 당장 한 가지 사실, 멜라마르 백작 남매가 범인일 리는 만무하다는 사실이 나에겐 너무나 명백해 보였어. 그렇다면 다른 사람들이 그들의 계획을 실행에 옮기기 위해 멜라마르 저택을 사용한 것일까? 그것이 바로 앙투완느 파즈로의 주장이었지. 하지만 파즈로의 속셈은 사람들이 그렇게 믿게끔, 검찰이 그 방향으로 수사를 진행시키다가 길을 잃게끔 만들기 위한 것이었어. 범인들은 과연 멜라마르 백작 남매와 프랑수와 부부에게 들키지 않고 아를레트와 레진느를 그 살롱으로 끌고 갈 수 있었을까?"

그가 잠시 입을 다물었다. 그의 말에 귀를 기울이고 있던 아드리엥 드 멜라마르가 일그러진 얼굴로 속삭였다.

"말해 보시오… 계속해 보시오… 제발 부탁이오."

그가 천천히 대답했다.

"아뇨… 말로는 진실을 깨닫지 못하실 겁니다… 절 너무 재촉하지 마십시오…."

그리고 그가 다시 말을 이어갔다.

"하지만 그 진실은 너무나 간단합니다! 그 간단한 진실이 마치 달아나는 그림자처럼 그것을 찾아 헤맨 사람들 머리에 한 번도 떠오르지 않았다는 사실이 너무나 신기하더군요. 저의 경우, 그 진실은 충격적인 몇몇 사실들을 상기하자 마치 섬광처럼 번쩍 떠올랐어요. 하지만 모든 것은 백작님 댁에서 일어난 이상한 도난 사건에서부터 시작되었습니다. 설명할 길이 없어 보이는, 값어치 없는 자잘한 물건들의 분실, 저에겐 그것이 결정적인 단서였죠! 그들이 실제적인 가치가 없는 그 물건들을 훔친 것은 그 물건들이 그들에겐 특별한 가치를 지니고 있기 때문입니다!"

그가 다시 입을 다물었다. 백작은 안달이 나 어쩔 줄을 몰랐다. 그는 당장 더 많은 것을 알고 싶은 주체할 수 없는 욕구에 시달리고 있었다. 질베르트 역시 마찬가지였다. 당느리가 그들에게 말했다.

"서두르지 마십시오… 멜라마르 가 사람들은 한 세기 이상을 기다려 왔습니다. 그러니 몇 분만 더 기다려 주십시오! 이제 세상 그 무엇도 당신들과 당신들을 해방시켜줄 진실 사이에 끼여들 수 없으니까."

그가 베슈를 돌아보며 농담하듯 말했다.

"자네도 이젠 슬슬 감을 잡아가고 있겠지, 베슈? 아니라면 약간의 어렴풋한 빛이라도? 아니, 아직 깜깜 무소식인가? 안됐군… 정말 아름답고, 독창적이고, 흥미진진하고, 수정처럼 투명한 동시에 밤처럼 어두운 진실인데… 하지만 가장 아름다운 비밀들이란… 콜럼버스의 달걀 같은 것 아니겠나? …그걸 생각해봐야 하네. 왼쪽으로 꺾어요, 반 후벤. 이제 거의 다 왔소."

차는 구불구불하고 얼기설기 얽혀 있는 좁은 도로들을 달렸다. 상점들, 영세 공장들, 창고들이 다닥다닥 붙어 있는 옛날 동네였다. 이따금씩 장식 쇠창살이 달린 발코니, 높은 창문들 그리고 활짝 열어젖혀 놓은 대문들 안으로 참나무 난간이 달린 넓은 층계들이 보였다.

"속도를 줄이시오, 반 후벤. 좋아요… 오른쪽 보도를 따라 천천히 차를 세우시오. 몇 미터만 더. 자, 이제 다 왔소."

그가 먼저 차에서 내려 질베르트와 아를레트가 내리도록 도와주었다.

형사들이 탄 차가 반 후벤의 차 뒤에 와서 멈추었다.

"부하들한텐 아직 움직이지 말라고 하게."

장이 베슈에게 말했다.

"앙투완느가 잠들어 있는지 수시로 확인해보고 2, 3분 있다가 그를 데리고 안으로 들어오라고 하게."

그들은 서쪽에서 동쪽으로 나 있는, 그리고 왼쪽으로 통조림 저장 창고로 쓰이는 건물들이 줄지어 늘어서 있는 컴컴한 길에 도착해 있었다. 오른쪽에는 서로 비슷비슷해 구분이 안 되는 누추한 집 네 채가 나란히 서 있었다. 창문에 커튼도 쳐져 있지 않고 유리가 더럽게 얼룩져 있는 것으로 보아 사람이 살지 않는 집들 같았다. 당느리는 일행을 마차가 드나드는 허름한 대문 앞으로 이끌었다. 녹색 칠이 완전히 벗겨진데다 선거포스터 쪼가리들이 아직도 여기저기 붙어 있는 대문 한 짝에 나지막한 쪽문이 하나 나 있었다.

백작과 질베르트는 선뜻 내키지 않는다는 듯 근심 어린 표정으로 그 문을 바라보고 있었다. 저기서 도대체 뭘 하려는 걸까? 뭘 찾으러 여기까지 온 것일까? 아무도 지나다니지 않은 것처럼 보이는 그 문 뒤에 어떤 진실이 숨어 있는 것일까?

당느리가 주머니에서 반짝거리는 가늘고 긴 최신식 열쇠를 꺼내 빗장 높이에 난 틈 속으로 집어넣었다.

그는 일행들을 쳐다보며 웃었다. 그들의 얼굴은 창백하게 굳어 있었다. 마치 그들의 생명이 그들을 지배하고 있는 사내의 몸짓에 매어 있는 것처럼 보였다. 그들은 합당한 이유 없이 예사롭지 않은 뭔가를 기다리고 있었다. 그럴 리가 없다고 생각하면서도 미지의 광경을 가리고 있는 장막을 이제 막 열어젖힐 사람이 아르센 뤼팽이었기 때문에 그들은 잔뜩 긴장하고 있었다.

그때 그가 열쇠를 돌리고는 옆으로 비켜서며 그들을 한꺼번에 들어가게 했다.

질베르트가 비명을 지르고는 백작에게 몸을 기댔다. 백작 역시 비틀거리고 있었다.

장 당느리가 그들을 둘 다 부축해야만 했다.

애첩, 발네리

　　도무지 이해할 수 없는 기적! 차를 타고 멜라마르 저택의 앞마당을 나선 지 10분이 지난 지금, 그들은 다시 멜라마르 저택의 앞마당에 와 있었다. 그들은 분명히 세느 강을 건넜었다. 그것도 단 한 번만! 그들은 절대 한 바퀴를 빙 돌아 출발점으로 돌아온 것이 아니었다. 위르페 가로부터 대략 3킬로의 거리(3킬로는 앵발리드 기념관에서 보주 광장까지, 옛 파리의 길이와 거의 같았다)를 달린 그들이 다시 멜라마르 저택의 앞마당에 들어서 있었다.

　　그랬다, 기적이었다! 겹쳐진 그 두 개의 비전을 분리시키기 위해서는, 서로 다른 두 장소를 하나씩 머릿속에 떠올려보기 위해서는 논리적이고 이성적인 노력이 필요했다. 기적을 눈앞에 둔 그들은 순간적으로 그 두 광경이 하나라는, 저택이 여기와 거기, 앵발리드 기념관 근처와 보주 광장 근처에 동시에 있다는 느낌을 받았다.

그들이 이러한 착각을 일으킨 것은 두 정원 안쪽에 서 있는 저택 전면의 선과 색깔이 완벽하게 일치했기 때문이기도 했지만, 무엇보다 근처에 있는 강의 습기를 머금은 벽들에 둘러싸인 장방형의 공간에 세월이 만들어낸 동일한 분위기, 동일한 영혼이 떠돌고 있었기 때문이었다.

분명 같은 채석장에서 가져와 같은 크기로 자른, 같은 석재로 지어진 집이었다. 게다가 그 석재에는 똑같은 세월의 흔적이 남아 있었고, 잡초에 둘러싸여 있는 고색 창연한 포석들도 오랜 세월 궂은 날씨에 똑같이 시달린 모습을 하고 있었다. 지붕의 기와 역시 세월에 닳은 녹색으로 위르페 가의 것과 조금도 다르지 않았다.

질베르트가 거의 실신할 지경이 되어 중얼거렸다.

"맙소사! 어떻게 이런 일이!"

온갖 시련으로 점철된 가문의 역사가 아드리엥 드 멜라마르의 눈앞을 스쳐 지나갔다.

당느리가 그들을 현관 계단 쪽으로 이끌었다.

"아를레트, 내가 레진느 오브리와 너를 멜라마르 저택 마당으로 이끌었던 날 맛보았던 충격을 다시 떠올려 봐."

장이 그녀에게 말했다.

"레진느와 너는 즉시 범인들이 오르게 했던 현관 층계의 여섯 계단을 알아봤지. 하지만 그 마당은 바로 여기였고, 그 층계는 바로 이 층계였어."

"똑같아요."

아를레트가 말했다.

의심할 여지없이 그것은 똑같은 현관 층계, 계단 여섯 개로 구성되어 있고 짝이 안 맞는 유리가 끼워진 똑같은 지붕으로 덮여 있는 위르페 가의 현관 층계였다. 그리고 그 이상한 집안으로 들어선 그들을 맞이한 건 종류도 배치도 똑같은 타일이 깔린 현관이었다.

"걸을 때 나는 발자국 소리까지 똑같아."

위르페 가의 저택 현관에서 울리는 목소리와 똑같이 백작이 말했다.

그는 일층의 다른 방들도 보고 싶어했다. 하지만 시간에 쫓기고 있던 당느리는 곧장 그들로 하여금 똑같은 양탄자로 장식되고 똑같은 쇠 난간이 붙어 있는 층계의 스물다섯 계단을 올라가게 했다. 층계참⋯ 위르페 가처럼 정면에 보이는 세 개의 문⋯ 이어 살롱⋯.

그들이 받은 충격은 마당을 들어섰을 때만큼이나 컸다. 그것은 방 안에서 느껴지는 동일한 분위기 이상의 것이었다. 가구들과 실내 장식품들이 판에 박은 듯 똑같았고, 천들이 낡은 정도, 장식 융단들의 뉘앙스, 마룻바닥의 무늬들까지 똑같았다. 상들리에, 장식촛대, 열쇠구멍, 촛농받이, 초인종 리본까지, 똑같지 않은 것이 아무것도 없었다.

"그들이 널 가두려 했던 곳이 바로 여기지, 아를레트?"

장이 말했다.

"어떻게 네가 착각을 하지 않을 수 있었겠어?"

"여기이기도 하고 거기이기도 해요."

그녀가 대답했다.

"여기야, 아를레트. 넌 이 벽난로 위로 올라갔었고, 이 서가 위에 엎드려 있었어. 이리 와서 네가 탈출했던 창을 좀 봐."

그 창을 통해 그는 그녀에게 키 작은 나무들이 심어져 있고 이웃들이 들여다볼 수 없도록 높은 담에 둘러싸여 있는 정원을 보여주었다. 그 끝에 방치된 별채가 서 있었고, 아를레트가 열고 달아났던 작은 문이 뚫려 있는 좀더 낮은 담이 달리고 있었다.

"베슈, 파즈로를 이곳으로 데려오게. 당신 차를 현관 층계 앞까지 끌고 와서 부하들을 그곳에 대기시키는 게 낫겠어. 그들이 필요할 테니까."

베슈가 서둘렀다. 대문이 열리는 소리가 위르페 가와 똑같은 식으로 울려 퍼졌다. 차가 들어오는 소리 역시 같았다.

베슈가 살롱으로 올라오며 부하들 중 하나에게 급히 말했다.

"동료 둘을 마당과 현관에 배치해두고 경찰국으로 달려가 내 이름을 대고 요원 세 명이 더 필요하다고 말하게. 그들을 이리로 데리고 와서 저기 문이 보이는 지하실 층계 발치에 대기하고 있으라고 하게. 그들의 도움이 필요하지는 않겠지만 만일을 생각해서 대비를 해놓는 게 좋아. 특히 경찰국에는 아무 말도 말게. 일망타진의 공은 우리끼리만 나눠 가지자고. 알아들었나?”

그들이 앙투완느 파즈로를 한 의자 위에 내려놓고 나가자 당느리가 문을 닫았다.

그가 요구했던 20분의 유예 기간이 거의 다 지나가고 있었다. 앙투완느 파즈로가 꿈틀대기 시작했다. 당느리가 그의 얼굴에 씌워두었던 습포를 벗겨 창 밖으로 던져버린 다음 질베르트에게 말했다.

“죄송하지만 망토와 모자를 좀 치워주십시오, 부인. 부인은 지금 이곳이 아니라 부인 댁, 그러니까 위르페 가의 저택에 있는 겁니다. 앙투완느 파즈로에게는 우리가 위르페 가를 벗어나지 않은 셈입니다. 다시 한 번 당부 드리건대, 어느 누구도 제 말과 모순되는 말을 해서는 안 됩니다. 저보다는 여러분 모두의 이해가 우리가 함께 추구하는 목표가 달성되느냐 아니냐에 걸려 있습니다.”

앙투완느가 깊이 숨을 들이마셨다. 그는 그를 짓누르는 그 무거운 잠을 쫓기라도 하듯 이마 위에 손을 얹었다. 당느리는 그에게서 시선을 떼지 않았다. 백작이 못 참겠다는 듯 물었다.

“그럼 이자가 그 족속의 상속인이란 말이오…?”

“예, 늘 예감하고 계셨던 그 족속의 마지막 후계자입니다. 당신은 한편에 멜라마르 집안이 있고 다른 한편에 보이지 않는, 정체불명의 박해자들이 있다고 생각하셨죠. 정확한 추측이었지만 그것만으로는 불충분했어요. 수수께끼는 말하자면 비극의 해석뿐만 아니라 그 비극의 무대 자체를, 그 무대를 구성하고

있는 방 하나하나, 가구 하나하나를 둘로 분리시키지 않고서는
절대 풀릴 수 없었죠. 수수께끼를 풀기 위해서는 아를레트와 레
진느가 당신의 살롱에 있었던 물건들을 분명히 보았지만 실제
로 그들의 눈이 보았던 것은 바로 이것들이었다는 사실을 이해
해야만 했습니다.”

그가 말을 멈추고 모든 것이 예상했던 대로라는 것을 다시 한
번 확인하듯 주위를 둘러보았다. 이러한 긴장된 분위기 속에서,
자발적으로든 강제로든 진실의 현장에 발을 디딘 사람들 사이
에서, 앙투완느 파즈로는 서서히 마취 상태에서 깨어나고 있었
다. 사용된 클로로포름의 양이 얼마 되지 않았기 때문에 그는
곧 모든 의식을, 적어도 무슨 일이 있었는지에 대해 생각해볼
정도의 의식을 되찾았다. 그는 주먹으로 얻어맞았다는 사실을
기억해냈다. 하지만 그 순간부터는 전혀 기억이 나질 않았다.
그는 그 순간에 이어 무슨 일이 있었는지 전혀 분간하지 못했
고, 자신이 잠들어 있었다고는 짐작조차 하지 못했다.

얼떨떨한 상태에서 그가 말했다.

“어떻게 된 일입니까? 제가 쓰러져 정신을 잃었고 그 후로 많
은 시간이 흐른 것 같은데….”

“지금 무슨 헛소리를 하는 건가?”

당느리가 웃으며 말했다.

“기껏해야 10분 정도야. 하지만 우리도 슬슬 걱정이 되긴 했
지. 한 대 얻어맞았다고 10분 동안이나 링 위에 기절해 누워 있
는 복싱 챔피언을 본 적 있나? 그렇게 세게 칠 생각은 아니었는

데… 미안하네.”

앙투완느가 이글거리는 시선으로 그를 쳐다보았다.

“기억나는군. 당신이 뤼팽이라는 사실이 폭로되자 당신이 광분했었지.”

당느리가 실망한 듯한 표정을 지었다.

“뭐라고! 지금 옛날 얘기하고 있는 건가? 자네가 기절해 있었던 시간은 10분밖에 되지 않았지만 그 사이 진척이 많았네. 뤼팽, 바르네, 그건 케케묵은 얘기가 되고 말았지! 이제 여기서 그 따위 것에 관심을 가지는 사람은 아무도 없어!”

“그럼 무엇에 관심이 있지?”

한때 자신의 친구들이었지만 지금은 시선을 피하는 무표정한 얼굴들을 둘러보며 앙투완느가 물었다.

“무엇에 관심이 있느냐고?”

장이 외쳤다.

“너의 과거! 오로지 너의 과거. 그리고 동시에 멜라마르 가의 과거. 그 둘은 하나니까.”

“그 둘이 하나라고?”

“빌어먹을! 내가 차근차근 가르쳐줘야 하겠군. 너 역시 부분적으로밖에 모르는 것 같으니까.”

두 사람이 몇 마디를 주고받는 동안, 나머지 사람들은 당느리가 요구한 대로 침묵을 지키며 시인만 하는 그들의 역할을 충실히 행하고 있었다. 그들 모두가 당느리의 공모자들이었다. 그들 중 어느 누구도 위르페 가의 살롱을 벗어난 기색을 보이지 않았다. 설사 약간의 의심이 그의 뇌리를 스쳐 지나갔다 하더라도 앙투완느 파즈로는 질베르트와 백작을 관찰하는 것만으로도 그 의심을 지울 수 있었다.

"어디 한번 이야기해 보시지. 나도 당신이 보고 해석한 내 과거를 알고 싶으니까. 그리고 다음은 내 차례가 될 거요."

"내 과거를 밝히겠다고?"

"그렇소."

"네 주머니에 들어 있는 서류들을 보고?"

"그렇소."

"그 서류들은 이제 너한테 없어."

주머니를 더듬어 지갑을 찾던 앙투완느의 입에서 욕설이 튀어나왔다.

"나쁜 놈! 네가 훔쳐갔지?"

"이미 말했듯이 우리에겐 내 문제를 갖고 왈가왈부할 시간이 없다네. 오로지 자네가 문제지. 이젠 됐으니 입 다물고 내 얘기나 듣게."

앙투완느는 스스로를 자제했다. 그는 팔짱을 끼고는 아를레트가 안 보이는 쪽으로 고개를 돌린 채 어디 한번 해보라는 식의 거만한 태도를 취했다.

그때부터 당느리에겐 그가 존재하지조차 않는 것처럼 보였다. 당느리는 질베르트와 백작을 상대로 이야기를 시작했다. 드디어 멜라마르 가의 비밀을 전체적으로, 그리고 상세하게 설명할 시간이 온 것이었다. 그는 경우에 따라 다르게 해석될 수 있는 사실들을 근거로 추측하기보다는 이론의 여지가 없는 서류들을 근거로 하나의 역사를 이야기하듯 짧고 명확한 문장으로 멜라마르 가의 비밀을 밝혀나갔다.

"제가 당신 가문의 족보를 좀더 거슬러 올라가더라도 용서해주시기 바랍니다. 악의 기원은 당신이 생각했던 것보다 더 먼 과거에 있었으니까요. 당신은 죄 없이 억울하게 돌아가신 두 조상의 불운에 사로잡혀 있었기 때문에 그 두 죽음이 1770년대, 다시 말해 멜라마르 가의 저택이 지어지고 대략 4분의 1 세기가 지난 시기에 발생한 작은 연애사건에 의해 결정되었다는 것을 모르고 계셨습니다."

"맞아요, 저택 전면의 머릿돌에 1750년이라고 적혀 있소."

백작이 동의했다.

"그러니까 1772년에 장군과 대사를 지내신 분의 부친이시고 감옥에서 돌아가신 분의 조부 되시는 프랑수와 드 멜라마르께서 저택을 새로 고쳐 지금의 모습으로 만드셨죠, 아닙니까?"

"맞아요, 그때 공사 내역서가 아직 나한테 남아 있소."

"당시 프랑수와 드 멜라마르는 한 거부의 딸, 너무나 아름다운 앙리에트와 막 결혼을 한 상태였어요. 두 사람은 서로 깊이 사랑했죠. 그녀에게 걸맞은 집을 마련해주고 싶었던 그는 당시 최고의 예술가들을 불러 저택을 손질했습니다. 막대한 돈이 들긴 했지만 그렇다고 해서 쓸데없이 돈을 낭비한 것은 아니었어요. 프랑수와와, 그의 표현에 따르자면, 너무나 다정한 앙리에트는 아주 행복하게 지냈어요. 젊은 남편에겐 자신의 아내보다 더 예쁜 여자는 세상 어디에도 없었죠. 저택 내부를 장식하기 위해 그가 고르거나 주문했던 예술작품이나 가구들보다 더 취향이 뛰어나고 더 매력적인 것은 아무것도 없어 보였어요. 그래서 그는 그것들을 정리하고 목록을 작성하며 시간을 보냈죠.

그런데 자식들의 교육에 온통 정신이 팔려 있었던 백작 부인은 평온하고 은밀한 즐거움들로 가득한 그 생활에 늘 만족했지만 그 단조로움에 조금씩 싫증을 느끼고 있었던 프랑수와 드 멜라마르는 그렇질 못했어요. 불운하게도 그는 젊고 예쁘고 재기발랄한 연극배우, 재능은 없지만 야망은 컸던 발네리에게 그만 푹 빠지고 말았어요. 겉으로 보기에는 아무것도 변한 게 없었죠. 앙리에트에 대한 프랑수와 드 멜라마르의 애정과 존중심에는 변함이 없었어요. 그의 표현대로 하자면, 그녀는 그의 삶의 8분의 7이었죠. 하지만 그는 매일 아침 10시부터 오후 1시까지 산책을 하거나 유명한 화가들의 아틀리에를 방문한다는 핑계를 대고 정부를 찾아가 함께 식사를 했어요. 그가 극도로 신중하게 처신했기 때문에 그의 다정한 앙리에트는 아무것도 눈치를 채지 못했죠.

이중생활을 즐기던 바람난 남편에겐 아쉬운 점이 하나 있었어요. 매일 포부르 생-제르맹 한복판에 위치한 위르페 가의 저택과 그가 애지중지하는 골동품들 곁을 떠나 그의 눈을 즐겁게 해주는 것이라곤 아무것도 없는 평범한 집에서 한나절을 보내야 한다는 것이었죠. 아내를 속이면서도 가책을 느끼지 않았던 그였지만 그 소중한 집에 등을 돌려야 한다는 것만은 견딜 수가 없었어요. 그래서 그는 당시의 파리 정반대편, 돈 많은 부르주아들과 대영주들이 앞다투어 별장을 지었던 옛 습지 구역에 모든 점에서 위르페 가의 저택과 똑같은 저택을 짓게 했어요. 가구들도 똑같은 것으로 들여놓았죠. 그래도 자신이 벌인 그 엉뚱한 짓을 아무도 눈치채지 못하도록 바깥 모습만은 다르게 만들었어요. 하지만 그가 폴리-발네리라고 불렀던 그 저택의 앞마당으로 들어서기만 하면 프랑수와는 마치 금방 떠나온 위르페 가의 저택으로 되돌아온 듯한 느낌을 가질 수 있었어요. 문이 닫히는 소리까지 똑같았으니까요.

발에 밟히는 마당의 포석들도 재질이 같았고, 현관 층계의 계단 수도 같았으며, 현관에 깔린 타일도, 각 방에 배치된 가구들도, 그곳에 놓인 물건들도 모두 같았어요. 더 이상 그의 취향과 습관에 거슬리는 것은 아무것도 없었죠. 그는 다시 집에 돌아온 셈이었고, 똑같은 식으로 그 집을 돌봤어요. 그는 거기서도 위르페 가의 저택에서처럼 물건들을 분류하고 카탈로그와 목록을 작성하며 시간을 보냈어요. 그의 편집증세는 이 집에서든 저 집에서든 아무리 사소한 물건이라도 눈에 띄지 않거나 제자리에 없으면 참아내지 못하고 시름시름 앓을 정도였죠.

더없이 세련된 취향이었지만 아뿔싸! 그것이 그의 목숨을 앗아가고 여러 세대 동안 후손들의 운명을 비극적으로 만들 줄 그가 어떻게 알았겠습니까? 이러한 그의 취향은 입에서 입으로 전해져 서서히 이 살롱 저 살롱, 이 골목 저 골목을 떠돌아다니게 되었어요. 마르몽텔, 갈리아니 신부 그리고 배우 플뢰리가

그들의 회상록이나 편지에서 말을 돌려 은근히 그 사실을 언급
하기도 했죠. 사정이 이렇다보니 그때까지 까맣게 모르고 있었
던 발네리도 그 사실을 알게 되었어요.

자신의 연인에게 절대적인 영향력을 행사한다고 믿고 있었던
발네리는 노발대발하며 둘 중 하나를, 자신과 그의 아내가 아니
라 두 저택 중 하나를 선택하라는 최후 통첩을 했어요. 프랑수
와는 조금도 망설이지 않았어요. 그는 위르페 가의 저택을 선택
했고, 발레리에게 그림(Grimm) 덕분에 우리에게까지 전해지는
이 멋 떨어진 쪽지를 써보냈죠.

우리가 만난 이후로 당신이나 나나 열 살을 더 먹었으니 도합 이십
년의 세월이오. 함께 이십 년의 세월을 보냈으니 이제 인사를 나누고
아름답게 헤어지는 편이 낫지 않겠소?

따라서 그는 비에이유-데-마레 가의 저택을 물려주고 발네
리와 헤어졌어요. 그 집에 있는 골동품들에게도 위르페 가의 집
에서도 얼마든지 볼 수 있는 만큼 아무런 아쉬움 없이 작별을
고한 그는 그 후로 앙리에트에게만 모든 걸 바쳤죠.

발네리의 분노는 극에 달했어요. 다행히도 앙리에트가 외출
하고 없던 어느 날, 그녀가 느닷없이 위르페 가의 저택으로 찾
아와 난동을 부리자 프랑수와는 욕설과 완력을 사용해 그녀를
강제로 내쫓아버렸죠.

그때부터 그녀는 오로지 복수만을 생각했어요. 삼 년 후, 혁

명이 일어났죠. 못생기고 성깔 고약한 여자로 변해 있었지만 여전히 돈이 많았던 그녀는 혁명에 가담해 모종의 역할을 했고, 푸키에-빌(Fouquier-Tinville, 혁명 후 공포정치가 한창일 때 혁명재판소에서 무자비한 활약을 펼친 검사이자 정치인)의 측근이었던 마르탱이라는 사람과 결혼했어요. 그녀는 그토록 아끼던 저택을 차마 떠나지 못하고 있던 멜라마르 백작을 고발했고, 프랑스 혁명력 제11월이 시작되기 며칠 전 그와 그의 다정한 앙리에트를 단두대의 이슬로 사라지게 만들었어요.”

당느리가 이야기를 멈추었다. 다들 그 기묘한 이야기에 귀를 기울이고 있었지만 파즈로만은 별 관심이 없다는 듯 딴청을 피우고 있었다. 멜라마르 백작이 말했다.

“고조부의 은밀한 생활에 관한 기록이 우리 대까지 전해지지는 않았어요. 하지만 우리도 집안에서 입에서 입으로 전해진 이야기를 통해 발네리라는 삼류 여배우가 고조부와 고조모를 고발했었다는 사실은 알고 있었습니다. 그 나머지에 대해서는 혼란기에 집안의 모든 기록들이 망실되는 바람에 우리 대에까지 전해진 것이라곤 각종 내역서들과 꼼꼼하게 작성된 목록들뿐이라 전혀 모르고 있었어요.”

“하지만 마르탱 부인의 기억 속에는 그 비밀이 생생하게 남아 있었어요.”

당느리가 말을 이었다.

“과부가 된(푸키에-빌의 친구 역시 단두대의 이슬로 사라졌기 때문에) 그녀는 방치되어 있던 폴리-발네리 저택으로 이사해

결혼생활에서 생긴 아들과 함께 은둔 생활을 하며 그에게 멜라
마르 가문에 대한 증오를 심어주었습니다. 프랑수와 부부의 죽
음에도 그녀의 한은 풀리지 않았지요. 멜라마르 집안의 장남,
쥘르 드 멜라마르가 나폴레옹 시대에는 장군으로서 그리고 후
에 왕정복고 시대에는 외교관으로서 영광을 누리자 그녀는 또
다시 치밀어 오르는 분노와 앙심으로 전전긍긍했어요. 그녀는
평생 그를 궁지에 빠뜨리기 위한 기회만 노렸죠. 그 와중에 온
갖 영광을 안고 그가 다시 위르페 가의 저택으로 들어가자 그녀
는 그를 감옥으로 보내기 위한 가증스러운 음모를 꾸몄습니다.

쥘르 드 멜라마르는 그의 범죄를 입증하는 명백한 증거들 앞
에 무너지고 말았어요. 그는 자신이 저지르지 않았지만 피해자
들이 그의 살롱과 똑같다고 증언한 살롱 안에서, 그의 것이 분
명한 가구들 사이에서, 그의 것이 분명한 장식 융단 앞에서 저
질러진 범죄의 범인으로 몰리고 말았죠. 이것이 발네리의 두 번
째 복수였습니다.

그로부터 22년 후, 아들을 먼저 보낸 그녀는 거의 백 살까지
장수하다 마침내 숨을 거두었어요. 하지만 그녀는 그녀가 직접
증오와 범죄를 가르치며 키운, 그녀를 통해 똑같이 생긴 두 저
택의 비밀을 이용하는 법을 알고 있었던 손자, 당시 열다섯 살
이었던 도미니크 마르탱을 남겨놓았지요. 그 소년은 나중에 치
밀한 계획을 세워 나폴레옹 3세의 전속 부관이었던 알퐁스 드
멜라마르를 함정에 빠뜨렸죠. 자신의 살롱에서 두 여인을 살해
한 혐의로 기소된 알퐁스는 결국 자살하고 말았습니다. 도미니

크 마르탱이 바로 지금 검찰이 쫓고 있는 그 노인입니다. 로랑스 마르탱의 아버지이기도 하죠. 진짜 드라마는 이제부터 시작입니다.”

당느리의 표현대로 진짜 드라마가 시작되고 있었다. 이전의 이야기는 프롤로그, 준비 과정에 불과했다. 이제 그들은 모든 것이 전설의 모습을 띠는 먼 시대에서 나와 오늘의 현실로 걸음을 옮기고 있었다. 전설 속의 인물들이 아직 존재하고 있었고, 그들은 그 인물들이 행한 악의 직접적인 상처를 느끼고 있었다.

당느리가 계속 말을 이었다.

“이처럼 단 두 인물에 의해 18세기 말의 몇 해와 20세기 초의 몇 해가 연결됩니다. 프랑수와 드 멜라마르의 정부는 한 세기를 훌쩍 뛰어넘어 시의원 르쿠르쇠의 살인자에게 손을 빌려주었던 것입니다. 그녀가 아직도 그에게 지시를 내리고 있고, 자신의 원한을 불어넣고 있습니다.

세월이 지나면서 그들의 음모에는 새로운 동기가 발생했습니다… 증오에는 변함이 없었지만 도미니크 마르탱에게 내재되어 있던 유전적이고 본능적인 증오에 그때까지는 중요한 역할을 하지 않았던 힘, 다시 말해 금전적인 필요가 결합되게 됩니다. 알퐁스 드 멜라마르를 자살에 이르게 한 음모에는 강탈과 사기까지 포함되어 있었으니까요. 하지만 도미니크는 그렇게 모은 금품도 할머니가 물려준 유산과 마찬가지로 금방 탕진하고 말았어요. 악행과 도둑질로 얻은 돈인 만큼 헤프게 마구 썼던 거죠. 그런데 위르페 가의 저택이 그에게 제공해주었던 일종의 알리바이 덕택에 손쉽게 범죄를 저지를 수 있었던 그는 멜라마르 집안이 그 저택을 폐쇄하고 지방으로 도피해 한 세대가 지나도록 돌아오지 않자 짭짤한 수입을 가져다주는 범죄를 저지를 수도, 집안의 적들을 괴롭힐 수도 없게 되었던 겁니다.

당시 도미니크의 생존 수단이 무엇이었는지, 같이 어울린 몇몇 패거리들과 무슨 짓을 하고 돌아다녔는지는 저로서도 정확하게 말씀드릴 수가 없습니다. 그는 일찌감치 아주 착한 한 여자와 결혼을 했는데, 그 여자는 슬픔을 이기지 못하고 세 딸, 빅토린느, 로랑스 그리고 펠리시떼를 남겨둔 채 세상을 떠나고 말았어요. 세 딸은 발네리 저택에서 아무렇게나 자랐어요. 빅토린느와 로랑스는 일찍부터 아버지의 일을 도왔지만, 어머니에게서 선한 본성을 물려받았던 펠리시떼는 그들로부터 달아나 파즈로라는 이름을 가진 선량한 사내와 결혼해 함께 남미로 떠나버렸죠.

그로부터 15년이 흘렀어요. 그들의 사업은 악화 일로를 걷고 있었죠. 도미니크와 그 두 딸은 무슨 일이 있어도 유일하게 남은 유산인 낡은 저택만은 팔지 않으려고 했어요. 세를 주거나 담보로 잡히지도 않았죠. 기회가 오기만을 기다리며 그대로 보존해야 했어요. 또 다른 저택, 위르페 가의 저택이 새로이 문을 열었는데 어떻게 희망을 걸지 않을 수 있었겠습니까? 아드리엥 드 멜라마르 백작과 그의 누이 질베르트가 과거의 무시무시한 교훈을 잊고 다시 파리로 올라왔던 겁니다. 그들은 쥘르와 알퐁스 드 멜라마르를 상대로 성공했던 것을 다시 시작할 작정으로 기회만 엿보고 있었어요.

그런데 바로 그때 운명의 신이 다시 개입하고 나섰죠. 남미로 달아났던 도미니크의 셋째 딸, 펠리시떼는 아들 하나를 남겨둔 채 남편의 뒤를 이어 부에노스아이레스에서 사망했습니다. 당시 아들의 나이 열일곱이었고, 아무것도 가진 게 없었죠. 그가 어떻게 했겠습니까? 그는 부모의 고향, 파리로 되돌아오고 싶어 했습니다. 어느 날씨 좋은 날, 그는 아무 예고도 없이 할아버지와 이모들이 살고 있는 저택 대문을 두드렸습니다. 문이 반쯤 열렸죠. 그리고는, '뭘 원하시오? 당신 누구요?' '전 앙투완느 파즈로라고 합니다.'."

당느리가 전하는 자기 집안의 역사에 점점 더 큰 관심이 갔지만 그것을 애써 감추고 있던 앙투완느 파즈로가 자기 이름이 나오자 가볍게 고개를 돌리고는 어깨를 으쓱해 보이며 빈정거렸다.

"도대체 무슨 소리를 하고 있는지 모르겠군! 어디서 그런 얘기들을 주워 모아 날 모함하는 거요? 발네리라고? 비에이유-데-마레 가의 저택? 저택이 둘이라고? …그 따위 얘긴 내 평생 들어본 적이 없소… 상상력 하난 정말 뛰어나군."

당느리는 앙투완느의 빈정거림에는 전혀 개의치 않고 말을 이어갔다.

"프랑스에 막 도착한 앙투완느 파즈로는 집안의 과거에 대해 거의 아는 것이 없었습니다. 그는 어머니를 무척 사랑한, 어머니가 그에게 교육시킨 원칙들에 따라 살아가길 원한 영리하고 선량한 청년이었죠. 그의 할아버지와 이모들도 성급하게 그들 일에 그를 끌어들이려 하진 않았어요. 그가 재능은 뛰어나지만 안일하고 게으른데다 낭비벽이 심하다는 사실을 곧 알아차린 그들은 어떻게든 시간을 벌려고 했죠. 그들은 이러한 그의 결점들을 나무라기는커녕 오히려 부추겼어요. '그래, 즐기거라, 애야. 세상에 나가서 사람들을 사귀거라. 돈 걱정일랑 말고. 떨어지면 또 구하면 되니까.' 즐기고 노름을 하느라 빚이 늘어가자 앙투완느는 자신도 모르는 사이에 조금씩 어두운 세계로 끌려들어갔어요. 그러던 어느 날, 그의 이모들이 파산을 했으니 이제 그도 일을 해야만 한다고 말했죠. 큰이모, 빅토린느도 일을 하고 있지 않니? 생-드니 가의 고물가게를 꾸려가느라 고생을 하고 있지 않니?

앙투완느는 순순히 응하지 않았습니다. 일을 하라고? 스물네 살 한창때에, 재간 많고 인상 좋은데다 삶에 적당히 닳아 거추장스러운 양심의 가책도 떨쳐버린 청년에게 할 일이 고작 그것뿐이란 말인가? 이 말을 들은 두 이모는 옳다구나 하며 그에게 집안의 과거를, 프랑수와 드 멜라마르와 발네리에 얽힌 이야기를 들려주고, 감쪽같이 닮은 두 저택의 비밀을 알려주었죠. 그들은 그들 집안의 음모에 걸려들어 죽어간 사람들에 대해선 일언반구도 하지 않고 큰 돈벌이가 될 수 있다는 말만 늘어놓았어요. 그로부터 두 달 후, 앙투완느는 재간을 부려 멜라마르 백작 부인과 그 오빠 앞에 모습을 드러냈어요. 그리고 위르페 가의 저택에 드나들어도 좋다는 허락을 받았죠. 그에겐 절호의 기회었어요. 막 이혼을 하고 오빠 곁으로 돌아온 질베르트는 아름다운데다 돈까지 많았으니까요. 그는 백작 부인과 결혼하기로 마음을 먹었던 겁니다."

그 순간, 파즈로가 격렬하게 항의했다.

"나도 같은 꼴이 될까봐 말도 안 되는 당신의 모함에 일일이 대꾸하지 않으려 했지만 내가 질베르트 드 멜라마르에게 가졌던 순수한 감정을 그 따위로 변질시키는 것은 도저히 참을 수가 없소!"

"젊은 파즈로가 백작 부인에게 연정을 품었던 건 사실이었어요."

장이 그에게는 직접 말하지 않은 채 한 발 물러섰다.

"하지만 그에겐 무엇보다 미래가 걸린 일이었죠. 백작 부인에게 접근하기 위해서는 우선 제대로 차려입고 지갑이 두둑해야 했어요. 그는 늙은 도미니크의 노여움을 사기는 했지만 이모들을 졸라 여배우 발네리의 가구 몇 점을 팔게 했어요. 그리고 일 년 동안 그는 조심스럽게 백작 부인에게 구애를 했죠. 하지만 허사였어요. 당시 백작은 그를 전혀 신뢰하지 않았으니까요. 멜라마르 백작 부인도 어느 날 그가 너무 당돌하게 나오자 하인을 불러 내쫓아버렸죠.

꿈이 무너져 내리는 순간이었어요. 모든 걸 다시 시작해야만 했죠. 하지만 그는 무일푼이었어요! 이 가난에서 어떻게 벗어나지? 굴욕감과 앙심이 그의 내부에 그나마 남아 있던 모친의 영향을 파괴했고, 그 틈으로 발네리 혈통의 모든 사악한 본능들이

스며들어왔죠. 그는 복수를 하겠다고 맹세하게 됩니다. 복수의 날을 기다리며 그는 이런저런 잡일을 하고, 여행을 하고, 사기를 치고, 모조품을 팔아 생활하게 되죠. 또 다시 빈털터리가 되어 파리에 들르게 되면 할아버지와 격렬한 말다툼을 해서라도 가구들을 팔았어요. 샤퓌이가 만든 그 가구들이 외국으로 팔려 나갔다는 증거는 빅토린느의 소재지를 찾다가 한 골동품상에 들른 베슈와 내가 우연히 발견했습니다.

저택은 서서히 비워져 갔습니다. 아무렴 어때? 중요한 것은 저택을 갖고 있고 살롱과 층계, 현관, 마당의 외관에 손을 대지 않는 것이었어요. 그 점에 있어서만은 마르탱 자매도 완강했어요. 두 살롱이 절대적으로 똑같아야만 했죠. 안 그러면 모든 게 들통이 날 수도 있었으니까요. 그들은 프랑수와 드 멜라마르가 작성한 목록과 카탈로그들 사본을 가지고 있었죠. 그들은 그 사본에 나와 있는 물건이 하나라도 없어지는 걸 용납하지 않았어요.

로랑스 마르탱이 특히 악착스러웠죠. 그녀는 아버지에게서 물려받아 위르페 가의 열쇠들, 다시 말해 멜라마르 저택의 열쇠들을 가지고 있었어요. 그녀는 야음을 틈타 여러 차례 그곳에 숨어들었습니다. 이렇게 해서 어느 날, 멜라마르 백작은 자잘한 물건들 몇 개가 없어진 사실을 발견하게 된 겁니다. 로랑스가 왔던 거죠. 그녀는 그녀 집에 있던 것이 없어졌기 때문에 초인종 리본을 잘랐어요. 그녀는 그녀 집에 있던 똑같은 물건들이 어디로 갔는지 알 수 없었기 때문에 촛농받이와 열쇠구멍을 훔쳤던 겁니다. 아무런 가치도 없는 물건들? 물론 물건 그 자체로는 별 가치가 없다고도 할 수 있죠. 하지만 언니 빅토린느는 고물가게를 꾸려나가고 있었어요. 그녀에게는 모든 물건이 가치가 있었죠. 그녀는 훔친 물건들의 일부는 벼룩시장에 내다 팔았고-우연히 제 손에 들어온 그 물건들 말입니다-나머지 일부는 제가 파즈로를 만난 고물가게에 뒀어요.

당시 마르탱 가 사람들에게는 되는 일이 없었어요. 돈도 다 떨어져갔죠. 먹을 것조차 변변하게 없는데 더 이상 내다 팔 것도 남아 있지 않았어요. 그나마 남아 있는 것에는 할아버지가 손도 못 대게 했죠. 이제 어떻게 하지? 그런데 바로 그때 오페라 극장에서 화려한 자선 축제가 벌어졌던 겁니다. 로랑스 마르탱의 잘 돌아가는 머릿속에 다이아몬드 코르슬렛을 훔치자는, 대담하기 짝이 없는 아이디어가 떠올랐어요.

아, 기가 막힌 아이디어야! 앙투완느 파즈로는 흥분을 감추지 못했죠. 그는 24시간 만에 모든 걸 준비했어요. 밤이 되어 패션쇼가 시작되자, 그는 슬그머니 무대 뒤로 숨어 들어가 갖고 갔던 조화(造花) 다발에 불을 붙여 화재를 연출하고는 레진느 오브리를 납치해 훔친 차에 태웠어요. 사실 차 안에서 다이아몬드 코르슬렛을 강탈하고 끝냈으면 어쩌면 사건은 미궁에 빠졌을 수도 있었을 겁니다. 그런데 로랑스 마르탱은 더 많은 것을 원했어요. 발네리의 증손녀는 잊지 않고 있었죠. 그녀는 대를 이어 전해진 증조모의 복수를 위해 범죄가 비에이유-데-마레 가의 살롱, 멜라마르 가의 살롱과 똑같은 살롱에서 이루어지길 원했어요. 범죄가 발각된다면 의심의 눈길을 위르페 가로 쏠리게 할, 쥘르와 알퐁스 드 멜라마르를 대상으로 성공했던 일을 현 백작에게도 시도해볼 좋은 기회였던 거죠.

따라서 범죄는 발네리의 살롱에서 저질러졌어요. 로랑스는 백작 부인처럼 작은 진주 세 개가 삼각형 모양으로 배열되어 있는 반지를 손가락에 끼고 있었고, 백작 부인처럼 검은 벨벳 띠가 둘러진 짙은 자주색 옷을 입고 있었죠. 그리고 앙투완느 파즈로는 백작처럼 밝은 색의 각반을 차고 있었고요… 두 시간 후, 로랑스 마르탱이 멜라마르 저택으로 숨어들어 서가의 책들 중 하나에 훔친 은 튜닉을 감추었고, 그로부터 몇 주 후, 저와 함께 저택을 방문했던 베슈 반장이 그것을 찾아냈던 겁니다. 명백한 증거가 발견됨에 따라 백작은 체포되었죠. 그의 누이는 달아났습니다. 멜라마르 가의 명예가 또 다시 더럽혀지는 순간이었죠. 백작이 누명을 쓴 채 투옥되어 자살을 생각하고 백작 부인은 은신처에서 실의에 빠져 있던 순간, 발네리의 후손들은 복수를 통쾌해하며 희희낙락하고 있었던 겁니다.”

장의 설명이 진행되는 동안 끼여드는 사람은 아무도 없었다. 그는 손을 움직여 말에 리듬감을 주며 보다 메마른 어조로 설명을 이어나갔다. 그의 한마디 한마디에 두 집안에 얽힌 어두운 역사의 우여곡절이 마침내 논리적이고 확연한 모습으로 되살아나는 것 같았다.

앙투완느가 껄껄대며 웃기 시작했다. 일부러 꾸민 웃음 같지는 않아 보였다.

"앞뒤가 척척 맞아떨어지는 것이 아주 재미있군. 반전에 반전이 거듭되는 연재소설처럼. 아무튼 축하드리오, 당느리. 그런데 불행하게도, 나에 관한 한, 내가 마르탱 가의 후손이라는 터무니없는 주장이나 나로선 금시초문인 그 두 번째 저택의 존재 사실에 관해 굳이 반박을 하지 않더라도, 불행하게도 나의 역할은 당신이 주장하는 것과는 정반대였소. 난 누굴 납치해본 적도 없고, 다이아몬드 코르슬렛을 훔친 적도 없소. 내 친구인 멜라마르 백작 남매, 아를레트, 베슈 그리고 당신 자신이 내 행동을 통해 느낄 수 있었던 것은 성실, 무욕, 배려, 우정뿐이었소. 당신이 헛다리짚은 거요, 당느리."

어떤 면에서 볼 때는 맞는 말이었기 때문에 백작과 그 누이는 적잖이 흔들렸다. 겉에서 본 앙투완느 파즈로의 행동은 전혀 나무랄 데가 없었다. 게다가 그가 그 두 번째 저택의 존재를 모르고 있을 수도 있었다. 당느리가 조금도 물러서지 않고 말을 이어갔다.

"우린 가끔 겉으로 드러난 얼굴과 행동만 보고 잘못된 판단을 내리기도 하죠. 하지만 전 파즈로의 겉모습에 전혀 현혹되지 않았습니다. 그의 이모 빅토린느의 가게에서 그를 처음 봤을 때부터 나는 그가 바로 우리의 적수라고 생각했고, 그날 밤 베슈와 함께 장식 융단 뒤에 숨어 그가 말하는 것을 엿들었을 때 나의 의심은 확신으로 변했습니다. 파즈로가 연기를 하고 있다는 걸 알았으니까요. 단지, 내가 그를 본 그날부터 그의 행동이 날 어리둥절하게 만들었다는 점만은 솔직히 고백하겠습니다. 분명

적수로 여겨졌던 자가 갑자기 그 자신과 그리고 그가 꾸미고 있는 것처럼 보였던 계획들과 모순되는 행동들을 하기 시작했으니까요. 마치 진영을 바꾼 것처럼 그가 멜라마르 가의 사람들을 공격하기는커녕 오히려 보호하려 들었으니까요. 도대체 어떻게 된 영문일까? 해답은 아주 간단했어요. 아를레트가, 우리의 어여쁜 아를레트가 그의 삶에 끼여들었던 겁니다."

앙투완느가 웃으며 어깨를 으쓱했다.

"점점 더 재미있어지는군. 이것 보시오, 당느리, 지금 내 본성이 아를레트 때문에 바뀌었다고 주장하는 거요? 그녀가 날 내가 당신보다 먼저 쫓고 있었던 그 불한당들의 공모자로 만들었다는 거요?"

당느리가 대답했다.

"아를레트가 그의 삶에 끼여든 건 최근의 일이 아니었어요. 멜라마르 백작님, 아를레트가 지금은 유명을 달리한 따님과 너무나 닮아 여러 차례 그녀 뒤를 밟은 적이 있다고 말씀하신 것 기억하시죠? 그런데 직접 혹은 이모들을 통해 당신을 감시하고 있었던 앙투완느가 당신이 뒤쫓던 아가씨를 눈여겨봐 두었다가 뒤를 미행해 집까지 좇아가고, 어둠 속을 배회하고, 심지어 그녀가 외출을 했던 어느 날 저녁에는 접근을 시도하기까지 했던 겁니다. 단지 호기심으로 시작된 것이 나날이 깊어가는 연모의 감정으로 변했던 거죠. 백작 부인의 경우에서 확인할 수 있었듯 앙투완느가 현실적인 사업과 소설적인 꿈들을 뒤섞어놓을 수 있는 감상적인 청년이라는 사실을 잊어서는 안 됩니다. 사랑에 빠진 그는 아를레트를 포기할 수가 없었죠. 레진느의 납치로 자신감을 얻은 그는 조금도 망설이지 않았습니다. 그는 위험하다며 망설이는 로랑스 마르탱을 설득해 아를레트를 납치했던 겁니다.

그는 아를레트를 납치해 감금해뒀다가 그녀가 약해진 틈을 이용해 자신의 여자로 만들 생각이었어요. 하지만 아를레트가 달아나는 바람에 그 계획은 수포로 돌아가고 말았죠. 그러자 그는 절망에 빠져 며칠 동안 더없이 큰 고통에 시달렸습니다. 그녀 없이는 살 수 없었으니까요. 그는 그녀가 보고 싶었어요. 그녀에게 사랑받고 싶었죠. 그래서 그는 계획을 완전히 바꿔 아를레트와 그녀의 모친을 찾아갔어요. 그는 자신을 멜라마르 백작 남매의 옛 친구라고 소개하고 그들의 결백을 주장했어요. 그는 아를레트에게 그들의 결백을 증명할 수 있도록 도와달라고 간청했던 겁니다.

멜라마르 백작님, 이제 그가 전략의 수정을 통해 무엇을 얻어내려 했는지 그리고 그것을 어떻게 얻어냈는지 아시겠죠? 그는 자신의 실수를 만회하고 싶어하던 아를레트의 호감을 샀고, 그녀의 도움으로 만난 백작 부인을 설득해 검찰에 출두하게 했으며, 마침내 그녀와 당신을 구해냈습니다. 이러한 그의 행동에 당황한 제가 생각하느라 시간을 보내고 있는 동안, 그는 당신의 살롱을 마치 자기 집처럼 드나들었죠. 당신들은 그를 은인으로 맞아들였습니다. 그는 아를레트가 가슴에 품고 있던 꿈을 실현

할 수 있도록 몇 백만 프랑을(물론 다이아몬드를 팔아 마련한)
선뜻 내놓았고, 그가 구렁에서 구해준 사람들의 지원을 받아 아
를레트로부터 결혼약속을 받아낼 수 있었던 겁니다.”

아르센 뤼팽

앙투완느가 가까이 다가왔다. 그의 일거수일투족이 백일하에 드러나자 그의 얼굴을 뒤덮고 있던 무관심하고 냉소적인 표정이 가시기 시작했다. 그는 클로로포름으로 인해 신체적으로 허약한 상태였고 신경체계도 타격을 받아 온전치 못했다. 게다가 그는 자신을 철저히 조사해 그렇게 거센 반격을 가하리라고는 예상치 못한 적수와 힘겨운 싸움을 벌이고 있었다. 그는 장 앞에 우뚝 서서 발산할 수 없는 분노로 덜덜 떨었지만 자신보다 강한 적수의 힘에 눌려 끝까지 귀를 기울이지 않을 수 없었다. 그가 분노에 찬 목소리로 더듬거리며 말했다.

"당신은 거짓말을 하고 있어! 당신은 야비한 사람이야! 당신은 질투 때문에 날 공격하는 거야!"

"그럴지도 모르지."

당느리가 갑자기 앙투완느를 향해 홱 돌아서면서, 이제까지 거부해오던 직접적인 결투를 마침내 받아들이면서 말했다.

"그럴지도 모르지. 나 역시 아를레트를 사랑하니까. 하지만 자네 적은 나만이 아니었어. 이젠 전에 자네와 공모했던 자들이 자네의 진짜 적이야. 바로 자네 조부와 이모지. 자네는 새 사람이 되고 싶어하는데, 그들은 여전히 완강하게 과거에 집착하고 있으니까."

"공모자들이라니, 난 그런 사람들 모르오! 난 그들을 적수로서 알고 있었을 뿐이오. 난 그들을 색출하려고 싸우고 있었소."

"자네가 그들과 싸운 건 그들이 자네한테 방해가 되었기 때문이야. 자네 평판이 위태로워질까 두려워서, 그리고 그들을 무력화시키고 싶어서. 하지만 그 악당들, 그런 편집광들은 그 무엇으로도 무력화시킬 수 없어. 마레 지역 내에 비에이으-데-마레 가를 포함한 몇몇 도로를 확장하려는 도시 계획이 있었지. 그 계획이 실행된다면 새로운 도로가 발네리 저택을 통과하게 돼. 하지만 그건 도미니크 마르탱으로서도, 그의 딸들로서도 용납할 수 없는 일이었지. 그 집은 그들의 살과 피니까. 그 집을 파괴하는 건 그들에겐 신성모독이나 다름없으니까. 그래서 로랑스 마르탱이 평판이 안 좋은 한 시의원과 교섭을 하기 시작했어. 함정에 걸려든 그녀는 달아났고, 늙은 도미니크가 르쿠르쇠 씨를 권총으로 쏴 죽였지."

"내가 그 사실을 어떻게 알게 되었죠? 내게 그 살인 사건을 알려준 사람은 바로 당신이었소."

"그래. 하지만 살인자는 자네 조부였고, 로랑스 마르탱은 그 공모자였어! 그리고 같은 날, 그들은 자네가 사랑하는 여자를 죽이려고 공격했지. 사실, 자네가 아를레트를 사랑하지 않았다면, 그리고 그들의 만류에도 불구하고 그녀와 결혼하려는 마음이 없었다면, 자네는 집안의 대의를 저버리지는 않았을 거야. 아를레트는 불귀의 객이 되고 말았을 거고. 방해가 되면 누구든 제거해버리는 것이 자네 가문의 오랜 전통이니까. 자네가 제때 도착하지 않았다면, 외딴 창고로 유인되었던 아를레트는 그들이 지른 불에 산 채로 타 죽고 말았을 거야."

"그러니 난 아를레트의 친구요!"

파즈로가 고함을 질러댔다.

"그리고 난 그 패거리를 증오하는 그들의 적이오."

"그래. 하지만 그 패거리는 자네 가족들이야."

"거짓말!"

"그들은 자네 가족들일세. 그날 밤 자넨 그들과 함께 있었고, 내게 그 증거가 있어. 자네가 설사 그들에게 그들이 한 짓을 비난하고, 살인을 원치 않는다고 소리를 질러댔다고 해도, 아를레트의 머리카락을 한 올이라도 건드리면 가만 있지 않겠다고 위협을 했다고 해도 아무 소용이 없어. 자넨 자네의 조부, 이모들과 한패니까."

"난 강도들과 한패가 아니오!"

파즈로가 항의했다. 그는 공격을 당할 때마다 한 걸음씩 뒤로 물러서고 있었다.

"한패였지. 그들과 공모했을 때, 그들과 함께 도둑질을 했을 때."

"난 도둑질을 하지 않았소!"

"자넨 다이아몬드를 훔쳤어. 나아가, 자넨 그것들은 혼자 차지하려고 숨겨놓았어. 그들이 그들 몫을 요구했지만 자네는 거절했지. 그것도 자네와 그들이 서로 미친 듯이 싸우는 이유 중 하나야. 자네와 그들 사이에 사투가 벌어졌지. 경찰에 쫓기고 있는데다 자네가 밀고할지도 모른다고 생각한 그들은 겁에 질려 저택을 비워두고 마련해 두었던 교외 별장으로 피신했어. 하지만 그들은 포기하지 않았지. 그들은 다이아몬드를 원했어! 그들은 대대로 내려오는 그들의 집을 지키길 원했어! 그들이 자네에게 편지를 썼든지 전화를 했겠지. 이틀 밤 연속 샹-드-마르스 공원에서 약속이 있었어. 서로 의견 일치를 보지 못했지. 자네는 다이아몬드 분배를 거절했고, 결혼을 포기하길 거절했어. 그래서 세 사람은 최후의 방법으로 자넬 죽이려 들었지. 공원의 어둠 속에서 무자비한 격투가 벌어졌어. 더 젊고 강한 자네가 결국 승리자가 됐지. 하지만 빅토린느 마르탱이 악착같이 자넬 붙들고 늘어지자 자네는 칼로 찔러 그녀를 제거해버렸어."

앙투완느가 비틀거렸다. 그의 얼굴은 납처럼 창백하게 변해 있었다. 그 끔찍했던 순간이 떠올랐던 것이었다. 그의 이마에서 땀이 방울져 떨어졌다.

"그때부터 자넨 아무것도 걱정할 게 없는 사람처럼 보였지. 멜라마르 백작 남매의 측근이자 반 후벤의 친구이며 베슈의 조언자가 된 자네는 모든 걸 한 손에 쥐고 있었어. 자네의 계획? 시에서 발네리 저택을 수용해 철거하도록 방치함으로써 과거로부터 해방되는 것. 적절한 시기에 어느 정도의 보상은 하겠지만 마르탱 집안 사람들과 완전히 인연을 끊는 것. 다시 선량한 사람으로 돌아가는 것. 아를레트와 결혼하는 것. 위르페 가의 저택을 구입하는 것. 이렇게 해서, 적이었던 두 가문을 자네를 통해 통합시키는 것, 그리고 더 이상 도난이나 끔찍한 범죄에 이용되지 않을 그 저택과 가구들을 아무런 가책도, 걱정도 없이 즐기는 것. 이것이 바로 자네의 목표였지.

그런데 골치 아픈 장애물이 하나 있었어! 나 말이야. 자넨 내가 자네한테 반감을 갖고 있다는 걸 알고 있었고, 아를레트에 대한 내 감정에 대해서도 모르지 않았지. 자넨 후환을 남기지 않기 위해 날 이번 사건에 연루시키는 예방 조치를 취했어. 그건 자네의 안전을 도모할 수 있는 최상의 수단이었지. 날 범인으로 몰고 슬그머니 빠져나갈 수 있는. 자네는 종이에 아르센 뤼팽이란 이름을 적어 빅토린느의 주머니에 남김으로써 날 압박하려고 했어. 장 당느리가 바로 아르센 뤼팽이다. 자넨 신문을 통해 이렇게 주장했고, 베슈로 하여금 날 쫓게 만들었지. 우리 둘 중에 누가 이길까? 둘 중에 누가 먼저 상대방이 체포되도록 만들까? 물론 자네라고 생각했겠지, 그렇지 않나? 자네는 승리를 확신한 나머지 노골적으로 날 자극했어. 대단원이 가까워오고 있었어. 시간 문제였지. 우린 경찰이 지켜보는 가운데 마주 섰어. 베슈가 우리 둘 중 하나를 선택하기만 하면 끝이었지. 상황이 너무 긴박했기 때문에 나는 흔히 말하듯 숨을 돌리기 위해 자네한테 주먹을 날렸던 거야.”

앙투완느 파즈로는 주위를 돌아보며 지지와 동정을 구했다. 하지만 백작 남매와 반 후벤은 차가운 시선으로 그를 관찰하고 있었다. 아를레트는 다른 생각에 빠져 있는 듯이 보였고, 베슈는 먹이를 잡은 경찰의 냉혹한 표정을 짓고 있었다.

그는 몸을 부르르 떨고는 정신을 추슬러 다시 한 번 적과 맞서보려 했다.

“증거가 있소?”

“스무 가지는 족히 되네. 난 일주일 전부터 힘들여 찾아낸 마르탱 집안 사람들의 그림자 속에서 살았지. 난 로랑스가 자네한테 보낸 편지들과 자네가 로랑스에게 보낸 편지들을 갖고 있어. 수첩도 하나 있는데, 빅토린느 마르탱이 쓴 일종의 일기로 발네리와 자네 집안에 얽힌 모든 이야기가 자세히 적혀 있지.”

“그런데 왜 그 모든 걸 경찰에 넘기지 않았소?”

앙투완느가 손가락으로 베슈를 가리키며 말했다.

“우선 모두가 모인 자리에서 자네의 가증스러운 계략을 입증하고 싶었기 때문이고, 그 다음은 자네에게 구원받을 방법을 남겨주고 싶었기 때문이지.”

“어떤 방법?”

“다이아몬드를 돌려주게.”

"하지만 내겐 없소!"

"자네한테 있어. 로랑스 마르탱이 자넬 괴롭히는 것도 그 때문이야. 다이아몬드는 숨겨져 있어."

"어디에?"

"발네리 저택에."

앙투완느가 버럭 화를 냈다.

"그럼 있지도 않은 그 저택을 당신은 알고 있단 말이오? 당신이 지어낸 그 이상한 집을?"

"물론! 로랑스가 보고서를 담당한 시의원을 매수하려 했던 날, 그리고 내가 그 보고서가 한 도로의 확장에 관한 것이란 사실을 알게 된 날 찾아냈지. 그 도로를 안 이상, 앞에 마당이 있고 뒤에 정원이 딸린 저택의 부지를 찾는 건 어려운 일이 아니었어."

"그렇다면 왜 우리를 그곳으로 데려가지 않았소? 내 정체를 폭로하고 내가 그곳에 숨긴 다이아몬드를 내놓으라고 요구할 생각이었으면 왜 우릴 발네리 저택으로 데려가지 않은 거요?"

"우린 거기 와 있네."

당느리가 침착하게 말했다.

"뭐라고?"

"자넬 잠재워 멜라마르 백작 남매와 함께 여기로 데려오는 데 약간의 클로로포름만으로도 충분했네."

"여기?"

"그렇네, 발네리 저택."

“하지만 여긴 발네리 저택이 아니오! 여긴 위르페 가란 말이오.”

“여긴 자네가 레진느에게서 다이아몬드를 강탈했고 아를레트를 끌고 왔던 바로 그 살롱이네.”

“말도 안 돼… 말도 안 돼….”

제정신이 아닌 앙투완느가 중얼거렸다.

“놀랍지 않나?”

당느리가 빈정거렸다.

“발네리의 증손자이자 도미니크 마르탱의 손자인 자네조차 감쪽같이 속아넘어갈 정도로 완벽하게 똑같다니 말이야!”

“사실이 아냐! 당신이 거짓말을 하고 있는 거야! 그럴 리가 없어!”

파즈로가 물건들을 들여다보며 있지도 않은 차이점을 찾아내려고 애썼다.

그러자 장이 차가운 어조로 말을 이었다.

“여기네! 자네가 마르탱 가 사람들과 함께 살았던 곳이 바로 여기야! 저택 대부분이 비어 있지. 하지만 이 방엔 가구들이 다 갖추어져 있고, 층계와 마당에는 오랜 세월의 흔적이 남아 있어. 여긴 바로 발네리 저택이야.”

“거짓말! 거짓말!”

앙투완느가 괴로운 듯 더듬거리며 말했다.

“여기가 그곳이네. 저택은 포위되었어. 베슈도 거기서 우리와 함께 왔네. 그의 부하들이 마당과 지하실을 지키고 있지. 여기가 그곳이야, 앙투완느 파즈로! 여기가 바로 운명의 낡은 저택에 사로잡힌 도미니크와 로랑스 마르탱이 가끔씩 들렀던 곳이야. 그들을 보고 싶나? 그런가? 그들이 체포되는 모습을 보고 싶나?"

"그들을 본다고?"

"물론이지! 만약 그들이 나타나는 것을 본다면, 그들이 자기 집에 나타난 것이니 자네도 어쩔 수 없이 여기가 위르페 가가 아니라 비에이으-데-마레 가라는 것을 인정하게 될 거야."

"그들을 체포할 거요?"

"베슈가 거부하지만 않는다면…."

당느리가 농담조로 말했다.

벽난로 위에서 괘종시계가 날카로운 작은 소리로 6시를 알렸다. 그러자 당느리가 말했다.

"6시! 그들이 시간을 얼마나 잘 지키는지 자네도 알 거야. 지난번 밤에 난 그들이 정각 6시에 집을 한 바퀴 돌아보자고 약속하는 소리를 들었네. 창 밖을 보게나, 앙투완느. 그들은 항상 정원을 통해 들어오지. 보게."

앙투완느가 다가와 마지못해 망사 커튼을 통해 밖을 내다보았다. 다른 사람들 역시 불안한 표정으로 의자에 앉아 몸을 기울인 채 밖을 내다보려고 애썼다.

방치된 별채 가까이, 아를레트가 열고 달아났던 작은 문이 서서히 열렸다. 먼저 도미니크가 들어왔고, 로랑스가 그 뒤를 이었다.

"아! 어떻게 이런 일이… 어떻게 이런 악몽이!"

앙투완느가 중얼거렸다.

"이건 악몽이 아니네."

당느리가 빈정댔다.

"현실이지. 마르탱 부녀가 자기 영토를 둘러보러 온 거지. 베슈, 이 살롱 아래에 자네 부하들을 좀 배치해주겠나? 어딘지 알겠나? 낡은 화분들이 있는 방 말이네. 소리를 내면 안 돼. 조금만 이상한 기미가 보여도 마르탱 부녀는 그림자처럼 사라져버릴 테니까. 미리 말해 두겠는데, 이 저택은 사람을 속이기 위해 만들어진 집이네. 정원 아래에 비밀 통로가 하나 있지. 인적이 없는 거리 쪽으로 나 있고 이웃집 마구간과 통해 있네. 그러니까 그들이 창문에서 열 발자국 정도 떨어진 곳까지 오기를 기다렸다가 덮치게. 그들을 체포하면 포박해서 방에 데려다 놓게나."

베슈가 급히 나갔다. 아래에서 웅성거리는 소란이 일더니 이내 조용해졌다.

저 아래, 두 부녀가 범죄자 특유의 조심스런 태도로 살금살금 걸어오고 있었다. 그 조심스런 태도는 불안감 때문이 아니라 신경을 곤두세우고 눈과 귀에 주의를 기울이는 평상시 습관에서 비롯된 것 같았다.

"아! 어떻게 이런 일이!"

앙투완느가 다시 한 번 말했다.

하지만 가장 큰 충격을 받은 사람은 질베르트였다. 그녀는 두

악당이 천천히 다가오는 모습을 더없이 불안한 심정으로 지켜
보고 있었다. 자신들이 지금 위르페 가의 살롱에 있다고 믿을
수도 있었던 그들 남매에게 있어서 도미니크와 로랑스는 그들
가족을 그토록 괴롭혀왔던 그 족속의 대표들이었다. 그들이 또
다시 어두운 과거에서 나와 멜라마르 가 사람들을 불명예와 자
살로 내몰기 위해 공격해오는 것만 같았다.

질베르트가 의자에서 미끄러져 내려와 무릎을 꿇었다. 백작
은 분노로 주먹을 불끈 움켜쥐고 있었다.

"제발 부탁이에요, 움직이지 말아요. 자네도, 파즈로."

당느리가 말했다.

"저들을 그냥 보내주시오!"

파즈로가 애원했다.

"감옥에 갇히면 저들은 자살하고 말 거요. 저들은 내게 자주
그런 말을 했소."

"그래서? 다른 사람들을 감옥에서 자살하게 만든 건 괜찮
고?"

이제 열다섯 내지 스무 발자국 떨어진 곳까지 다가온 두 사람
의 모습이 정면으로 보였다. 그들은 똑같이 거만한 표정을 짓고
있었지만, 딸의 표정이 더 잔인해 보였다. 반면, 인간미라고는
조금도 찾아볼 수 없는, 앙상하게 말라 나이를 추측하기 힘든
아버지의 얼굴은 더 무시무시했다.

갑자기 그들이 멈춰 섰다. 소리가 난 것일까? 아니면 어디서
뭐가 움직인 것일까? 아니면 본능적으로 위험을 느낀 것일까?

수상한 낌새를 못 챘는지 그들이 동시에 다시 걷기 시작했다.

갑자기 뭔가가 사냥개들처럼 그들에게 달려들었다. 남자 셋이 펄쩍 뛰어내리더니 그들의 목과 손목을 붙잡았다. 그들에겐 달아나거나 어떻게 저항해볼 틈도 없었다. 비명조차 지를 수 없었다. 몇 초 후, 지하실로 끌려들어 갔는지 그들의 모습이 보이지 않았다. 처벌되지 않은 수많은 죄악의 보이지 않는 상속인, 도미니크와 로랑스가 이제 정의의 손에 넘겨진 것이었다.

잠시 침묵이 흘렀다. 질베르트는 무릎을 꿇은 채 기도를 하고 있었다. 아드리엥 드 멜라마르는 그를 짓누르던 묘비가 드디어 들어올려졌다고, 마침내 마음껏 숨쉴 수 있게 되었다고 느꼈다. 당느리가 앙투완느 파즈로에게 몸을 숙여 그의 어깨를 잡았다.

"이젠 자네 차례야, 파즈로. 자넨 저주받은 가문의 마지막 후계자야. 저 두 사람처럼 자네도 해묵은 빚을 갚아야 해."

태평스럽고 행복해 보이던 앙투완느 파즈로의 모습은 이제 온데간데없었다. 단 몇 시간 만에 그는 파멸에 이르러 비탄에 빠진 자의 얼굴을 하고 있었다. 그는 두려움에 떨고 있었다.

아를레트가 다가와 당느리에게 애원했다.

"저 사람을 구해주세요. 부탁이에요."

"그를 구해줄 순 없어. 베슈가 지키고 있으니까."

"제발 부탁이에요… 마음만 먹으면 당신은 뭐든 할 수 있잖아요."

"하지만 그가 원하지 않고 있어, 아를레트. 한마디만 하면 되는데 그가 거부하고 있어."

그러자 앙투완느가 벌떡 일어섰다.

"내가 뭘 어떻게 하면 되죠?"

"다이아몬드는 어디 있나?"

앙투완느가 주저하자 격분한 반 후벤이 그를 거칠게 몰아세웠다.

"다이아몬드를 내놔, 당장! …안 그러면 내가 널 파멸시켜버리겠어."

"시간 낭비 말게, 앙투완느."

당느리가 명령조로 말했다.

"다시 말하지만 저택은 포위되었네. 베슈가 부하들을 다시 배치하고 있는데, 그들 숫자는 자네가 생각하는 것보다 훨씬 많아. 내가 자넬 그들 손에서 빼내주길 원한다면 말을 하게. 다이아몬드는 어디 있나?"

"날 놓아줄 겁니까?"

"맹세하지."

"난 어떻게 되는 거죠?"

"남미로 가게 될 거네. 반 후벤이 자넬 위해 부에노스아이레스로 10만 프랑을 보내줄 거야."

"10만! 20만!" 반 후벤이 나중에 못 지키는 한이 있더라도 뭐든 약속할 태세로 외쳐댔다. "30만!"

앙투완느는 여전히 망설였다.

"그들을 불러야겠나?"

장이 말했다.

"아니, 아니… 잠깐만… 그러니까… 그렇다면 좋소… 동의하죠."

"말하게."

앙투완느가 낮은 목소리로 말했다.

"바로 옆… 규방에….”

"농담 말게!"

장이 말했다.

"옆방은 텅 비어 있어. 가구들이 모조리 팔려 나갔지."

"샹들리에만 빼고. 마르탱 영감이 가장 아끼는 물건이오."

"그럼 다이아몬드를 샹들리에 속에 숨겼군!"

"아뇨. 샹들리에 아래쪽에 달려 있는 작은 크리스털 몇 개를 다이아몬드와 바꿔치기했어요… 정확히 말하면, 하나씩 번갈아 가며. 다른 크리스털처럼 구멍을 뚫고 실로 꿴 것처럼 보이게 하려고 다이아몬드들을 얇은 철사 줄로 묶어놨어요."

"맙소사! 정말 기발한 생각을 하셨군!"

당느리가 탄성을 질렀다.

"자넨 정말 보통내기가 아냐."

당느리가 반 후벤의 도움을 받아 장식 융단을 젖히고 문을 열었다. 실제로 규방은 텅 비어 있었다. 크리스털들로만 이루어진 18세기 샹들리에 하나가 천장에 덜렁 매달려 있을 뿐이었다.

"아니, 뭐야?"

당느리가 놀라며 말했다.

"어디 있는 거지?"

세 사람이 모두 고개를 젖히고 찾아보았다. 이어 반 후벤이 더듬거리며 목멘 목소리로 말했다.

"아무것도 없어… 아래쪽 사슬들이 짝이 맞질 않아. 그게 다야."

"그렇다면…?"

장이 말했다.

반 후벤이 의자를 가져와 샹들리에 아래에 놓고 그 위로 올라갔다. 하지만 곧바로 균형을 잃고 떨어졌다. 그가 웅얼거렸다.

"떼어갔어! …누가 또 훔쳐갔어!"

앙투완느 파즈로는 어리둥절한 모습이었다.

"아니… 그럴 리가 없어요. 로랑스가 찾아낸 걸까…?"

"제기랄, 그랬군!"

말조차 거의 할 수 없는 지경이 된 반 후벤이 신음하듯 말했다.

"하나씩 번갈아 가며 다이아몬드를 달아놓았다고 했지?"

"그래요… 맹세해요."

"그렇다면 마르탱 부녀가 떼어간 거야… 보시오, 철사 줄들이 펜치로 끊어져 있소… 난 망했어! …어떻게 이런 일이! …막 찾으려고 한 순간에…."

갑자기 제 목소리를 찾은 그가 뛰기 시작했다. 그는 현관 쪽으로 달려가면서 고함을 질러댔다.

"도둑이야! 도둑이야! 조심하시오, 베슈. 그들이 내 다이아몬드를 갖고 있소! 그 악당들이 입을 열게 만드시오! …손목을 비틀고 집게로 손가락을 짓이겨서라도."

당느리가 살롱으로 돌아와 장식 융단을 다시 치고는 앙투완느를 뚫어지게 바라보면서 말했다.

"다이아몬드를 거기 둔 게 확실한가?"

"내가 마지막으로 여기 왔을 때만 해도 있었어요. 일주일 전, 두 사람이 외출한 틈을 타 내가 확인해봤었어요."

아를레트가 앞으로 걸어나오며 말했다.

"그를 믿으세요, 장. 그가 진실을 말하고 있다고 전 확신해요. 그리고 그가 약속을 지킨 것처럼 당신도 약속을 지키세요. 그를 구해 주세요."

당느리는 대답하지 않았다. 보석이 사라졌다는 사실에 당황한 것 같았다. 그가 웅얼거렸다.

"정말 이상하군… 도무지 이해할 수가 없어. 그들이 다이아몬드를 손에 넣었다면, 왜 다시 돌아왔을까? …저택 어디에다 숨겨놓은 것일까…?"

하지만 계속 그 일에만 신경을 쓰고 있을 수는 없었다. 게다가 멜라마르 백작과 그 누이가 아를레트만큼이나 끈질기게 앙투완느를 도와주라고 채근했기 때문에 당느리는 갑자기 표정을 바꿔 미소를 지으며 그들에게 말했다.

"이런! 그래도 여러분은 파즈로 씨에게 여전히 호감을 갖고 있는 모양이군요. 자, 일어나게나, 친구! 사형선고라도 받은 표정이군. 베슈가 두려워서 그런 건가? 가엾은 베슈! 그를 따돌릴 수 있는 방법을 내가 가르쳐줄까? 그물망을 빠져나갈 수 있는

방법, 감옥 대신 벨기에로 가서 푹신한 침대에 누워 마음놓고
잘 수 있는 방법을 알고 싶나?”

그가 두 손을 비비며 말을 이었다.

“그래, 벨기에 말이네. 그것도 오늘 밤 당장! …계획이 마음에
드나? 그렇다면 세 번 차겠네.”

그가 마루를 발로 세 번 찼다. 세 번째 소리에 갑자기 문이 열
리더니 베슈가 후닥닥 뛰어들어왔다.

“다들 꼼짝 마!”

베슈가 외쳤다.

당느리는 장난삼아 그랬지만, 정해진 신호에 따라 들이닥친
베슈의 모습이 그에게는 너무나 재미있었지만, 당황한 다른 사
람들에게는 그렇지 않았다.

근래 늘 그랬듯 비극적이고 엄숙한 표정을 지으며 베슈가 문
을 닫았다.

“두 번 말하지 않겠소. 내 허락 없이는 아무도 이 집에서 못
나가요.”

“좋아.”

동의를 표한 당느리가 자리를 잡고 편안하게 앉았다.

“난 저렇게 권위가 있는 사람이 좋아. 자네가 한 말은 터무니
없지만, 그래도 신념이 철철 넘치는군. 파즈로, 알겠나? 산책을
나가고 싶으면 먼저 손을 들고 반장님한테 허락을 받아야 하
네.”

그 말에 베슈가 화를 내며 소리를 질렀다.

"농담 그만 하시오. 당신과 난 함께 해결해야 할 일이 있소.
당신이 생각하는 것보다 훨씬 더 심각한 일이오."

당느리가 웃기 시작했다.

"가엾은 베슈, 자네 정말 웃기는군. 자네 때문에 상황이 완전
히 희극처럼 변했는데 자넨 왜 그토록 비극적인가? 파즈로와
나 사이엔 모든 것이 해결됐네. 그러니 자네가 위대한 경찰 행
세를 할 필요도, 보아란 듯이 영장을 흔들어댈 필요도 없어."

"도대체 무슨 말이오? 뭐가 해결됐다는 거요?"

"모두 다. 파즈로는 우리에게 다이아몬드를 넘길 수가 없었
네. 하지만 마르탱 영감과 그 딸이 경찰 손에 있으니 자넨 분명
다이아몬드를 찾아낼 수 있을 걸세."

그러자 베슈가 뻔뻔스럽게 말했다.

"다이아몬드? 그 따윈 엿이나 먹으라고 그래!"

"정말 상스럽군! 숙녀 분들 앞에서 그렇게 저속한 표현을 쓰
다니! 어쨌든 여기 있는 우린 모두 동의를 했네. 다이아몬드 문
제는 더 이상 거론하지 않기로 말이야. 그리고 멜라마르 백작
남매와 아를레트의 애절한 청에 못 이겨 난 파즈로에게 아량을
베풀기로 결심했네."

"그를 철저히 벌거벗겨놓고?"

베슈가 비아냥거렸다.

"그의 정체를 백일하에 드러내놓고 명예를 실추시킨 다음
에?"

"어쩌겠나? 그는 얼마 전 내 목숨을 구해줬네. 그런 일은 쉽

게 잊혀지지 않지. 게다가 그리 나쁜 청년도 아냐."

"강도잖소!"

"오! 완전한 강도는 아니지. 재간은 있지만 격조는 없고, 영리하지만 천재성은 없는. 그리고 자신의 본성에 역행하는. 간단히 말해, 앞으로는 성실하게 살고 싶어하는 사람이네. 그를 도와주게, 베슈. 반 후벤은 그를 위해 10만 프랑을 내놓을 거고, 난 아메리카에 있는 한 은행에 일자리를 마련해줄 생각이네."

베슈가 어깨를 으쓱하며 대답했다.

"턱도 없는 소리! 난 마르탱 부녀를 연행할 거요. 그리고 내 차엔 좌석 두 개가 더 남아 있소."

"잘됐군! 편히 앉아 갈 수 있을 테니."

"파즈로…."

"그 사람은 건드리지 말게. 아를레트를 둘러싸고 추문이 돌게 될 테니. 난 그것만은 피하고 싶어. 우릴 그냥 가만히 놔두게."

"이런 빌어먹을!"

화가 치민 베슈가 소리를 빽 질렀다.

"내가 무슨 말을 하는지 이해를 못하는 거요? 마르탱 부녀를 태우고도 두 자리가 더 있다니까? 난 좌석을 모두 채워야겠소."

"파즈로를 데려가겠단 말인가?"

"그렇소…."

"그리고 또 누구를?"

"당신."

"나? 그럼 자넨 날 체포하길 원하나?"

"당신은 이미 체포되었소."

베슈가 투박한 손으로 그의 어깨를 치며 말했다.

당느리가 짐짓 놀란 표정을 지어 보이며 말했다.

"이 사람 미쳤군! 이 친구 정신병원에 처넣어야겠어! 뭐라고? 난 사건을 모두 해결했어. 난 뼈 빠져라 일을 했고, 자네한테 많은 선물을 했네. 자네한테 도미니크 마르탱을 넘겼고, 로랑스 마르탱을 넘겼고, 멜라마르 가의 비밀을 넘겼고, 자네한테 세계적인 명성을 선물했네. 난 자네가 이 사건을 해결했다고 발표해도 좋다고 허락했어. 자네가 승진할 수 있도록, 서장보다 높은 뭔가가 될 수 있도록 만들어줬지. 그런데 그런 날 이런 식으로 대접하는 건가?"

멜라마르 백작 남매는 말 한마디 없이 듣고만 있었다. 저 별난 남자가 도대체 뭘 어떻게 하려는 것일까? 농담을 하고 있는 거라면, 나름대로 이유가 있지 않을까? 앙투완느는 덜 불안해 보였다. 아를레트는 불안해하면서도 웃음을 참고 있는 것 같았다.

베슈가 과장된 어조로 말했다.

"마르탱 부녀는 반 후벤과 한 요원이 철저하게 감시하고 있소! 아래 현관에 가장 억센 내 부하 셋! 정원에도 못지않게 억센 부하 셋이 진을 치고 있소! 가서 그들의 얼굴을 한번 들여다보시오. 결코 감상적인 청년들이 아니란 걸 알게 될 테니. 그들 모두 만약 당신이 달아나려고 들면 인정사정 없이 사살해버리라는 명령을 받았소. 내가 호루라기를 불면 그들이 득달같이 달려올 테고, 그리곤 손에 쥔 권총으로만 당신한테 얘길 할 거요."

당느리가 고개를 저었다. 그는 놀란 표정이었다.

"날 체포하겠다고! 당느리라는 이름을 가진 이 신사를, 이 유명한 항해가를 체포하겠다고!"

"아니, 당느리가 아니오."

"그렇다면 누구? 짐 바르네?"

"더더욱 아니오."

"그렇다면…?"

"아르센 뤼팽."

당느리가 웃음을 터뜨렸다.

"아르센 뤼팽을 체포하고 싶다고? 아! 정말 우습군. 어느 누구도 아르센 뤼팽을 체포할 순 없다네, 친구. 당느리라면 또 모를까. 혹은 부득이한 경우엔 짐 바르네도 가능하겠지. 하지만 뤼팽을! 자네 그게 뭘 뜻하는지 심각하게 생각해보지 않은 모양이군?"

"뤼팽이라고 별거겠소. 그도 자기가 한 행동에 합당한 대접을 받게 될 거요."

"그건…."

당느리가 힘주어 말했다.

"어느 누구한테도, 특히 자네 같은 무능력자에게는 절대 당할 사람이 아니란 걸 뜻하네. 자기 자신에게만 복종하는 사람, 즐기면서 자기 좋은 대로 사는 사람, 정의에 협력하기를 원하지만 자기 방식에 따라 협력하는 사람을 뜻하네. 물러가게."

베슈의 얼굴이 벌겋게 달아올랐다. 그는 화를 참지 못해 온몸을 부들부들 떨었다.

"잡담은 그만하고 둘 다 날 따라오시오."

"그럴 순 없네."

"부하들을 불러야겠소?"

"그들은 이 방에 못 들어올 거야."

"어디 두고 봅시다."

"여긴 강도들 소굴로 속임수를 위해 만들어져 있다는 사실을 잊지 말게. 그 증거를 원하나?"

당느리가 벽에 달린 장미꽃 모양의 조그만 장식을 돌렸다.

"이 장식을 돌리기만 하면 자물쇠들이 모조리 잠기도록 되어 있네. 자네의 명령이 아무도 못 나가게 하라는 것이었다면, 내 명령은 아무도 못 들어오게 하라는 것이네."

"부하들이 문을 부수고 들어올 거요. 모조리 부숴버릴 거요."

베슈가 정신나간 모습으로 소리를 질러댔다.

"부하들을 불러보게."

베슈가 주머니에서 호루라기를 꺼냈다.

"자네 호루라기는 작동이 안 돼."

당느리가 말했다.

베슈는 있는 힘을 다해 불었다. 아무 소리도 나지 않았다. 나는 건 헛바람 소리뿐이었다.

당느리는 한층 더 쾌활해졌다.

"저런! 정말 재미있군! 그래도 싸우고 싶나? 여보게, 만약 내가 정말 뤼팽이라면, 아무런 대책도 없이 경찰들을 이끌고 이리로 왔을 것 같나? 자네가 배신하리라는 것을 내가 예상하지 못했을 것 같아? 다시 말하지만 이 집은 사람들을 속이기 위해 만들어져 있어. 그리고 난 이 집의 모든 메커니즘을 알고 있지."

그리곤 베슈를 비난하기 시작했다.

"멍청한 친구 같으니! 자넨 미친 사람처럼 모험에 뛰어들었어. 어중이떠중이 잔뜩 끌어 모아놓고 날 잡겠다고? 그럼 내가 아까 얘기한 비밀 통로는? 아무도, 파즈로조차 알지 못했지만 내가 발견한 발네리와 마르탱 가 사람들의 비밀 통로는? 난 자유야, 내 마음대로 나갈 수 있어. 파즈로도 마찬가지지. 자넨 우릴 막을 수 없네."

당느리는 베슈를 쳐다보며 파즈로를 벽난로와 창문 사이의 벽까지 데리고 갔다.

"알코브 안으로 들어가게, 앙투완느. 그리고 오른쪽을 더듬어 보게… 조각이 새겨진 판이 있을 걸세… 전체가 움직일 거야… 찾았나?"

당느리는 주의 깊게 베슈를 감시했다. 베슈가 권총을 뽑으려 들었다. 당느리가 그의 팔을 꺾었다.

"비극은 안 돼! 오히려 재미있게 즐기게… 너무나 재밌잖나! 자네는 아무것도 예상하지 못했어… 숨겨진 비밀 통로조차도, 내가 자네 호루라기를 슬쩍해 다른 걸로 바꿔놓으리라는 것조차도. 자, 여기 있네. 자네 호루라기야. 이젠 사용해도 좋네."

당느리가 제자리에서 빙글 돌더니 자취를 감추었다. 그를 뒤쫓던 베슈는 판에 부딪히고 말았다. 그의 주먹질에 터지는 웃음

소리가 응답했다. 그리곤 뭔가가 열렸다가 쾅 닫히는 소리가 들려왔다.

이성을 잃은 상태인데도 베슈는 주저치 않았다. 주먹이 터져라 벽을 두드리느라 시간을 낭비하지는 않았다. 그는 호루라기를 주워들면서 창가로 달려가 창문을 열고 뛰어내렸다.

정원에서 부하들에게 둘러싸인 그는 마구 호루라기를 불어댔다. 그러고는 방치된 별채 쪽으로, 비밀 통로가 통하는 인적 드문 도로 쪽으로 달려가면서 계속 호루라기를 불어댔다. 호루라기 소리가 하늘을 찢을 듯 요란하게 울려 퍼졌다.

창가에서 멜라마르 백작 남매가 몸을 숙여 내려다보면서 기다리고 있었다. 아를레트가 한숨을 쉬었다.

"잡히지 않을 거예요, 그렇죠? 잡힌다면 너무 끔찍할 거예요."

"그래요, 잡히지 않을 거예요."

이렇게 말하는 질베르트도 흥분을 감추지 못했다.

"날이 어두워지고 있어요. 절대 잡히지 않을 거예요."

세 사람은 모두 두 남자가 무사하길, 도둑이자 강도인 파즈로와 묘한 모험가인 당느리가 무사하길 기원했다. 그들에게 당느리의 인간성은 전혀 의심할 여지가 없었으며, 이번 사건에서 그가 보여준 행동 때문에 그들은 경찰이 아닌 그의 편에 서지 않을 수 없었다.

기껏해야 1분쯤 지났을까? 아를레트가 다시 같은 말을 반복했다.

"그들이 잡힌다면 너무나 끔찍할 거예요. 그럴 리 없어요, 그렇죠?"

"그럴 리 없죠!"

그녀 뒤에서 쾌활한 목소리가 들려왔다.

"있지도 않은 지하통로를 찾겠다고 설쳐대고 있을 테니 그들을 붙잡을 리가 없죠."

알코브가 다시 열리더니 당느리가 모습을 드러냈다. 그리고 파즈로도.

당느리는 여전히, 그리고 진심으로 웃고 있었다!

"비밀 통로는 존재하지 않아요! 돌아가는 벽면도 없고, 자동으로 잠기는 자물쇠도 없죠! 이 집만큼 정상적으로 지어진 저택도 없을 겁니다. 단지 제가 심한 흥분 상태로 몰아붙이는 바람에 베슈가 곰곰이 생각해볼 여유가 없었던 겁니다."

그리곤 아주 차분한 모습으로 앙투완느에게 말했다.

"알겠나, 파즈로? 이건 연극과 같은 거네. 공을 들여 준비를 해야 하지. 어떤 장면을 철저히 준비했을 때는 확신을 가지고 밀어붙이기만 하면 되네. 그렇게 해서 베슈가 용수철처럼 튀어 내가 암시했던 방향으로 번개처럼 달려갔고, 경찰 전체가 옆집 마구간 쪽으로 급히 몰려갔어. 그들은 아마 마구간 입구를 다 부숴버릴 걸세. 저들이 잔디밭을 가로질러 달려가는 걸 봐. 이리 오게, 파즈로. 허비할 시간이 없어."

당느리가 침착한 표정으로 자신 있게 얘기하자 방 안의 동요도 가라앉았다. 위험한 징조는 조금도 없었다. 그들은 베슈와 형사들이 도로를 급히 달려가 문들을 부수고 있는 장면을 떠올렸다.

백작이 당느리에게 손을 내밀고는 물었다.

"제가 해드릴 일은 없습니까?"

"없습니다. 도로는 아직 1~2분 동안은 자유로울 겁니다."

당느리가 질베르트에게 고개 숙여 인사하자, 그녀 역시 그에게 손을 내밀었다.

"어떻게 감사를 드려야 할지 모르겠군요. 우리를 위해 해주신 일에 대해서."

그녀가 말했다.

"그리고 우리 이름과 우리 가문의 명예를 위해 해주신 일에 대해 진심으로 감사드립니다."

백작이 덧붙였다.

"조만간 다시 만나, 내 귀여운 아를레트."

당느리가 말했다.

"아를레트에게 작별인사를 하게, 파즈로. 그녀가 자네한테 편지를 할 거야. 부에노스아이레스의 은행원, 앙투완느 파즈로에게."

당느리는 탁자 서랍 속에서 고무줄로 동여맨 작은 종이상자 하나를 꺼냈다. 그리고 그 상자에 대해서 아무 설명도 하지 않은 채 마지막으로 인사를 하고 파즈로를 데리고 나갔다. 멜라마르 백작 남매와 아를레트는 눈으로 멀어져가는 그들의 뒤를 쫓았다.

현관은 텅 비어 있었다. 마당 한가운데, 점점 짙어지는 어둠 속에 자동차 두 대가 서 있었다. 경찰 차량에는 마르탱 영감과 그의 딸이 포박된 채 앉아 있었다. 그리고 손에 권총을 든 반 후벤이 운전기사와 함께 그들을 감시하고 있었다.

"성공이오!"

당느리가 반 후벤에게 다가가면서 외쳤다.

"벽장 속에서 공모자 하나를 찾아냈소. 아마 그자가 다이아몬드를 슬쩍해 감춰뒀던 모양이오. 베슈와 그의 부하들이 뒤를 쫓고 있소."

"그럼 다이아몬드는?"

일말의 의심도 없이 반 후벤이 물었다.

"파즈로가 찾아냈소."

"지금 갖고 있소?"

"물론이오."

이렇게 대답한 당느리는 서랍에서 꺼냈던 종이상자를 보여주면서 뚜껑을 반쯤 열어 보였다.

"세상에! 내 다이아몬드! 이리 주시오."

"주겠소. 하지만 먼저 앙투완느부터 구합시다. 그게 조건이오. 당신 차에 우리를 태워 주시오."

다이아몬드를 찾은 이상, 반 후벤은 무슨 일이든 할 준비가 되어 있었다. 세 사람은 마당에서 나와 차에 올라탔다. 반 후벤이 곧바로 시동을 걸었다.

"어디로 갈 거요?"

"벨기에. 시속 백 킬로미터로."

"알았소."

반 후벤이 이렇게 말하곤 상자를 빼앗아 자기 주머니에 넣었다.

"좋소."

당느리가 말했다.

"하지만 경찰에서 전보를 치기 전에 국경을 넘지 못하면 그 걸 다시 빼앗을 거요. 미리 경고했소."

다이아몬드가 주머니에 있다는 생각, 그것들을 다시 잃으면 어떡하나 하는 두려움, 당느리가 그에게 행사하는 저항할 수 없는 영향력, 그 모든 것이 반 후벤을 너무나 정신없게 만들었기 때문에 그는 마을들을 가로지를 때조차 속도를 줄이지 않고 최고 속도를 유지해 국경에 다다라야 한다는 것, 그것 이외에는 아무 생각도 할 수 없었다.

자정이 약간 지났을 무렵 그들은 국경에 도착했다.

"저기, 세관 200미터 앞에 세워주시오."

장이 말했다.

"파즈로가 곤란한 일을 겪지 않도록 내가 함께 갔다가 한 시간 후에 여기로 돌아오겠소. 그 다음에 곧장 파리로 돌아갑시다."

반 후벤은 한 시간을 기다렸다. 두 시간을 기다렸다. 그때서야 의심이 비수 날처럼 그의 뇌리를 파고들었다. 그는 출발부터의 상황을 차근차근 되짚어보았고, 왜 당느리가 그런 식으로 행동했을까 곰곰이 생각해보았다. 당느리가 다이아몬드를 다시 빼앗아 가겠다는데 어떻게 그의 말을 거역할 수 있었겠는가? 하지만 그는 단 일 초도 그 상자 안에 다이아몬드가 아닌 다른 것이 들어 있을지도 모른다는 생각은 하지 않았었다.

헤드라이트의 불빛에 그가 떨리는 손으로 상자를 살펴보았다. 상자 안에는 다듬어진 크리스털 수십 개가 들어 있었다. 물론 그 크리스털들은 샹들리에에서 잘라낸 것이었다….

반 후벤은 곧장 전속력으로 달려 파리로 돌아왔다. 당느리와 파즈로한테 속아 그들을 프랑스 밖으로 실어다주는 데 이용당했을 뿐이라는 사실을 깨달은 그에게 이제 다이아몬드를 다시 찾을 수 있는 희망은 마르탱 영감과 그의 딸 로랑스의 자백뿐이었다.

그러나 파리에 도착한 그는 신문에서 전날 밤 마르탱 영감이 목을 매었고, 그의 딸 로랑스는 독약을 마시고 자살했다는 기사를 읽었다.

에필로그

　　사람들은 비극적인 사건들로 가득했던 그날의 대미
를 장식한 그 이중 자살이 일으킨 적잖은 충격을 아직도 기억
하고 있다. 그 사건들 대부분은 대중에게 알려졌지만, 밝혀지
지 않고 추측만 난무했던 부분들은 그들의 호기심을 크게 자
극했었다. 마르탱 부녀의 자살은 몇 주 동안 여론을 들끓게 했
던 한 사건의 결말이었고, 지난 백 년간 여러 차례에 걸쳐 제기
되었던 수수께끼의 끝이었다. 그리고 또한 멜라마르 집안이
운명적으로 겪어야 했던 오랜 고통의 마감이기도 했다.

　　배슈 반장은 그날 일로 정신적으로나 직업적으로 얻을 것 같
았던 이익을 얻지 못했다. 예상 밖이었지만 사실 당연한 일이었

다. 모든 관심은 당느리에게, 다시 말해 아르센 뤼팽에게 집중
되었다. 어쨌든 경찰에 이어 언론은 그 두 사람이 동일 인물이
라고 생각하고 있었다. 곧바로 뤼팽은 그 사건의 위대한 주인공
이 되었다. 역사적인 수수께끼를 풀어내고, 똑같은 두 저택의
미스터리를 밝히고, 발네리의 모든 내막을 폭로하고, 멜라마르
가를 구하고, 범죄자들을 경찰에 넘긴 위대한 영웅이었다. 그에
반해, 베슈는 그리 호감을 사지 못한 반 후벤과 더불어 멍청하
게도 뤼팽에게 벨기에 국경까지 달아날 수 있는 빌미를 제공함
으로써 뤼팽에게 조롱당한 우스꽝스럽고 하찮은 단역으로 전락
하고 말았다.

그런데 대중이 언론보다도, 그리고 경찰보다도 더 앞서간 것
이 있었으니, 그것은 사라진 다이아몬드가 아르센 뤼팽의 품에
있을 거라고 여긴 것이었다. 그들에겐 뤼팽이 모든 걸 준비하고
모든 걸 성공했으니, 그가 모든 걸 가져가는 것이 마땅해 보였
다. 베슈도, 반 후벤도, 멜라마르 남매도 생각지 못했던 사실을
대중들은 마치 신을 믿듯 곧바로 믿어버렸다. 사건의 결말로 마
지막 반전보다 더 재미있는 것은 없었기에 어쩌면 논리적인 생
각이기도 했다.

베슈의 울분은 극에 달해 있었다. 그는 총명한 사람이었기에
자신에게 통찰력이 부족했었다는 사실을 인정하지 않을 수 없
었으며, 단 일 분이라도 대중이 철석같이 믿고 있는 진실을 외
면할 생각은 하지 않았다. 하지만 그는 반 후벤의 집으로 달려
가 그에게 비난과 조소를 퍼부었다.

"어떻소! 그러게 처음부터 내가 여러 번 말하지 않았습니까! 그 악마 같은 자가 다이아몬드를 훔쳐갈 거라고. 당신은 다이아몬드를 다신 못 보게 거라고. 우리가 아무리 애를 써봤자 늘 그랬듯 그에게 이용만 당하게 될 거라고. 그자는 경찰과 일하며 모든 협조를 얻었고, 어디나 맘대로 드나들었소. 그리고 결국 목표가 달성되자, 물론 그게 그자 덕분이라는 건 인정하지만, 어쨌든 결국 그는 태도를 바꿔 게임의 판돈을 챙겨 달아났어요."

화병이 들어 침대에 누워지내던 반 후벤이 힘없이 웅얼거렸다.

"그렇다면 다 틀린 거요? 더 이상 찾아볼 필요도 없는 거요?"

"포기해요. 그자한테는 어쩔 도리가 없어요. 그자에게는 독창력과 에너지가 무궁무진해요. 나로 하여금 발네리 저택에 비밀 통로가 있다고 생각하게끔 만들어 한쪽으로 몰아놓고 자기는 유유히 다른 쪽으로 나갔던 그 방법은 가히 천재적이라 할 수 있습니다. 그와 싸우는 건 무리예요. 난 포기했습니다."

"하지만 난 아니오!"

반 후벤이 몸을 벌떡 일으키며 외쳤다.

베슈가 그에게 말했다.

"한 가지만 묻죠, 반 후벤 씨. 다이아몬드를 잃어 완전히 파산했습니까?"

"아니오."

반 후벤이 솔직히 대답했다.

"그렇다면 남아 있는 재산으로 만족하세요. 제 말대로 해요.

더 이상 다이아몬드 생각은 말아요. 다시는 못 볼 테니까.”

“내 다이아몬드를 포기하라고! 다신 못 볼 거라고! 어떻게 그런 끔찍한 말을! 이봐요, 수사는 계속하고 있는 거요?”

“지지부진해요.”

“하지만 당신은?”

“난 이제 손을 뗐습니다.”

“예심판사는?”

“사건을 마감할 겁니다.”

“가증스럽군. 무슨 권리로?”

“마르탱 부녀는 죽었고, 우리는 파즈로에게 기소할 만한 뚜렷한 증거를 전혀 갖고 있지 않아요.”

“뤼팽을 끈덕지게 추적하면 되잖소?”

“어떡하려고?”

“어떡하긴! 그를 찾아내야지.”

“뤼팽은 찾아낼 수 없어요.”

“아를레트 마줄르 근처를 뒤져보는 게 어떻겠소? 뤼팽은 그 여자한테 연정을 품고 있으니 그녀 집 주위를 어슬렁거릴 거요.”

“우리도 그 생각을 했죠. 경찰들이 감시하고 있습니다.”

“그런데?”

“아를레트가 없어졌어요. 뤼팽을 따라 해외로 달아난 것 같아요.”

“이런, 빌어먹을, 정말 재수도 더럽게 없군!”

반 후벤이 소리를 버럭 질렀다.

아를레트는 달아나지 않았다. 뤼팽을 따라간 것이 아니었다. 그녀는 너무 큰 충격을 받은 나머지 양장점으로 다시 돌아갈 수가 없어 숲으로 둘러싸이고 꽃이 만발한 정원의 테라스가 세느 강변까지 이어져 있는 파리 근교의 한 예쁜 별장에서 쉬고 있었다.

사실은, 어느 날 그녀가 레진느 오브리에게 기분 나쁘게 대했던 일을 사과하기 위해 그 아름다운 여배우를 찾아갔었다. 이제 큰 인기를 얻게 된 레진느는 굉장히 스펙터클한 한 시사희극의 수다스러운 아낙네 역을 준비하고 있었다. 두 젊은 여인은 서로 부둥켜안았다. 아를레트가 창백하고 근심 어린 모습을 하고 있다고 생각한 레진느는 그녀에게 아무것도 묻지 않은 채 자신이 소유하고 있는 그 별장을 은신처로 제공했다.

아를레트는 곧바로 승낙을 하고는 자신의 어머니에게 알렸다. 다음 날, 그녀는 멜라마르 남매에게 작별인사를 하러 갔다. 두 남매는 장 당느리가 무시무시했던 미스터리의 그림자를 몰아내준 덕택에 과거로부터 해방되어 가볍고 행복해 보였으며, 벌써부터 위르페 가의 그 낡은 저택을 새로 단장하기 위한 계획을 세우고 있었다. 그날 저녁, 아를레트는 아무도 모르게 자동차를 타고 떠났다.

나른하고 평온한 2주일이 흘렀다. 아를레트는 그 조용한 은둔생활을 통해 기력을 회복했고, 7월의 빛나는 태양 아래에서

생기 넘치는 안색을 되찾았다. 믿을 수 있는 하인들의 시중을
받으며 그녀는 정원 밖으로는 일절 나가지 않고 세느 강가 꽃이
만발한 보리수들로 둘러싸인 한 벤치 위에서 몽상에 젖곤 했다.
　가끔 한 쌍의 연인을 태운 보트가 물결을 따라 흘러갔다. 거
의 매일 나이 든 농부 하나가 배를 타고 와 가까운 강둑에 매어
놓은 채 바위들 사이에 앉아 낚시를 즐겼다. 그녀는 찰랑이는
물결에 따라 춤추는 낚시찌를 눈으로 좇으며 그와 얘기를 나누
거나 종 모양의 커다란 밀짚모자 아래로 드러난 노인의 옆모습,
구부러진 코, 수염이 이엉처럼 무성하게 난 턱을 재미있게 바라
보곤 했다.
　어느 날 오후, 그녀가 다가가자 노인이 아무 말도 하지 말라
는 신호를 했다. 그녀는 노인 옆에 가만히 앉았다. 길다란 낚싯
대 끝에서 낚시찌가 물 속으로 쑥 들어갔다가는 갑자기 다시 솟
아올랐다. 물고기 한 마리가 미끼를 물려다 의심을 품고 달아난
게 분명했다. 낚시찌는 다시는 꼼짝도 하지 않았다. 아를레트가
쾌활한 목소리로 노인에게 말했다.
　"오늘은 잘 안 되네요, 그렇죠?"
　"반대야, 아주 멋진 낚시였어, 아가씨."
　그가 속삭였다.
　"하지만⋯."
　아를레트가 경사지 위에 놓인 빈 망태기를 가리키며 말했다.
　"아무것도 못 잡으셨잖아요."
　"멋진 걸 잡았지."

"뭘요?"

"예쁘고 귀여운 아를레트를."

무슨 말인지 이해하지 못한 그녀는 노인이 '아블레트(잉어의 일종)'를 아를레트로 발음한 것으로 생각했다. 그가 어떻게 그녀의 이름을 알 수 있겠는가?

이러한 그녀의 생각은 오래가지 않았다. 그가 같은 말을 반복했기 때문이었다.

"예쁘고 귀여운 아를레트가 낚시에 걸려들었지…."

순간 그녀는 알아차렸다. 그는 장 당느리였다! 나이 든 농부에게 사정해 하루만 대신 낚시를 오게 해 달라고 부탁한 게 분명했다.

질겁한 그녀는 말까지 더듬었다.

"당신! 당신이! 가세요… 오! 제발 떠나세요."

장 당느리가 얼굴을 가리고 있던 커다란 밀짚모자를 벗고 웃으며 말했다.

"왜 내가 떠나길 원하는 거지, 아를레트?"

"두려워요… 제발…."

"뭐가 두렵다는 거야?"

"당신을 찾고 있는 사람들이오! …파리에서 우리 집 주변을 배회하던 사람들!"

"그것 때문에 자취를 감춘 거였군?"

"그것 때문이에요… 너무 두려워요! 저 때문에 당신이 함정에 빠지는 걸 원치 않아요. 가세요!"

그녀의 얼굴은 눈물에 젖어 있었다. 그가 그녀의 손을 잡고는 부드럽게 말했다.

"진정해. 그들은 이제 큰 기대를 하지도 않기 때문에 날 쫓지도 않아."

"제 주변에선 쫓고 있어요."

"그들이 왜 네 주변에서 날 쫓겠어?"

"그들은 알고 있으니까…."

아를레트의 얼굴이 붉어졌다. 당느리가 그녀의 말을 이었다.

"그들이 내가 널 사랑하고 너를 만나지 않고는 살 수 없다는 사실을 알고 있으니까. 그렇지?"

그녀는 벤치 위에 앉은 채 뒤로 물러섰다. 하지만 장의 침착한 모습에 마음이 놓인 그녀에게 이제 두려움은 없었다.

"입 다무세요… 그런 말은 하지 말아요… 안 그러면 전 가버릴 거예요."

두 사람은 서로 마주보았다. 그녀는 그토록 젊은, 전보다 훨씬 젊어진 그를 보고 놀랐다. 늙은 농부의 작업복 차림에 목을 드러낸 그는 기껏해야 그녀 나이밖에 되어 보이지 보았다. 당느리는 자신을 뚫어지게 바라보는 그 심각한 눈길에 잠시 망설였다. 그녀는 무슨 생각을 하고 있는 걸까?

"왜 그래, 내 귀여운 아를레트? 날 만난 게 기쁘지 않은 것 같군?"

그녀는 대답이 없었다. 그래서 당느리가 다시 말을 꺼냈다.

"설명을 해봐. 우리 사이를 거북하게 만드는 뭔가가 있어. 여태까지 그럴 줄은 상상도 못했는데!”

더 이상 어린 아를레트가 아닌, 자신을 지키려는 좀더 신중한 여인의 진지한 목소리로 그녀가 입을 열었다.

“한 가지만 묻겠어요. 왜 오신 거죠?”

“널 만나려고.”

“다른 이유도 있는 게 분명해요.”

잠시 후 그가 시인을 했다.

“그래, 아를레트. 다른 이유도 있어. 얘길 하면 너도 이해할 거야. 파즈로의 가면을 벗기면서 난 네 모든 계획을, 자선 활동을 하고 싶어하는 너의 멋진 계획들을 망쳐놓고 말았어. 그래서 네게 계획을 계속 추진할 수 있는 방법을 제공하는 게 내 도리라고 생각했지⋯.”

그녀는 멍하니 듣고만 있었다. 그의 말은 그녀가 예상했던 것과는 달랐다.

결국 그녀가 물었다.

“다이아몬드는 당신이 갖고 있죠, 그렇죠?”

그가 입안에서 웅얼거리며 대답했다.

“아! 네가 걱정하는 게 바로 그거였어, 아를레트? 왜 내게 말을 하지 않았지?”

그는 그의 본성이 드러나는 어딘가 모호한 미소를 짓고 있었다.

“맞아, 내가 갖고 있어. 그 전날 밤 상들리에에서 그것들을 발견했지. 난 사람들이 그 사실을 몰랐으면 했었어. 마르탱 부녀의 소행으로 여기길 바랐지. 그 사건에서 내 역할은 분명했어. 난 사람들이 그 사실을 알아내리라곤 생각지도 못 했지… 그 사실이 너한텐 불쾌한 모양이군. 그렇지, 아를레트?"

아를레트는 질문을 계속했다.

"하지만 그 다이아몬드들을 돌려주실 거죠?"

"누구한테?"

"반 후벤한테."

"반 후벤? 절대 그렇게는 안 돼."

"그 사람 거예요."

"아니."

"하지만…."

"반 후벤은 몇 년 전 여행을 하면서 콘스탄티노플의 한 늙은 유태인에게서 그것들을 훔쳤어. 내겐 그 증거가 있어."

"그렇다면 다이아몬드는 그 유태인 거예요."

"그는 절망에 빠져 죽고 말았어."

"그럼 그 가족 것이죠."

"그에겐 가족이 없어. 사람들은 그의 이름, 그가 태어난 곳도 몰라."

"그래서 결국, 당신이 갖겠다는 건가요?"

당느리는 웃으면서 이렇게 대답하고 싶었다.

"물론이지! 내게 그럴 권리가 어느 정도는 있지 않아?"

하지만 그는 이렇게 대꾸했다.

"아를레트, 내가 그 사건에서 원했던 건 진실을 알아내는 것,

멜라마르 남매를 구해내는 것, 그리고 앙투완느를 파멸시켜 네게서 멀리 떼어놓는 것뿐이었어. 그 다이아몬드들은 네 자선 사업에 사용될 거야. 네가 허락만 한다면 난 그것들을 너의 활동을 위해 사용하고 싶어."

그녀는 고개를 가로저었다.

"전 원치 않아요… 아무것도 원치 않아요…."

"이유가 뭐지?"

"저의 모든 야망을 포기했기 때문이에요."

"그럴 리가? 의욕이 꺾였다고, 네가?"

"아뇨. 하지만 곰곰이 생각해봤어요. 제가 너무 서둘렀다는 것을 깨달았죠. 전 몇 번의 작은 성공에 도취되어 있었어요. 시도를 하기만 하면 성공할 것처럼 보였죠."

"왜 생각이 바뀐 거지?"

"전 너무 어려요. 우선 일을 해야 하고, 자선 사업을 할 만한 자격을 갖춰야 해요. 제 나이엔 아직 그럴 권리가 없어요…."

장이 가까이 다가왔다.

"아를레트, 네가 거절하는 건 아마도 그 돈을 원치 않기 때문일 거야… 그리고 날 나무라는 마음이 있기 때문이겠지… 네가 옳아… 너처럼 곧은 성격은 나에 대해 사람들이 얘기한 몇 가지 사실에 기분이 상할 거야… 하지만 난 그 사실들에 대해 부정하지 않겠어…."

"제발 부정하지 마세요. 전 아무것도 모르고, 알고 싶지도 않아요."

장의 비밀스러운 생활이 그녀의 머리에서 떠나지 않고, 그녀를 괴롭히는 게 분명했다. 그녀는 진실을 알기를 갈망했지만, 그녀의 관심을 끄는 동시에 두렵게 만드는 비밀을 알고 싶지 않다는 마음이 더 컸다.

"내가 누군지 알고 싶지 않아?"

"전 당신이 누군지 알고 있어요, 장."

"내가 누구지?"

"당신은 어느 날 저녁, 저를 집으로 데려와 볼에 입을 맞췄던 남자예요… 입맞춤이 너무 부드러워 절대 잊을 수가 없었죠."

"무슨 말을 하는 거지, 아를레트?"

당느리가 감동 어린 목소리로 말했다.

그녀의 얼굴이 또다시 붉게 물들었다. 하지만 그녀는 시선을 떨구지 않았다.

"저는 숨길 수 없는 사실을 말하는 거예요. 제 삶을 온통 지배하고 있는 것을 말하는 거예요. 전 털어놓는 게 부끄럽지 않아요. 사실이니까요. 제게 당신은 그런 사람이에요. 나머지는 중요하지 않아요. 당신은 장이에요."

당느리가 속삭였다.

"그럼 나를 사랑하는 거야, 아를레트?"

"네."

"날 사랑한다… 날 사랑한다…."

그가 반복했다. 그 고백에 당황한 듯이, 그리고 그 말의 의미를 이해하려고 애쓰는 듯이.

"날 사랑한다 … 너의 비밀이 바로 그거였군?"

"세상에! 네."

그녀가 미소를 지으며 대답했다.

"멜라마르 가문의 커다란 비밀이 있었어요… 그리고 당신이 '알 수 없는 아를레트'라고 부르던 여자의 비밀이 있었죠. 그런데 그건 단순히 사랑의 비밀이었어요."

"왜 털어놓지 않았지?"

"당신에 대한 신뢰가 없었어요… 당신은 레진느한테 너무나 상냥했어요! …멜라마르 부인한테도! …특히 레진느한테요… 전 그녀를 많이 질투했어요. 하지만 자존심에, 슬픔에, 입을 다물고 말았죠. 딱 한 번 그녀한테 불쾌감을 드러냈었어요. 하지만 그녀는 그 이유를 모르더군요… 당신도 그랬고요, 장."

"하지만 난 레진느를 사랑한 적이 없어."

"전 그렇게 믿었어요. 그리고 너무나 상심한 나머지 앙투완느 파즈로의 제안을 받아들였어요… 홧김에… 분해서… 게다가 앙투완느가 당신과 레진느에 대해서 제게 거짓말을 했어요. 전 멜라마르 백작 집에서 당신을 다시 봤을 때야 서서히 이해를 하게 됐죠."

"내가 널 사랑한다는 사실을. 그렇지, 아를레트?"

"네, 그런 느낌을 여러 번 받았어요. 그리고 당신이 그들 앞에서 그 말을 했죠. 그 말이 사실인 것 같았어요. 당신이 그 모든 노력을 하고 그 모든 위험을 감수한 게…. 저 때문인 것처럼 느껴졌어요. 저를 앙투완느에게서 벗어나게 하는 것, 그건 당신에겐 저를 얻는 것이나 마찬가지였죠… 하지만 그때는 너무 늦었어요… 저는 저 자신도 어쩔 수 없는 사건들에 끌려다녔죠."

그녀가 그토록 부드럽게, 그토록 우아하게 털어놓는 고백을 하나하나 들을 때마다 장의 감동은 커져갔다.

"이번엔 내가 두렵군, 아를레트."

"뭐가 두렵다는 거죠, 장?"

"내 행복이… 그리고 네가 행복하지 않을까 봐 두려워, 아를레트."

"제가 왜 행복하지 않겠어요?"

"난 너한테 걸맞은 것을 아무것도 주지 못하기 때문이야, 내 귀여운 아를레트."

그리고 아주 나지막이 덧붙였다.

"당느리하고는 결혼할 수가 없어… 바르네하고도 결혼할 수가 없어. 그리고 또…."

그녀가 손으로 그의 입을 막았다. 그녀는 아르센 뤼팽이란 이름을 듣고 싶지 않았다. 바르네라는 이름도 그녀를 불편하게 만들었다. 어쩌면 당느리라는 이름조차도. 그녀에게 있어 그의 이름은 그저 '장'일 뿐이었다.

그녀가 단어 하나마다 또박또박 힘을 주며 말했다.

"아를레트 마졸르하고는 결혼할 수가 없어요."

"아니, 할 수 있어! 너는 가장 사랑스러운 여자야. 내겐 네 삶을 망칠 권리가 없어."

"당신은 제 삶을 망치지 않을 거예요, 장. 제가 앞으로 어떻게 될지, 그건 중요하지 않아요. 그래요. 미래에 대해선 얘기하지 말도록 해요. 일정한 시간 너머는 바라보지 않기로 해요… 우리가 우리 둘레에 그을 수 있는 우정이란 원 너머는….”

“우리의 사랑이겠지.”

“우리의 사랑에 대해서도 얘기하지 말도록 해요.”

“그럼 무슨 말을 해야 하지?”

그가 불안스러운 미소를 띠며 말했다. 아를레트의 사소한 말 한마디에 따라 고통스럽기도 하고 황홀하기도 했기 때문이었다.

“우리가 무슨 말을 해야 하지? 그리고 내게서 뭘 원하지?”

그러자 그녀가 속삭였다.

“먼저 제게 더 이상 반말을 하지 마세요.”

“묘한 생각이군!”

“그래요… 반말은 친밀한 관계를 나타내요… 그런데 전….”

“넌 우리가 서로 멀어지기를 원한다, 그거야, 아를레트?”

장은 가슴이 메이는 것 같았다.

“오히려 반대예요. 우린 서로 가까워져야 해요, 장… 하지만 서로 반말을 하지 않는 친구, 반말을 할 권리가 없고, 앞으로도 절대 그럴 권리가 없을 친구로서.”

당느리가 한숨을 내쉬었다.

“내게 어떻게 그런 걸 요구할 수가 있지! 넌 이제… 아니, 당신은 이제 더 이상 나의 사랑스러운 아를레트가 아니란 말이오? 어쨌든 노력하겠소. 그리고 또 뭘 원하오, 아를레트?”

“아주 무례한 거예요.”

"말해 봐요."

"당신 삶의 몇 주를 원해요, 장… 야외에서 자유로이 지내는 두어 달… 그게 가능할까요? …두 친구가 아름다운 고장을 함께 여행하는 게? 휴가가 끝나면 전 다시 일터로 돌아갈 거예요. 하지만 지금은 그런 휴가가 필요해요… 그런 행복이…."

"나의 사랑스런 아를레트…."

"웃지 않으세요, 장? 두려웠어요… 제가 원하는 건 아주 작고 사소한 거예요! 그렇지 않아요? 달빛 아래에서, 그리고 석양 앞에서 저와 완벽한 우정을 만드는 데 시간을 낭비하지 않으실 건가요?"

당느리의 얼굴이 창백해졌다. 그는 젊은 처녀의 촉촉한 입술, 분홍빛 뺨, 동그란 어깨, 유연한 허리를 바라보았다. 달콤한 기대를 저버려야 할 것인가? 아를레트의 맑은 눈동자 깊은 곳에, 사랑하는 두 사람 사이에선 거의 불가능한 순수한 우정에 대한 아름다운 꿈이 보였다. 하지만 그에겐 또한 그녀가 너무 깊이 생각하길 원치 않는다는 것, 그녀 자신이 어떤 상황에 처하게 될지 알기를 원치 않는다는 것이 느껴졌다. 게다가 그녀가 자신이 원하는 걸 너무나 순진하고 너무나 진지하게 부탁하고 있었기 때문에 그 또한 굳이 가까운 미래의 신비로운 베일을 걷어내려고 하지 않았다.

"무슨 생각을 하고 있어요, 장?"

"두 가지를 생각하고 있소. 먼저 그 다이아몬드. 내가 그걸 갖는 게 싫소?"

“무척 많이요.”

“그걸 베슈에게 보내겠소. 그는 그걸 발견한 데 따른 이득을 보게 될 거요. 그자는 나에게 그런 보상을 받을 만한 자격이 있소.”

그녀가 고맙다는 얘기와 함께 말을 이었다.

“또 다른 생각은 뭐죠, 장?”

그가 심각한 어조로 대답했다.

“굉장히 큰 문제요, 아를레트.”

“무슨 문제요? 떨리네요. 장애가 있나요?”

“아뇨, 그렇다고는 할 수 없어요. 하지만 해결하기 힘든 거요….”

“무얼 하는데요?”

“우리가 여행하는 데.”

“무슨 말이죠? 여행이 불가능하다는 건가요?”

“아니오. 하지만….”

“오! 얘길 해보세요, 제발!”

“바로 이거요, 아를레트. 우리가 어떤 차림을 해야 할까? 난 플란넬 셔츠, 청색 작업복 바지에 밀짚모자 차림이고… 아를레트 당신은 주름진 무명 드레스를 입고 있는데….”

그녀는 몸이 흔들릴 정도로 커다랗게 웃음을 터트렸다.

“아! 장, 난 당신의 이런 점을 좋아해요… 당신의 쾌활함을! 사람들은 가끔씩 당신을 관찰하며 이렇게 생각해요. ‘정말 어둡고 까다로운 사람이군!’ 그리고 당신을 두려워하죠. 하지만 그 다음에 당신의 웃음이 모든 걸 사라지게 해요. 당신의 모든 모습은 바로 거기, 그 뜻밖의 쾌활함 속에 있어요."

당느리가 그녀 옷으로 몸을 숙이면서 그녀의 손가락 끝에 공손히 입을 맞추었다.

"아시오, 나의 친구 아를레트? 여행은 시작되었소."

그녀는 강가의 나무들이 그들 옆에서 미끄러져 가는 것을 보고 깜짝 놀랐다. 그녀가 모르는 사이, 장이 닻줄을 풀었고 배가 물결 이는 대로 흘러가고 있었다.

"오! 어디로 가는 거죠?"

"더 멀리, 아주 멀리."

"하지만 그럴 순 없어요! 제가 집에 안 들어가면 사람들이 뭐라고 하겠어요? 레진느는요? 그리고 우리 것도 아닌 이 배는…?"

"아무 걱정 말고, 흘러가는 대로 살아요. 당신 은신처를 내게 가르쳐 준 건 바로 레진느요. 난 배와 모자와 작업복을 샀소. 모든 게 잘될 거요. 당신이 휴가를 원하고 있는데, 꾸물댈 필요가 있겠소?"

그녀는 더 이상 아무 말도 않고, 시선을 하늘에 고정시킨 채 몸을 뒤로 젖혔다. 그가 노를 잡았다.

한 시간 후, 그들은 커다란 거룻배에 타고 있었다. 장이 그들을 맞이한 나이 든 부인을 소개했다.

"내 유모, 빅뜨와르요."

　거룻배 내부엔 각각 떨어진 숙소 두 개가 갖춰져 있었는데 밝고 매력적인 모습이었다.

　"이쪽이 당신이 지낼 곳이오, 아를레트."

　두 사람은 다시 만나 저녁 식사를 했다. 그러고 나서 장이 닻을 올리라는 명령을 내렸다. 부르릉거리는 모터 소리가 어렴풋이 들려왔다. 그들은 강과 운하를 지나서 고도(古都)들을 향해, 프랑스의 아름다운 풍경들을 향해 갔다.

　밤이 아주 깊은 시각, 아를레트가 혼자 갑판에 누워 있었다. 그녀는 하늘에 떠 있는 달과 별들에게 엄숙하고 잔잔한 기쁨으로 가득한 달콤한 생각과 꿈들을 털어놓고 있었다….